Benito Pérez Galdós

# Episodios nacionales III
## La estafeta romántica

Barcelona **2024**
**Linkgua-ediciones.com**

## Créditos

Título original: Episodios nacionales III. La estafeta romántica.

© 2024, Red ediciones S.L.

e-mail: info@Linkgua-ediciones.com

Diseño de cubierta: Michel Mallard.

ISBN tapa dura: 978-84-1126-360-3.
ISBN rústica: 978-84-9007-298-1.
ISBN ebook: 978-84-9007-214-1.

# Sumario

## Brevísima presentación

### La obra

*La estafeta romántica* es la sexta novela de la tercera serie de los *Episodios Nacionales* de Benito Pérez Galdós.

En esta nueva novela de la tercera serie, el autor adopta la forma epistolar para narrarnos una historia cronológicamente simultánea a la de la novela anterior: *La campaña del Maestrazgo*. Ahora, don Bertrán de Urdaeta nos hace un retrato brillante, entretenido y muy aleccionador de las aventuras del ejército del pretendiente Carlos, de su corte y de su viaje hacia Madrid en busca del poder que él creía suyo. También sabremos del funcionamiento de las intrigas y los tejemanes diplomáticos en busca de una solución negociada al conflicto carlista.

A la par conoceremos la historia romántica, que poco tiene que ver con la política, y que está centrada en la evolución del protagonista de esta serie, don Fernando Calpena, que está triste por su reciente desengaño (la boda de Aura con uno de sus primos, Zoilo Arratia) en casa de una hija de su amigo el caballero don Bertrán de Urdaneta.

Calpena se reencontrará con el cura Pedro Hillo, quien iniciará movimientos para hacerle olvidar a Aura e intentará emparejarlo con un nuevo personaje, Demetria. Pero la cosa no será nada fácil: parece que Aura, al enterarse de que Fernando no está muerto, se ha escapado y ha iniciado la búsqueda de su enamorado.

**I**

De Doña María Tirgo a Doña Juana Teresa
*En La Guardia, a 20 de febrero de 1837.*

Amiga y señora: Por la tuya del 7, que me trajo el seminarista de Tarazona, he comprendido que la mía del día de la Candelaria no llegó a tus manos, o que anda por esos caminos atontada y perezosa; que esto suele acontecer a todo papel que al correo se fía, a quien ahora damos un nombre que le cae muy bien: *la mala.* Repito en esta, asegurada por la mano de unos ribereños que llevan trigo, lo que te dije en la que se atascó en esos baches, y le añado novedades que han de causarte admiración, como a mí, sin que aún podamos afirmar si serán adversas o favorables a nuestro asunto.

Salvo los alifafes con que nos obsequia la edad a José María y a mí, todos acá disfrutamos de salud corporal gracias a Dios; pero a los dos viejos no deja de visitarnos la tristeza, ni hallamos fácil consuelo al término desairado de aquellos planes que eran nuestra ilusión. Las niñas están que da gozo verlas, sanas y alegres, como si nada hubiera pasado; Demetria, inalterable en sus hábitos de mayorazga y gobernadora de hacienda; Gracia, juguetona y risueña los más de los días; los menos, caída y quejumbrosa.

No he podido sacarle a Demetria razones claras de su negativa. Otro amor, dices tú. Yo digo que otra inclinación, mas no otro novio... Te aseguro que el sujeto a quien desde el principio tuve por causante de nuestro fracaso, lo ha sido sin intención suya buena ni mala. Entre el tal sujeto y *la perla de la familia* no se ha cruzado declaración, ni *síes* ni *noes*, ni frase alguna que haya traído o llevado melindres de amor. De los demás pretendientes coterráneos que han presentado con gran encogimiento sus memoriales, hace la niña tanto caso como del canto de los grillos. No la pierdo de vista en casi todo el día y parte de la noche, y sé que para ella no hay *más sujeto que el sujeto* de quien tienes noticia. No hay otro; no puede haberlo. No solo es Demetria la misma honestidad, sino la discreción y comedimiento en todo. No digo liviandades, pero ni siquiera coquetismo se ha conocido jamás en ella, ni las presunciones y vanidades de otras. Su carácter grave la induce a permanecer metida en sí guardando sus devociones y querencias sin manifestarlas, engañando su soledad con los quehaceres continuos. A veces, observándola bien, como lo hago yo, se ve que asoma por entre el tráfago de sus ocupaciones una puntita de tristeza; pero la pícara se da prisa a meterla para adentro, temerosa de que se la descubran. Esta es Demetria. Yo, que la conozco, la creo capaz de estar así toda la vida, al menos toda su juventud, si Dios Omnipotente no produce en ella una feliz mudanza.

También te digo que en las dos cartas que aquí se recibieron del sujeto, escritas en Medina y Villarcayo, no hay nada en que se pueda vislumbrar oposición al plan que creímos realizable con las dichosas vistas: leí las tales cartas, como las contestaciones de acá, y te aseguro que no contenían más que las finezas propias de una amistad respetuosísima, expresadas por él con gallarda pluma, por ella con frialdad cortesana y muy decorosa, como de joven soltera que tiene cabal idea de los comedimientos de palabra y de escritura que le impone su estado. Y dicho esto, querida Juana, paso a comunicarte la novedad que motiva principalmente estos renglones, y que no es otra que las tremendas calabazas que ha dado al sujeto su novia, una tal Aura, que dicen es mestiza de italiana e inglesa. Ya sabes que el caballerito tenía con ella compromiso, y aun creo que mediaba palabra de matrimonio. Ello es que al llegar a Bilbao, donde residía la niña con unos tutores o no sé qué, resultó un gracioso paso de final de comedia. Entró don Fernando, con no poca prisa, acompañando a las tropas vencedoras de la facción, y la primera noticia que tuvo de su ídolo fue que el día anterior se había casado con un primo, miliciano nacional y comerciante de quincalla. ¿Qué te parece? No sé si al caer el telón, después de este final, cogió a don Fernando dentro o fuera del escenario. Creo que se quedó fuera, y ya me figuro su desairada y ridícula situación. ¡Vaya con la niña! Yo te aseguro que él no merece tan feo desaire, pues no hay otro más caballero y delicado. Por juicioso no le tengo; es de estos que con tanta lectura y la facilidad para discurrir, se llenan la cabeza de viento, y piensan y obran a la romántica, según ahora se dice. Pero con todo, no merecía ser plantado en forma tan villana... Y ahora pensarás tú, como yo al enterarme de las calabazas de nuestro amigo, que el rechazo de este golpe ha de sernos desfavorable, porque, naturalmente, desairado el hombre y sin novia, libre ya de su compromiso, buscará en La Guardia el remedio de su tristeza y la sustitución de aquel amor perdido. Piensas eso y lo temes, ¿verdad? Yo también lo temí; pero recordando el carácter de don Fernando se me ha quitado esta zozobra. Tanto José María como yo creemos que no es hombre el señor de Calpena que da fácilmente su brazo a torcer. No es pretendiente de oficio ni buscador de dotes, ni de estos que presentan ante una mujer como Demetria la cara enrojecida por el bofetón de otra mujer. No; el desairado amante no aportará más por aquí; se irá a su natural centro, que es Madrid, donde pocas personas tendrán conocimiento de su descalabro, y podrá dorarlo y desfigurarlo con una mano de romanticismo. Por todo lo cual, querida Juana, estimamos más favorable que adversa la livianísima conducta de esa inglesa-italiana que de un modo tan odioso ha burlado al buen caballero. ¿Nos dejará el campo libre? Así lo creo. Falta que nuestra adorada *perla* y mayorazga entre en razón, y nos rinda su arisca voluntad. Así lo pedimos a Dios en nuestras oraciones mi hermano y yo, confiando en que Su Divina Majestad no nos llevará de esta vida sin que veamos unidas las gloriosas casas de Idiáquez y Castro-Amézaga.

José María me encarga te exprese todos los rendimientos de su fineza y buena memoria, anunciándote que en cuanto le desaparezca el achaquillo de la mano derecha, escribirá largo al señor don Rodrigo. A este darás de mi parte el abrazo más apretado que puedas... Se me olvidaba decirte que sentiré mucho se confirmen tus temores respecto a tu desquiciado suegro, el pobre Don Beltrán. ¿Pero es cierto que su desatino ha llegado al extremo caso de abandonaros, escapándose como un colegial, y corriendo a tierra de Teruel en busca de dineros?... Ya dije yo, cuando vino acá con vosotros, que el pobre señor no rige ya de la cabeza... Que Dios le conserve y le guíe y le enriquezca, cosa esta última bien distante de lo posible... ¡Siempre el mismo don Beltrán, a quien viene bien llamar ahora *el Grande* por la enormidad de su desvarío! Os supongo disgustadísimos con esta chiquillada del viejo. Llevadlo con paciencia, y estad a las resultas, que bien podrían ser fatales. A Dios, amiga, que te me guarde cuanto deseo, —*María*.

P. Don —Abro esta para incluir otra novedad, calentita, de esta noche, y aquí la meto juntamente con la sospecha de que pueda tener alguna relación con nuestro asunto. En la tertulia de las niñas han hablado de un caso doloroso, en Madrid ocurrido días ha, y que no sé si ha venido en el descaro de los papeles o en la reserva de cartas particulares. Ello es que se ha suicidado, pegándose un tiro en la sien, un joven de talento y fama, por despecho amoroso, de la rabia que le dieron los desdenes de su amante, la cual es casada. Digo yo si será... El nombre del criminal, ninguno de nuestros tertulianos acertó a decirlo; solo aseguraron que era hombre de pluma y firmaba sus escritos con nombre supuesto; que figuraba entre los llamados románticos, y qué sé yo qué. No estoy bien segura de saber lo que significa esto del romanticismo, que ahora nos viene *de extranjis*, como han venido otras cosas que nos traen revueltos; pero entiendo que en ello hay violencia, acciones arrebatadas y palabras retorcidas. Ya vemos que es romántico el que se mata porque le deja la novia, o se le casa. El mundo está perdido, y España acabará de volverse loca si Dios no ataja estas guerras, que también me van pareciendo a mí algo románticas. Pues bueno: al oír la noticia, observé que Demetria palidecía, y enseguida me puse a atar cabitos. Nuestro *sujeto* es romántico, y sus ideas no van por lo corriente y natural, como nuestras ideas; nuestro *sujeto* debió de parar en Madrid de la carrera que tomó al recibir las calabazas; nuestro *sujeto* ha sido plantado por su novia, que le amó de soltera y le despreció casada; nuestro *sujeto* usaba también remoquete, pues nadie me quita de la cabeza que Calpena no es su verdadero nombre... y en fin, corazonada, hija, corazonada. Veremos si acierto. También te aseguro que mientras ataba cabitos, mi sentimiento era muy vivo... pues el *sujeto*, romanticismos aparte, es digno del mayor aprecio. No he podido dormir en toda la noche pensando en aquella hermosa vida cortada por sí propia en un arrebato. Si es, porque es, y si no, por quien sea, perdónele Dios, y ojalá entre el disparo y la muerte tuviera el pobrecito espacio para un soplo de arrepentimiento... Vuelvo a cerrar esta, que ya vienen por ella los que han de llevármela bien segurita. Vive y manda.

## II

De la señora marquesa de Sariñán a Doña María Tirgo
*Cintruénigo 1º de marzo.*
Amada Mariquita: Por desgracia nuestra, de cosas muy diferentes de las que contiene tu carta tengo que hablarte en esta mía, que escribo en la mayor desolación. Si no ha llegado a vuestra noticia la grande novedad de acá, sabe que nuestro pobre don Beltrán, arrastrado lejos de su casa por el desatino de su imaginación, ha tenido el triste fin que Dios reserva a los cortos de juicio y anchos de ambiciones. El infeliz anciano, que a nadie

quería someterse, ha perecido en el primer tropiezo de sus descarriadas aventuras. Llegó sin novedad a Caspe, donde fue alojado por el amigo Don Blas; de allí se trasladó a la villa de Alcañiz; partió después en dirección desconocida, a pie, sin más compañía que la de uno de los chicos que llevó de aquí, y antes de que supiéramos el objeto que en tal correría le guiaba, hemos sabido que, cogido por los carlistas en las inmediaciones de un pueblo que llaman la Codoñera, fue llevado a Valderrobles, donde recibió bárbara muerte. Ya puedes figurarte nuestra consternación al tener conocimiento de esta tragedia, castigo superior a los yerros del *primer noble de Aragón*. Purificado por su martirio, Dios le habrá acogido en su santo seno. Era don Beltrán quisquilloso y díscolo, y además el primer manirroto que se ha conocido desde Moncayo al Pirineo; mas no se le podían echar en cara bajas acciones. Teníamos nuestras disidencias, eso sí, por ser mi carácter totalmente distinto del suyo; reñíamos con más acritud que saña por la cosa más ligera; mas nuestras reyertas no tenían hiel; eran como un bromear algo vivo, y nada más. Él me llamaba a mí *Doña Urraca*, zahiriendo con este nombre mis hábitos de arreglo; yo le llamaba a él *Don Gastón*... Pues me pesa, sí, pésame haberle dado este mote, que expresa nobleza y vicio de prodigalidad. ¡Pobre señor, pobre viejo... y cómo se acordaría de la paz y el regalo de su casa; cómo nos echaría de menos en el desamparo, en las agonías de aquella muerte inicua! ¡Que mis lágrimas le hayan suavizado el camino para subir hasta la Bienaventuranza eterna; que Dios haya tenido en cuenta sus cualidades generosas, su hidalguía y demás prendas de caballero!

Pasados los primeros instantes de nuestro duelo angustioso, determinó Rodrigo que las exequias fueran solemnísimas y de nunca vista suntuosidad, como a tan esclarecido difunto correspondía. Ayudados por nuestro buen amigo y capellán el párroco de esta villa, que deploraba no tener a su disposición todo el golpe de clerecía que para el caso era menester, expedimos propios a Tarazona y Calahorra solicitando la asistencia de los excelentes amigos de la casa en aquellas insignes diócesis, y gracias a esto hemos tenido la satisfacción de ver en nuestra parroquial de San Juan veintitantos señores canónigos, abades y racioneros, sin contar con los cantores y músicos que reunimos, agregando a los de aquí los de la colegial del Santo

Sepulcro de Tarazona. Con tal concurso de señores sacerdotes, ya puedes figurarte la magnificencia de las honras, y la edificación y devoción con que a ellas asistió todo el pueblo. Ofició el señor arcediano de Tarazona, don Froilán Calixto, a quien conoces, asistido del doctor don Juan Crisóstomo de Montestrueque, canónigo entero de la colegial de Borja, y don Francisco Viruete, racionero medio de Calahorra. Entre los que concurrieron, citaré los más granados: el doctor don Pedro de Clavería, abad del Burgo de Alfaro y canónigo entero patrimonial; el arcediano de Berberiego, don Roque Tricio; don Miguel de Paternina, vicario y teniente foráneo; don Alonso de Herce, prior y canónigo medio de la colegial de Albelda; don Ventura de Armañón, canónigo cuarto de frutos en la colegial de Nájera; el chantre de Tarazona, don Juan Clúa; el provisor y vicario general, don Francisco Tris; el prior del Santo Sepulcro de Jerusalén de Tarazona, y alguno más que se me olvida, de fijo, pues mi cabeza, como puedes suponer, con el barullo de estos días, no anda tan firme como yo quisiera. Tenemos la satisfacción de que no se han visto por acá funerales más lucidos; no los llevara mejores ni con más decoro de personal un infante de España, y si nuestro pobre *Don Gastón* los viese, él, tan amigo de la pompa en los actos públicos, habría quedado muy satisfecho. Por causa de sus achaques no pudo asistir el prelado de Tarazona; pero nos escribió una dulce y consoladora carta, que nos fue de grandísimo consuelo, por su ausencia. Nada quiero decirte de la hermosura y alteza del túmulo, ni de la prodigiosa cantidad de cera que en torno de él ardía, dándole apariencias de monte de plata y oro refulgente: en ello puso sus cinco sentidos nuestro buen párroco don Mateo Palomar, que mandó construir la carpintería del catafalco, y colgó en ella los paños más ricos, con bordados y flecos, que facilitan las monjas de la Trinidad de esta villa. En fin, Mariquita mía, que todo se ha hecho noblemente, como nos correspondía, y Rodrigo y yo estamos muy aliviados de nuestra tristeza con la satisfacción de haber cumplido este deber, sin que nos duela el excesivo dispendio ante tan sagradas obligaciones. Rodrigo, que lleva cuenta minuciosa de todo, me ha dicho que solo la traída de los cantores de Tarazona y el emolumento de los de aquí monta mil trescientos veintisiete reales... A este respecto, figúrate lo demás.

Bien comprendes que no habré estado ociosa estos días, pues he tenido que poner mesa para todos los señores dignidades, canónigos y racioneros que han tenido la dignación de asistir a las honras. La víspera del ceremonial no pude sentarme en diez horas seguidas, y a mi servidumbre tuve que agregar tres mujeres de las más amañadas del pueblo. Ello había de ser de lo más opíparo, conforme al lustre y nombre de la casa, y más valía pecar por carta de más que por carta de menos. Ayer, al salir el Sol, ya llevaban mis pobres huesos hora y media de trajín, y la función religiosa no pude gozarla entera, pues antes de que sonaran los piporrazos finales, tuve que venirme a casa con mi gente a dar los últimos toques a la mesa, puesta con la friolera de veintiséis cubiertos. Nada te digo de la mantelería, pues ya sabes que esta es mi pasión, y que gracias a Dios poseo y conservo piezas que no tienen que envidiar a las del palacio de un rey. De plata repujada, ostenté lo que Rodrigo y yo hemos logrado salvar de los derroches del pobrecito *don Gastón*, a quien Dios perdone. Conservamos algunas piezas del riquísimo tesoro de la casa de Urdaneta, y todo lo mío, que no es poco. Grandes apuros pasé para presentar comida digna de tales personajes, y me vi y me deseé para reunir diecisiete pavos, adquiriendo todo lo que en estos contornos había. Pollos tuve bastantes con los de casa, pues de las echaduras del año pasado guardaba más de cincuenta; liebres y palomas encargué a Veruela, y de Borja me trajeron las riquísimas truchas. De bizcochadas y dulcería no me ha faltado lo mejor que hacen estas monjitas y los confiteros del pueblo. En fin, que creo no hemos quedado mal con estos reverendos señores, y a mi parecer, no se han ido pesarosos de haber tributado este homenaje a nuestra casa. Grandes elogios hicieron de mi mesa y cocina, así como de los ricos vinos blancos y del rancio de nuestras bodegas. A todos les probó muy bien, menos al licenciado Viruete, racionero medio de Calahorra, el cual, quizás por algún exceso en la comida, se sintió por la tarde sofocadísimo, y hubieron de llevarle a la botica, donde le aplicaron, para destupirle, los remedios del caso. El señor prior de Albelda, con quien hablamos de ti, me encargó mucho que te mandase memorias en mi primera carta: allá te van. Piensa ir a La Guardia antes de quince días: él te dirá si les tratamos como se merecían.

Y vamos a lo nuestro, aunque no me extenderé mucho, porque me llaman mis ocupaciones: el funeral y el convite me han dejado la casa muy revuelta, y primero que vuelva todo a su sitio han de pasar algunos días. Lo de las calabazas, por un lado me complace; por otro me apena. En ese descalabro de nuestro maldecido *sujeto*, veo la mano de la Providencia, que ha querido castigar con cruel desengaño al que a nosotros nos ocasionó turbación tristísima, que no merecíamos. La desavenencia que nosotros lloramos, págala él con creces, y con vergüenza y amarguras mayores que las nuestras. Que se fastidie, que se le lleven los demonios. Pero no participo de la candidez con que estimas favorables las calabazas. No, Mariquita, no: ese vendrá ahora contra la *perla*, haciéndose el inconsolable y buscando que ella le consuele; y la niña, con toda su bondad y dulzura, se os volverá romántica, o loca, que viene a ser lo mismo. Créelo: así será. Tú y don José María sois muy angelicales, y todo lo veis por el lado risueño y feliz. Enteramente angelical es esa idea tuya de que don Fernando nos va a dar el *rasgo* de ausentarse para siempre, extremando su delicadeza. No, hija, no: basta que sea romántico, para que proceda de un modo contrario a lo que piensas. Verás cómo trata de aplicar a su descalabradura el ungüento prodigioso de Castro-Amézaga, sabedor de que la niña lo administra bien y lo aumenta cada año.

Y a propósito de romanticismo, Mariquita mía, ¿estás en Babia? El que se ha suicidado en Madrid es Larra, un escritor satírico de tanto talento como mala intención, según dicen, que yo no lo he leído ni pienso leerlo. Las señoras, a sus quehaceres de casa, y si hay algún ratito libre, a buscar buenos ejemplos en el *Año Cristiano*. Déjame a mí de sátiras que no entiendo, y de literaturas, que siempre traen algún venenillo entre la hojarasca. Pues sí: ese desdichado firmaba sus escritos, que no sé si eran en prosa o en verso, con el apodo de *Fígaro*, nombre de un barbero que hubo en Sevilla, según me dice Rodrigo. Se mató por contrariados amores con una casada; ¡qué abominación!... Mira: al leer esto, que no va con buena gramática, cuida de no confundirte: el que se pegó el tiro no fue el barbero, sino el satírico. Dios le haya perdonado... Déjate de atar cabitos, que nada tiene que ver el muerto de allá con el calabaceado de Vizcaya.

Está de Dios que yo no acabe esta carta, pues al querer ponerle fin, se me ocurre decirte otra cosa, y ella es tal, que no la dejo, no, para otro día.

Hoy hemos entrado Rodrigo y yo en el cerrado cuarto de don Beltrán para hacer inventario de lo que allí guardaba el pobre viejo y poner mano en sus papeles. ¡Ay, Mariquita, qué cosas hemos encontrado en la caverna del primer noble de Aragón! Mi primer impulso fue entregar al Santo Oficio su colección de retratos de mujeres; pero hay entre ellos algunas miniaturas preciosas, y eso los ha salvado del auto que merecen. Siempre fue el arte abogado del maleficio. No pude resistir a la tentación de examinar algunos. La mayor parte representan hermosuras francesas o españolas afrancesadas del tiempo del Imperio, con aquellos trajes ceñidos, enseñando las carnazas del cuello, de los hombros y algo más... ¡Hija, qué indecentes! Dice Rodrigo que son damas; pero yo digo que son otra cosa, porque en mi tiempo y en Aragón se vestían las señoras con cierto desavío parecido a la desnudez; pero la que era verdaderamente honesta se tapaba, sin estar por eso menos a la moda. Examinados los retratos, sacamos de las papeleras paquetes de cartas. Entre diversos legajos que no contienen nada de interés, hallamos el archivo de Satanás: cartas de enamoradas, de seducidas, de amigas confianzudas, de bribonas que se titulaban amigas. ¡Qué horror! Muchos de estos documentos históricos están en francés. Propuse quemarlo todo; pero Rodrigo defendió la conservación del archivo con argumentos tan juiciosos, que logró convencerme. Dice que entre aquellos papeles los hay de gran interés para los que coleccionan autógrafos, o para los que allegan datos personales con que escribir la historia. Total: que en París o Londres, y en Madrid mismo, hay quien paga en buena moneda las cartas de celebridades, ya sean de *monsiures*, ya de madamas notadas por su belleza. ¡Sabe Dios lo que podrá valer el archivo del pobre *don Gastón*, que además de lo que te digo, contiene esquelas y aun largas epístolas de hombres que han dado mucho que hablar! ¡Figúrate que hay un billetito de convite firmado *Bonaparte*! Del Vizconde de Chateaubriand vi algunos pliegos, y de una que llamaban *Madama Recamier*, o cosa así, de Talleyrand, del príncipe de... Ea, no sé escribirlo... En fin, hasta de cardenales tenía cartas mi suegro; dos de ese Lamartine, tres de un cómico a quien llamaban Talma y una de *lord Vellinton*.

Por último, la emprendimos con los libros, en grandísimo número, algunos muy buenos, superiores, de historia y letras profanas, otros endemoniados, novelas, artes de amor, aventuras galantes, escenas picarescas, broza, hija, materia infernal que yo habría condenado a la hoguera; pero Rodrigo no está por quemar nada, pues, según dice, el libro que no es valioso por su contenido, lo es quizás por el lujo y la rareza de la edición. Consérvese, pues, todito, y archívese y catalóguese.

¡Y ahora resulta que quien no deja a sus herederos ni especie metálica ni bienes raíces, les beneficia con el propio matalotaje de sus hábitos viciosos! ¡Hija, la Providencia...! Libros devotos de los mejores poseía también; pero de poco le sirvieron para mejorar de costumbres, porque nunca los leía ni por el forro. Dios le haya perdonado. Sin duda le habrá valido su buen corazón, que en verdad lo tenía excelente, excelentísimo, y debemos creer que sus frivolidades y falta de celo no serán parte a privarle de la eterna gloria que con alma y vida le deseo. Que tú y José María me le encomendéis y recéis por él. De todos los que nos honran con su amistad esperamos el mismo favor.

A mis niñas les dirás que sigo enfadada, muy enfadada; pero que no las quiero mal. Deseo vivir mucho para ver por mis propios ojos la felicidad que encontrará Demetria fuera de la que nosotras le hemos propuesto y ha menospreciado. Que me escribas pronto todo lo que ocurra. Dios te me guarde y prospere como ha menester tu amante amiga, —*Juana Teresa*.

### III

De don José María de Navarridas al Excmo. Señor marqués de Sariñá
*La Guardia, 16 de marzo.*
Ilustre amigo y dueño mío: ¡Que no fuera este papel ave ligerísima, que de un vuelo llegase a las nobles manos de usted, y con ella mi alegría, mi felicitación, mis gritos de júbilo! Pero no, no seré yo el primero que a Cintruénigo comunique la fausta nueva, pues ya por diferentes conductos sabrán ustedes que nuestro don Beltrán vive, que fue mentirosa la noticia de su fusilamiento. Acábese el duelo; huya la tristeza de la ilustre morada, y las campanas que días ha sonaron con fúnebre clamor, repiquen ahora con toque de triunfo y alborozo. ¡Ay, qué alegría tan grande, mi señor don Rodrigo! ¡Mi señora Doña Juana Teresa, yo estoy loco de contento!... Abrácenme ustedes, abracémonos todos en espíritu, ya que a tan larga distancia no podemos hacerlo corpóreamente, y juntemos y confundamos

nuestro gozo en una sola exclamación: «¡Ay, qué felicidad!...» Ha deshecho la impostura mi amigo y ahijado Nicasio Pulpis, de quien acabo de recibir carta en que me notifica el falso rumor de la muerte de Don Beltrán en la Codoñera, agregando que fue equivocación o trastrueque de nombres. Bueno y sano estaba el prócer en Utiel y muy considerado de Cabrera, que le sentaba todos los días a su mesa y no hacía nada sin consultarle. Incluyo la carta de Pulpis para que ustedes gocen en su lectura y lloren sobre ella de alegría, como he llorado yo. Esta resurrección de nuestro anciano viene a confirmar la idea que con tanta gracia como tesón solía manifestar, y era que él tenía hecha la contrata o asiento de un siglo de vida, y que, por tanto, lleva forrado el cuerpo con una costra de confianza que no traspasan balas ni epidemias. El cólera le mira con miedo, y la muerte vuelve la vista cuando a su lado pasa. ¡Viva, pues, don Beltrán, y viva con su pepita, con los defectillos y púas de su carácter, los cuales no empecen para que le admiremos y le queramos todos! Bien sé que ustedes le adoran. ¿Cómo no, si es tan bueno, aunque pródigo? Y mi señor Don Rodrigo, penetrándose bien de la lección que nos dio Nuestro Divino Maestro en su admirable parábola, dirá: «Traed un ternero cebado, y matadlo y comamos, porque este mi abuelo era muerto y ha revivido, se había perdido y ha sido hallado.»

Ya sabrán ustedes que el día 6 le hice mi funeral, todo lo que aquí puede hacerse, y entre los coadjutores y yo le hemos aplicado como unas nueve misas. Nada de esto vale. Mejor. Dios quiere que el señor don Beltrán *el Grande* nos entierre a todos... Cedo pluma y papel a mi señora hermana, que me da prisa para tomar su vez en la demostración de nuestro júbilo por el feliz suceso. Vivan todos mil años, repite, besando las manos de usted, su muy obligado servidor y capellán, —*José M. De Navarridas.*

**IV**
De Doña María Tirgo a su amiga Doña Juana Teresa. —(Incluida en la anterior)
*Hoy, lunes 16.*

Ya decía yo, mi amante amiga, que os habíais corrido con harta precipitación a celebrar el funeral, dando por verdaderas las primeras noticias que recibisteis. Os movió a ello sin duda vuestra gran piedad y el deseo de ayudar al buen viejo, con vuestro sufragio, en la reparación de su alma. No necesito decirte cuánto nos hemos alegrado de que viva el noble señor, y de que aún tengáis que sufrir alguna de sus impertinencias, propias de la edad. Mil y mil felicitaciones, amados Juana y Rodrigo, por la vuelta del pródigo *don Gastón*. Pero se me ocurre que si continúa tu suegro en lo que llaman el *teatro de la guerra*... que teatro había de ser para mayor perversión... No esté su vida muy segura, pues allí fusilan a cada triquitraque, y a muerte natural le exponen además sus años cansados y las penalidades, ajetreos y hambres que ha de sufrir. Manda, pues, que se conserve todo lo que se preparó para las frustradas honras, catafalco, blandones y demás, y si por desgracia viniese con veras lo que antes vino con engaño, cumples disponiendo un ceremonial decoroso y modestito, evitando esa traída de señores eclesiásticos, buena cosa para una vez, como demostración de la nobleza y poderío de tu ilustre casa.

Las niñas me encargan os exprese su alegría por esta felicidad de la resurrección del caballero. Las pobrecitas lloraron por su falsa muerte, y ahora no caben en sí de satisfacción: le querían, le quieren; se encantaban oyéndole cuando aquí estuvo con vosotros, y celebraban el recreo y finura de su conversación y su especialísimo donaire para obsequiar a las damas, cualidad en que nadie le iguala debajo del Sol. «¡Viva Don Beltrán! —clamaban Demetria y Gracia batiendo palmas—. Quisiéramos tenerle aquí para darle las dos a un tiempo, cada una por su lado, un abrazo apretadísimo.»

Y paso a nuestro asunto. Sabrás, mi buena Juanita, que el pájaro, o llámese sujeto, ha parecido. No es que esté aquí, ¡Jesús! Por acá no ha venido, ni creo que venga; pero sabemos dónde está. Después de muchas vueltas de un punto a otro de Vizcaya, buscando en quién descargar su cólera por el chasco sufrido, ha ido a parar, ¿a dónde creerás? a Villarcayo. Allí le tienes hospedado tranquilamente en la casa de tu cuñada Valvanera. No es mal sitio para reposar de tantas fatigas y digerir las enormísimas calabazas. Pues de su presencia y descanso en tierra de Mena tenemos noticia por Sabas, un criado de casa que se llevó de escudero; y aunque todavía sigue a su servicio, ha venido a ver a su madre enferma y sacramentada. Una cosa rarísima, querida Juana: Sabas no ha traído carta del sujeto para las niñas ni para nadie de esta familia. Cuenta que tan solo le encargó dar a todos las más finas expresiones. Mi hermano, muy contento de saber que vive y está bueno don Fernando, ha dado en la tecla de escribirle pidiéndole noticias de su vida y milagros en todo este tiempo. Ya he dicho a José María que, persistiendo en nuestra buena memoria del señor de Calpena, por el servicio que prestó a las niñas sacándolas de Oñate, debemos abstenernos de entrar ahora con él en relación de cartitas y bobadas, pues ya cumplimos con lo que nos mandaba nuestro agradecimiento. Que en esto del daca y toma de cartas, se sabe dónde se empieza y no dónde se concluye; y hasta podría ser que se nos plantara aquí y no tuviéramos más remedio que alojarle en casa de las niñas o en la nuestra. No, no: bien se está San Pedro... En Villarcayo. Te pasmarás si te digo que tratando ayer en la mesa de este punto grave, de si convenía o no escribirle, y manifestándonos José María y yo de contrapuestos pareceres, Demetria apoyó mi opinión. A esta niña no la entiende nadie.

Tienes razón: he sido una simple al querer atar el cabo de la muerte del satírico madrileño con este otro cabo suelto de acá. Creía yo que las mismas causas podían dar los mismos efectos; pero mirándolo bien, hay menos semejanza entre los dos de lo que a mí me parecía. El de Madrid usaba, en efecto, nombre de un barbero para firmar sus romanticismos prosaicos. Demetria, que conserva todos los libros de la biblioteca de su pobre padre, a quien en otra forma mató el romanticismo, ¡Dios le tenga en su santa gloria! está muy enterada de todo esto, y dice que el difunto suicida era un hombre que con su propio pensamiento, como la cicuta, se amargaba y envenenaba la vida. A este propósito mostró Demetria un libro ya por ella leído, y que pensaba leer de nuevo, en que otro romántico de los más gordos pone el ejemplo del enamorado que se mata por tener la novia casada. Llámase *Las cuitas del joven Uberte*, o cosa así, y ello es una historia muy sentimental y triste, porque el hombre no se conforma con su suerte, y está siempre buscándole tres pies al gato, hasta que le da la idea negra de pegarse un tiro, lo cual debo condenar por garrafal tontería, a más de condenarlo por pecado execrable. ¡Vaya unas abominaciones que se escriben! Tu suegro debió de conocer al autor de este libro, un tudesco de nombre muy atravesado, que parece vizcaíno, así como *Goiti* o *Goitia*. Entiendo yo que Demetria ve más emparentado al don Fernando con el personaje de esta historia, fingida o real, que con el melancólico y desesperado muerto de Madrid. Ella no dice nada; pero se lo conozco, y me da mala espina esta afición que ha sacado ahora por la literatura, prefiriendo la sentimental y de lloriqueos, tristezas y desastres, pues no solo anda resobando al tal *Uberte* o *Güerter*, sino también a otros libros y novelas de amores contrariados, siendo más extraña esta afición, cuanto que siempre fue perezosa para toda frivolidad. Ahora la ves agrandando cada día los ratitos perdidos, o sea los que consagra a este entretenimiento de los libros, que me parecen son prohibidos, si bien entiendo que por dañosos que sean no han de causar malicia en entendimiento tan claro y voluntad tan sana como la suya. Las de Álava le han traído una historia escrita por ese que se mató, y que se titula *El Doncel de no sé qué Rey*, y otra de un autor escocés que tú conocerás; yo no acierto a escribir su nombre. Estaré con cien ojos, a ver en qué paran estas lecturas. A Dios, que te me guarde muchos años. —*María*.

## V

De Fernando Calpena a don Pedro Hillo, presbítero
*Villarcayo, 28 de febrero.*
Aquí me tienes, ¡oh insigne Mentor y capellán mío! aquí está tu Fernandito, que determinado ya, por el rigor de sus desdichas, a no tener voluntad propia, abraza la orden de la obediencia, y se convierte en materia pasiva a quien gobiernan superiores, indiscutibles voluntades. Quien manda, manda. Mi supremo tirano (cuyas manos mil veces beso) dice: «que vaya el niño a Villarcayo.» Pues ya tienes al niño camino de la villa menesa. «Que se aloje el chiquitín en casa de Maltrana, donde será bien recibido y agasajado.» Pues aquí está gustando las delicias de una hospitalidad amorosa. Hoy no tiene tu discípulo más goce que renunciar a todos los que de su propia iniciativa pudiera esperar, ni más orgullo que la humildad, ni más albedrío que el no tenerlo, ni más independencia que la absoluta sumisión al gusto y ordenanzas de los que quieren, y por lo visto deben mandar en él. Cuando un hombre se equivoca en el grado de mis equivocaciones; cuando las propias iniciativas salen de tal modo frustradas, justo es que imponga a su torpe voluntad esta penitencia de la radical anulación.

Sí, sí, mi amado sacerdote; esta bribona de mi voluntad ha de pagarme la que me ha hecho: condenada la tengo a desempeñar por ahora en mi vida un papel semejante al de los diputados que no dicen más que sí y no, según las órdenes del Gobierno. Y que no me va mal, gracias a Dios, en el nuevo régimen de mi pasividad o vida boba, pues en este Limbo en donde la autoridad me confina, estoy a qué quieres boca, tan mimadito y agasajado, que sería yo la misma ingratitud si me quejara.

¿Y ahora sales, ¡oh amigo maleante! con la gaita de que te cuente los pormenores de mi atroz caída y de la catástrofe de mis ilusiones? Francamente, me encuentro muy tranquilo en este descanso, y no me hace maldita gracia volver sobre sucesos que más son para olvidados que para referidos. Aún no se ha disipado la turbación que en mi alma produjeron, ni el despecho rencoroso, ni la vergüenza, que vergüenza he sentido y siento de tan inaudito desaire. ¿Pero tú qué entiendes de estas cosas, hombre solitario, apartado por tu ministerio de la mala compañía de las pasiones? Si en ello insistes, y a todo trance quieres que yo mismo te pinte mi caricatura, lo haré; mas deja que mi espíritu se sosiegue, y que mi amor propio se cure sus heridas, ya que va mejorando de las magulladuras y cardenales. Conténtate en estos días con lo que desde Balmaseda te escribí, dándote la triste síntesis del desenlace de mi drama, el cual habrá silbado, porque lo merece, como final sin lucha, sin solución ni catástrofe, terminado en las tablas por un monólogo de desesperación, mientras dentro suenan voces y cantorrios de epitalamio... Ya habrás comprendido que no me pegué el tiro mortal ni tuve intención de ello... Y a propósito, hombre: cuéntame lo del pobre Larra. Algo más habrá de lo que se dice por aquí. ¿Fue por la de C...? Y en el entierro, ¿qué? ¿Fuiste tú? Mándame los versos de ese nuevo poeta.

Quedamos en que mi tristísimo y pedestre desenlace se guarda, por ahora, inédito. Ya me lo he silbado yo. Guarda tus pitos para mejor ocasión. Y porque no te quejes de mí, satisfaré tu curiosidad, más de monja que de clérigo, dándote noticias de la hidalga familia en cuyo seno he rendido mi voluntad, obediente al supremo mandato.

Al ir hacia Bilbao... y más me hubiera valido meterme en el mismo Averno, hice conocimiento con esta noble familia. Llevome a su casa de Medina de Pomar el papá de la señora, don Beltrán de Urdaneta, cuya interesantísima figura histórica y social te describí ligeramente en mi primera carta de Balmaseda. Obsequiado fui entonces por el señor Maltrana y su esposa, moviéndoles a ello el cariño que me tomó el primer caballero de Aragón, a quien entré por el ojo derecho; pero mayores han sido ahora los agasajos, sin que pueda de tales extremos darme explicación: para encontrar alguna, tengo que recurrir al misterio que me rodea desde que entré en ese Madrid de mis pecados. Me han tomado por su cuenta las hadas, y pienso que las de Madrid tienen buenos compinches en las de Villarcayo. Mientras llega la ocasión de confirmar mi sospecha, *soñemos, alma, soñemos*.

Bueno. Sabrás que el señor don Juan Antonio de Maltrana es un buen caballero, no del cuño histórico de don Beltrán, sino de esta nueva caballería que se va creando ante nuestros ojos, transacción del rancio españolismo con las novedades del pensamiento francés. Liberal templado, adora el justo medio; detesta por igual el absolutismo y las revoluciones; cree que por componendas se obtendrá la paz de los espíritus y el bienestar de los pueblos; que debemos buscar el compadrazgo de la religión y la filosofía, de la libertad y la autoridad; y para que todo sea bienandanza, la reconciliación del romanticismo con el clasicismo dará los mejores frutos del arte. Hombre rico, espera que salgan a la venta los grandes predios que fueron de monacales para comprarlos. Entrevé el desarrollo de la riqueza, la asociación industrial, las máquinas agrícolas, el papel moneda, y otras muchas cosas que aguardan el último tiro de la guerra para pasar el Pirineo. Sus ideas no son luminosas, son propiamente sensatas, producto de la fácil asimilación, que no es lo mismo que el estudio. Su palabra es fácil, gramatical, opaca, comedida en las disputas; su elocuencia propiamente ilustrada, muy propia para unos tiempos en que la política es el arte de un conversar ameno sobre todas las cuestiones. Desea el hombre ser diputado, y lo será; y si no se planta en los primeros puestos, tampoco se quedará en los últimos. Para dártele a conocer físicamente, te diré que se parece bastante a Salustiano Olózaga, pero con más años: la misma hermosura de ojos; talla y aire majestuosos, cierta presunción o contento de sí mismo, don de gentes, cortesía exquisita.

De su mujer te diré que sin ser muy hermosa que digamos, cautiva más que si lo fuera, por su gracia, su afabilidad, su señorío, maravillosamente fundido con la llaneza. Como no la conoces, amado clérigo, no has visto la encarnación del buen gusto: eso es Valvanera, el buen gusto convertido en mujer, digo, en señora, pues no hay otra que mejor merezca tal nombre. Hasta en los actos más insignificantes se revela su cualidad suprema, el don de la forma. Me encanta verla dar de comer a sus hijos pequeños; si la oyes reñir a su criado, quisieras ser tú el reñido; y si por algo te reprende, no tienes más remedio que darle las gracias. Creerás que es una señora de pueblo, de esas que a la ranciedad de la nobleza y de las costumbres unen la tosquedad que da el vivir constante en villas de corto vecindario. Pues te equivocas: nacida en noble cuna, educada en los mejores colegios de Francia, Valvanera es verdadera *castellana* en el sentido feudal de este término; verás en ella el aire campesino y la singular majestad que dan la cuna y la educación esmeradísima. Doce años hace que vive aquí. No echa de menos el bullicio de Madrid ni la elegancia parisiense; adora la residencia oscura donde ha criado a sus hijos, y comparte con su marido el gobierno de una inmensa propiedad. Suelen bajar a Burgos por temporadas, y a Bilbao algún verano. Viven como príncipes; se sienten superiores a los que gastan su existencia y sus riquezas en las grandes ciudades, con escaso provecho del espíritu y fugaces placeres. Esta nobleza campesina se va concluyendo, mi querido Hillo, por la concentración de las principales familias en las llamadas cortes. Permanecen desperdigados en las villas algunos hidalgos adheridos al terruño, tan ordinarios ellos como sus esposas, atacados ya de la nostalgia de los centros populosos. El día en que se queden solos en el campo los pobres colonos y cultivadores de la tierra, vendrá la consunción nacional. Por esto admiro a Valvanera, que, notando en su esposo cierta tendencia centrípeta, trata de retenerle; ella es centrífuga, un tanto melancólica por la influencia de las soledades agrestes. Te aseguro que yo también me voy volviendo centrífugo. Por de pronto me hallo muy bien aquí, y bendigo la mano que me ha confinado en este dulce presidio.

Bueno, bueno, mi querido Hillo... ¿de qué estábamos hablando? ¡Ah! ya me acuerdo: de que me gusta el sosiego campestre, esta vida de *chateau*, esta aristocracia labradora, *a la extranjera*, porque, pásmate, el vivir un noble en sus propiedades rurales ha venido a ser rareza exótica y huraña extravagante... Paréceme que al llegar aquí dirás que me estoy poniendo enfadoso con esta novísima *postura*, que creerás afectada, como entusiasmo caprichoso semejante al *furor* de las modas. Piensas que distraigo mi hastío aficionándome a lo que en elegancias se llama *la última*. No, hijo, no: es viejo en mí el gusto de la nobleza campesina, una de las hermosuras que vamos perdiendo, para convertirnos todos en desabridos señoretes de la Corte. Pero no sigo, no. Te veo haciendo guiños, deseoso de que te hable de cosas más gratas, y a ello voy, clérigo; aguarda un momento. Conociendo tus aficiones, te pongo delante a las dos niñas de Maltrana, Nicolasa y Pepita, tiernas y lánguidas como a ti te gustan; desaplicadas, para que sus encantos sean mayores; rebeldes a la educación clásica; la una de dieciséis años, de catorce la otra; inflamadas ambas en el santo horror de la Gramática y de la Aritmética; delirantes por el baile, por las comedias, que apenas han visto; por la sociedad, que desconocen, pues sus iguales no existen por acá; inocentes aún y cerradas a toda malicia, ¡Dios así las conserve!; obedientes a sus padres y de correctísima crianza moral; bonitas, algo traviesas y juguetonas, y no las llamo ángeles porque desconfío de los ángeles terrestres, y cuando veo alguna niña con alas, digo como el loco: «Guarda, que es podenco.»

Han hecho los Maltranas cuanto en lo humano cabe para dar a sus niñas, en la estrechez de esta vida rústica, la educación que a su clase corresponde. Un aya francesa las acompaña constantemente y les enseña idiomas y el código de las etiquetas sociales; un preceptor les llena la cabeza de principios científicos y de conocimientos históricos; un maestro de música traído de Zaragoza, y otro de baile que de Bilbao viene por temporadas, las instruyen en las artes llamadas *de adorno*; y con esto y el cuidado de su buena madre, serán dos mujercitas bien dispuestas para la vida en altas esferas. ¿Cuál será su suerte? Presumo que no ha de ser buena, y me contrista verlas tan gozosas de la vida presente, desconociendo la verdad de la humana desdicha. Las casarán con mayorazgos de campo, con militaritos bien apadrinados que lleguen pronto a generales, quizás con algún *título* de Madrid, y en cualquiera de estas posiciones serán desgraciadas, contribuyendo a ello su educación misma, que les abre los ojos a toda la miseria y podredumbre del cuerpo social. ¡Venturosos los ignorantes, los que se mantienen del fruto que arrancan de la tierra o que extraen del mar!

Sí, sí: estoy pesimista, mejor dicho, lo soy, y todo lo veo negro, no porque finjan caprichosamente la negrura mis ojos turbados, sino porque lo es. Sí, querido capellán, todo es del color de tu sotana, y lo poquito que colorea y fulgura imita el viso de ala de mosca que tienes en ella.

Mayor tristeza me dan las niñas de Maltrana cuando considero lo endeble de su salud. Azarosa es la vida de sus padres, que si las oyen toser se echan a temblar, y a cada instante les mandan sacar la lengua. Probablemente morirán en el paso peligroso de los dieciocho a los veinte años. Sí, hombre, se mueren: no lo dudes, ni alardees de una confianza basada en ñoñerías religiosas. Y si quieres que te diga una barbaridad, te la digo. Si se van, como creo, se libran del sufrimiento humano, y eso van ganando. Habrán vivido tan solo en la época feliz, o que lo sería sin el martirio de las lecciones y del odiado estudio, que no ha de servirles para nada. Figúrate el jugo que sacarán en la otra vida de sus conocimientos gramaticales de acá. ¡Tanto mortificarse por conjugar, por construir las oraciones, por escribir correctamente la *ge* y la *jota*! ¿Pues y las nociones geográficas? ¡Qué les importará de nuestras pobres penínsulas, de nuestros ríos y continentes, de si Prusia linda con la Polonia o con las Batuecas! No, no creo que nuestras sabidurías permanezcan allá, pues la Muerte no sería, como dicen, dulce amiga, si al caer en sus brazos no saliera de nuestros cerebros todo este serrín que nos metéis a la fuerza los profesores, amenazándonos con el infierno de la ignorancia, el cual tengo yo por un bonito y cómodo infierno.

Vuelvo a mi asunto para decirte que mi temor de la desgracia de estas niñas no es infundado. El hijo mayor de Maltrana murió tísico en Madrid hace tres años, contando diecisiete, y aquí tienes explicado el aborrecimiento de Valvanera a esa Villa y Corte. Los otros hijos son tres, varones y pequeñuelos, el mayor de diez años, el chiquitín de cinco. Su raquitismo, malamente combatido con la vida del campo, con los continuos paseos, el estudio y cuidado que en alimentarles se emplea, es el tormento de sus padres. Son inteligentes, muy desarrollados de cerebro, zanquilargos, flacuchos, y tan propensos a los enfriamientos, que es gran felicidad que no estén constipados. Siento una pena indecible ante estas tres criaturas: en sus rostros, como en los de sus hermanitas, veo la fúnebre sentencia, que les condena a seguir los pasos precoces del primogénito hacia un mundo que llamamos mejor antes de conocerlo. Yo tengo mis dudas; solo afirmo que peor que este no puede ser... Pues para mí no hay mayor confusión que esta descendencia menguada y enfermiza, siendo Maltrana un hombrachón vigoroso, que se precia de no haber padecido en su vida ni un dolor de cabeza, y Valvanera una mujer saludable y fuerte, aunque algo seca de carnes. Será una manifestación aislada, como otras mil que vemos, del cansancio y pesimismo de la raza española, que indómita en su decadencia, dice: «Antes que me conquiste el extranjero, quiero morirme. Me acabaré, en parte por consunción, en parte suicidándome con la espada siniestra de las guerras civiles.» Si tuviéramos buenas estadísticas, se vería que ahora muere más juventud que antes. ¿Y qué me dices de la facilidad con que los chicos y chicas que han sufrido algún desengaño siguen las huellas del joven Werther? ¿Pues y la guerra civil, esta sangría continua, esta prisa que se dan unos y otros a fusilar rehenes y prisioneros, como si cobraran de la tierra o del negro abismo un tanto por cadáver? ¿No es esto, en la vida española, una instintiva querencia del aniquilamiento? No te rías... Yo aplico mi oreja a la raza, y la oigo decir: «Puesto que ya no sirvo para nada, quiero darme a la tierra.» Si no piensas como yo, no me importa, ignaro capellán.

Pues sabrás que las niñas de Maltrana, a quienes sus padres no niegan ningún esparcimiento de buen gusto, han dado ahora en la flor de representar en casa una comedia o drama, distribuyéndonos los papeles entre todos, según las aptitudes escénicas de cada uno. Se me ha encargado de dirigir la construcción del teatro en la más grande pieza de la casa, y asistido de un carpintero y pintor de brocha gorda, daré hoy comienzo a mi tarea de armar bastidores y el tablado, y la batería de luces, y todo lo demás que constituye una perfecta escena. La obra elegida por las niñas es *El Trovador*, ¡ay de mí! Están locas con ese drama. Lo han leído no sé cuántas veces, y se lo saben de memoria. De Nicolasa, me ha dicho su madre que se despierta a media noche declamando con sonora entonación los famosos versos del ensueño. Lo terrible es que se empeñan en que yo he de hacer el *Manrique*, creyendo que en este papel dejaré tamañito a Carlos Latorre. No sé cómo salir de paso. Trato de quitarles de la cabeza la idea de estrenarnos con obra tan difícil; no me llega la camisa al cuerpo pensando que tengo yo que salir vestido de trovadorcito, con mi laúd y todo, y soltar la andanada:

*En una noche plácida y tranquila*
*que recuerdo, Leonor: nunca se aparta*
*de aquí, del corazón: la Luna hería*
*con moribunda luz tu frente hermosa,*
*y de la noche el aura silenciosa*
*nuestros supiros tiernos confundía.*

No, no me llama Dios por ese camino: lo haré muy mal. Ya les he dicho que debemos elegir *El sí de las niñas*, y Maltrana y Valvanera me apoyan en este juicioso consejo. Pero las chiquillas no conocen la obra, y, por más que les explico el argumento, no se dan a partido. No sienten la sencillez ni la prosa en el teatro, que para ellas, o es verso patético o no es tal teatro. Desgraciadamente no he podido encontrar ningún ejemplar de la comedia, aunque para ello hemos revuelto todo Villarcayo. Se pidió a Bilbao, y contestaron que ningún despacho de libros lo tiene. Espero que nos lo facilitará un amigo de Medina de Pomar, moratinista furibundo. Si lo encuentro, haré los imposibles por convencer a las niñas, enseñando a la más pequeña el papel de *Paquita*, y a la mayor el de *Doña Irene*. Yo seré el *Don Diego*; es mi papel... Pues te aseguro que lo haré con gusto, y aun que lo haré bien. Hay dentro de mí mucho que ha envejecido. Me siento *Don Diego*... Pero en este instante, ¡oh mi dulce mentor! lo que prevalece en mí, ahogando todo sentimiento y toda idea, es un sueño intensísimo. Obediente a la naturaleza, pongo fin a esta carta deseándote lo que no tiene tu triste. *—Telémaco*.

## VI

Del mismo al mismo
*Sin fecha.*
Hoy, cuando más contentos estábamos armando bastidores, y vigilando las copias de *El sí de las niñas*, que al fin he impuesto a mis discípulas del arte escénico, llamaron con recio golpe al portalón de esta casa palacio. Era un huésped fúnebre, la nueva tristísima de la muerte de don Beltrán de Urdaneta en el Maestrazgo. ¡Y qué desastroso fin el del noble y simpático viejo! No te quiero decir la que se armó aquí. Valvanera cayó con un

síncope, y las niñas, afectadas de súbita pena y de cierto terror, sufrieron desmayos de menor cuantía, que afortunadamente fueron de corta duración. Todo lo tienes ya revuelto en la casa, suspendidos los trabajos de arquitectura teatral y de estudio de papeles, la vida de todos amargada y descompuesta, los pequeños recaídos en sus enfermedades, un trasiego continuo de medicinas de la botica a la casa, alteradas las horas de comida y cena, y sobre esto el chaparrón de visitas de pésame. Maltrana y yo hemos tenido que vernos enfrente de innumerables caras compungidas, de levitones negros, y de manos que se llevaban el pañuelo a los ojos. Me ha causado inmensa pena el fin desgraciado del gran prócer y libertino, que no se decidía, no, a una jubilación honrosa. Ha sido preciso que le fusilen para hacerle soltar el papel de caballero pródigo, de viejo galán incorregible. Le quería yo de veras, y él a mí mucho más de lo que merezco. Me tomó un afecto semejante al tuyo; fue también mi Mentor, y me dio consejos sapientísimos que no seguí. ¡Pobre don Beltrán! Gozó setenta y ocho años de vida. Lástima que no haya dejado Memorias escritas, que serían el más ameno libro del mundo: infinitos ejemplos que no te digo sean ejemplares, pero sí divertidísimos, rebosantes de humanidad, de gracia, de aroma de flores, de incienso cithereo... No sigo, por no enfadarte...

Hoy estoy de malas. La murria, que había conseguido disipar dejándome querer de esta noble familia, ha vuelto a meterse en mí, negra, sofocante. La noble familia, más atenta a su dolor que al mío, me deja solo, y caigo otra vez en la cavilación tétrica que me caldea los sesos. ¿Querrás creer, mi buen amigo, que a la hora presente no he podido dilucidar el punto más oscuro de aquel desenlace funestísimo? Todavía ignoro si la traición fue consumada por la propia voluntad de la persona en quien creía yo como en Dios, o si debo ver en ello una tenebrosa conjura doméstica seguida de catástrofe, en la cual hay dos víctimas: ella y yo. No es la primera vez que ocurren estas coacciones monstruosas, confabulándose diversas personas para someter el albedrío de un ser débil, sin escatimar ningún medio: la mentira, el terror, las promesas falaces... Esta idea me hace llevadera mi desdicha. Pensando constantemente en ello, reconstruyo con segura lógica el plan y conducta de los Arratias: les veo desarrollando su odiosa maquinación con astucia mercantil, tan parecida a la diplomática. Maestros en el engaño, ávidos de absorber el patrimonio de Aura para restaurar su decaído crédito comercial, basan su horrible intriga en la impostura de mi muerte, que ellos propalan y atestiguan no sé por qué procederes indignos. Conseguido el objeto capital de mandarme al otro mundo, prosiguen en éste su designio, ejerciendo sobre la desgraciada niña una sugestión infame. Imagino mil modos y estilos de engañarla, a cuál más extravagante y malicioso. No te los refiero, porque te horripilaría la fecundidad de mi entendimiento para estas hipótesis de la humana perfidia. Prefieres, sin duda, que me atenga a los hechos, a lo que me ha pasado, a lo que he visto, a lo que me han dicho, y así lo haré, aprovechando este anhelo de confidencia que ahora siento en mí. Desde aquel tremendo día me ha repugnado hablar de mi caída sin dignidad, de mi tragedia sorda, desairada, enteramente circunscrita a la escena del alma, sin ruido, sin armas, sin gloria. Ni el placer muscular de la lucha, ni el goce amarguísimo de manifestar con violencia la ira, ni el desahogo de la venganza; nada, mi querido Hillo. Ha sido una originalidad artística que jamás pude soñar: la terminación de un drama por el vacío, introduciendo la humana pasión en la máquina neumática y asfixiándola inicua y estúpidamente.

¡Mi entrada en Bilbao, mi aparición en la casa fatal! ¿Quieres saberla? En Portugalete, un anónimo me anticipó la verdad terrible. Alguien debió de prevenir a los Arratias de mi llegada, porque huyeron, y cuando llamé a la casa no había en ella más que una criada anciana que me saludó por mi nombre antes de que yo se lo dijera. A mis preguntas respondió empujándome suavemente hacia la puerta de la tienda: «Los señores se han ido... Casaron ayer... Si quiere saber más, avístese con don Apolinar.» Y me dio las señas. Salí furioso del local oscuro, lleno de clavazón y rollos de cabos, apestando a brea, y, en medio del delirio con que aclamaba el pueblo mártir a su libertador, emprendí mi *Via crucis* por calles jamás por mí pisadas, buscando al clérigo que debía darme la clave de aquel nuevo misterio de mi existencia. No podría lanzarme en peor ocasión a la cacería de un sujeto desconocido, en un pueblo que yo veía por primera vez, entre aquel remolino de entusiasmo, forcejeando con el oleaje de un vecindario loco que invadía las calles. Las canciones patrióticas retumbaban en mi cerebro como un eco de las tempestades de la noche de Luchana. Gracias a Pedro Pascual Uhagón, cuyo auxilio solicité y obtuve, di con el dichoso don Apolinar a la caída de la tarde, en su propia casa, cuando volvía de la calle, ronco de perorar en los *cuarteles* y en los grupos callejeros. Demostrándome, sin faltar a la cortesía, que mi visita le era enojosa, me notificó, como autoridad eclesiástica, que el día anterior, previa manifestación de la libérrima voluntad de la niña de Negretti, y comprobada por diferentes testimonios la noticia de mi fallecimiento, había casado a la expresada señorita con Zoilo Arratia. Los cónyuges se habían ido, después de la boda, a un pueblo de la costa, donde se embarcarían para Francia. «¡Pero ya estoy vivo!» exclamé sin poder refrenar mi enojo, perdido todo respeto y olvidada toda urbanidad. A esto repuso el clérigo que él se lavaba las manos, que habiéndole pedido casamiento, lo había dado con sumo gusto, como amigo cariñoso de ambas familias, Arratia y Negretti. Uhagón no vio mejor manera de calmarme que abreviar la visita, y sacándome de allí, díjome, al bajar la escalera, que Ildefonso Negretti, paralítico, desquiciado de la voluntad y el entendimiento, era hombre al agua. Con esta noticia empecé a recibir luz, confirmándome en la existencia del complot doméstico. Aquella misma noche supe que la muñidora del precipitado casorio había sido la esposa de Negretti, marimacho arriscado y astuto que lleva el nombre de Prudencia.

No me satisfacían estas claridades, harto tenues, que arrojando iba el trato de diferentes personas sobre el oscurísimo problema, y al siguiente día, después de una noche de horrible insomnio y tensión de nervios, volví al maldecido almacén de Arratia, donde encontré a un joven llamado Martín, que me saludó tímidamente, y con voz temblorosa repitió que él también se lavaba las manos, que allá lo habían compuesto los mayores de la familia, y que los recién casados, con el padre de Zoilo y los tíos Ildefonso y Prudencia, no se hallaban en Bilbao. Repitió sus cortesanías, dictadas por el azoramiento y turbación que embargaban su ánimo, y me despidió entre paquetes de clavos y hediondas breas, incitándome a tener paciencia, a lavarme también las manos, como se las había lavado él... y ofreciéndome su inutilidad para cuanto en Bilbao se me ocurriese. Secamente le di las gracias, y salí de la horrenda casa, tan semejante por su ahogada estrechez a la bodega de un buque, que me faltó poco para sentir los efectos del mareo. Puse el pie en tierra, o sea, en la calle, arrancándome del corazón con vigoroso esfuerzo la raíz doliente. ¡Ay, cuánto dolía! Uhagón, que en aquel

**34**

trance me demostró leal amistad, aconsejome que diese por terminado aquel asunto, y lo enterrara antes que sobreviniese la descomposición, echándole encima la mayor capa posible de olvido. Esto no era fácil; mas lo intenté, y empecé a arrojar sobre mi fosa puñados de tierra. El cadáver no se cubría, y pasados dos días de estos esfuerzos por taparlo, asomaba todo entero y aun parecía que resucitaba. Decíame constantemente Uhagón, deseoso de mi alivio, que no pensase en más averiguaciones, y abandonara mi loco propósito de perseguir a los recién casados para obtener una explicación de su traidora y desleal conducta. Hízome ver la fuerza que al complot de los Negrettis debió de dar mi prolongada ausencia, la falta sistemática de noticias de mi persona. De la indudable virtud de estos argumentos, obtuve más y más tierra con que llenar el fúnebre hoyo. Al propio tiempo, no dejaba de comprender que mi situación iba entrando en el período de ridiculez; que la monotonía de mi desesperación lúgubre comenzaba a ser enfadosa en los círculos que yo frecuentaba. Disimulé por el pronto. El carácter de Werther sin suicidio no me convenía en modo alguno, ni era papel airoso para ningún cristiano. Nunca he gustado de los llorones: yo lo fui tan poco tiempo, que no llegué a excitar la conmiseración burlesca de mis amigos. Pero mi terquedad, debajo de los disimulos y de las composturas de mi rostro, continuaba induciéndome a la investigación solapada, al descubrimiento de la trama traidora, a la querencia de más viva luz. Decidí seguir a Espartero en las operaciones que emprendió en el interior de Vizcaya, pues me daba el corazón que podría encontrar algún rastro de mi res secuestrada o perdida; pero entre Uhagón y Fernando Cotoner me quitaron de la cabeza este audaz pensamiento, cuya realización me habría ocasionado quizás nuevos reveses y mayores desdichas. Pasé a Balmaseda, donde me puse al habla contigo y con el mundo. Venía yo de otro planeta. Tu primera carta, mi buen clérigo, fue para mí nueva revelación de mi destino, gran consuelo de mis penas. Volví a Bilbao solicitado de amistades generosas. No parecí por la tienda de efectos navales ni por sus cercanías. Sentíame bastante aliviado: el hoyo había disminuido, y el cadáver apenas se veía ya de tanta tierra como sobre él eché.

Recibida en aquellos días la orden dictatorial inexcusable de venir aquí, me apresuré a cumplirla, observando que toda presión de otra voluntad sobre la mía desmayada y caduca me hace gran provecho. «Bendito sea el despotismo —dije entonces—. Soy como un pueblo desgarrado por las revoluciones, hecho trizas por el jacobinismo y la anarquía, y que antes de perecer se entrega al dulce dominio de sus reyes históricos.» La dictadura me ha traído la paz, y aunque me entristece el pisar mis iniciativas, caídas de mí como coronas marchitas y deshojadas, me consuelo con la conservación de mi existencia dentro de una plácida esclavitud. Confinado en este castillo de Villarcayo, donde me guardan los más bondadosos carceleros que es posible imaginar, se han recrudecido los dolores de mi caída, vuelven las dudas a inquietarme, y a encenderme el magín las cavilaciones acerca de las causas, todavía oscuras, de la traición no perdonada. Es que, mientras la acción del tiempo no labra las gruesas capas de olvido, el silencio y la paz favorecen el reverdecimiento de las penas, cuando estas no son muy próximas ni están aún muy distantes. Hay un período medio entre lo reciente y lo remoto, que es el más abonado para las recaídas. Yo he recaído a intervalos, sin saber por qué. Los motivos de gozo, la tranquilidad misma, son a veces causa misteriosa de reincidencia. Una palabra insignificante despierta los dormidos dolores; una escena, un paso cualquiera, sin congruencia con nuestra cuita, hácenla revivir, como otro pasaje o sucedido la adormece. Explícame esto. La tristeza que reina en esta casa por la desastrada muerte de don Beltrán, a quien no puedo apartar de mi pensamiento, ha sido parte a que mi hoyo se vacíe de la tierra que había logrado echarle... No sigo; no quiero entristecerte.

Allá te van, pues, los pormenores que me pedías. No te quejarás ahora: bien explícito he sido, y bastante carne y hueso, despojo de mi disección lastimosa, te mando en estos renglones. Entierra toda esa miseria. Que solo la vea quien verla debe y apropiarse los dolores que llevan esos pedazos de mí mismo. Vive y triunfa. Otro día espera ser menos tétrico tu infeliz amigo —*Fernando*.

## VII
Del mismo al mismo
*Marzo.*

Desocupado sacerdote: Sabrás que anoche se me apareció Larra, quiero decir que soñé con él o que se me apareció en sueños, que es lo mismo. Era el Larra que conocí y traté hace año y medio, antes de su viaje a París. Vino a mí en un bosquecito próximo a esta casa, en el cual suelo pasar algunos ratos divagando, y se mantuvo a distancia de cuatro o cinco pasos, mirándome con la fijeza que a sus amargas bromas precedía comúnmente. No le veía yo más que medio cuerpo, de la cintura para arriba; en su cara no había más alteración que el crecimiento de la barba. Ignoro si al morir era más barbudo que cuando le conocí. Su boca entreabierta dejaba ver los dientes ennegrecidos, y lo blanco de sus ojos amarilleaba más de lo habitual; tenía los lagrimales muy rojos, con irritación que le hacía pestañear de continuo. Aunque nunca nos habíamos tuteado, yo le dije: «Hola, Mariano, dichosos los ojos que te ven.» Y él a mí: «Fernando, no sé qué me pasa; no me encuentro sin oír hablar mal de mí... Verdad que ya no oigo palabra buena ni mala, porque me he quedado enteramente sordo. Háblame por señas. Y tú, ¿por qué lloras? ¿Por mí acaso?» Respondile que yo no lloraba por él ni por nadie, y la visión entonces, dando un gran suspiro, me dijo que había yo hecho mal en matarme tan joven. «Paréceme —le contesté—, que aún vivo; pero no estoy seguro de ello. Tú también vives, vienes a desmentir la noticia de tu suicidio...» Pasó un rato, en que tanto él como yo nos desvanecimos, nos apagamos, y luego volvimos a vernos en el comedor de la casa, junto a la chimenea, más cerca uno de otro; pero ni él ni yo teníamos piernas, por lo que no puedo asegurar si estábamos en pie o sentados. «Debemos matarlas a ellas —díjome Larra con triste sonrisa—, y a nosotros no. ¿Qué culpa tenemos nosotros de sus traiciones?... No pensemos en eso, que aquí no hemos venido más que a leer nuestras obras. Lo que a mí me trastorna es que se me han olvidado casi todas las mías, harto famosas, y solo recuerdo *El día de difuntos* y *Nadie pase sin hablar al portero*. Por más esfuerzos que hace mi memoria, no consigo apoderarme de los otros títulos. ¿Verdad que era yo un gran escritor?» «Has sido único, Mariano —le dije—. ¿Y no te acuerdas del *Castellano viejo*, ni de la *Junta de Castello Branco*? ¿Has olvidado las críticas de *Antony*, del *Trovador*, de *Catalina Howard*...?» «Sí, sí: tienes razón; todo eso fue mío... Pero si los títulos van viniendo a mi memoria, no recuerdo nada de lo que escribí debajo de ellos. La pólvora mata la memoria... ¿no crees tú? ¿Qué medicina hay para esto?» Al decirlo tocó mi mano, y el frío intensísimo de la suya, que más que mano de hombre era un témpano de hielo, me comunicó un temblor convulsivo, agónico.

Ya puedes comprender que desperté con aquel frío glacial. Así terminó la *idolopeya*, que fue seguida de un desvelo enojoso, porque habiéndoseme caído, con las vueltas que di, la colcha que me abrigaba, tuve que salir del lecho para buscarla a tientas y ponerla en su sitio, y creyéndome aún despierto, en presencia del tan infeliz como glorioso escritor, continué angustiado, febril y tembloroso toda la noche... A cada instante temía ser sorprendido por la *idolopeya* de mi grande y simpático amigo don Beltrán; pero no vino el buen señor, a quien sin duda ha dado Dios por premio de su trabajosa vida un hondo, inalterable descanso.

*Lunes*. Hice propósito esta mañana de romper lo que ayer te escribí de mis sabrosas pláticas nocturnas con las ánimas del Purgatorio; mas luego he pensado que no merecen estas aberraciones de nuestra mente, mientras dormimos, absoluto menosprecio, por disparatadas o ridículas que al despertar nos parezcan. Ejemplos mil hallaremos del misterioso sentido con que suelen estos delirios anunciarnos sucesos felices o desgraciados de la vida real, y vas a verlo, mi buen Mentor, en lo que hoy te escribo. Pon mucha atención en esto, y no te rías. La *idolopeya* del satírico sin ventura fue como un vaticinio simbólico de otra visita que hoy tuve, no de fingida, sino de real persona; no de espectro hablador, sino de individuo callado. En el mismo bosquete donde me paseo meditabundo, se me apareció, serían las tres de la tarde, un personaje llamado *Churi*, a quien no vacilo en colocar entre las figuras poemáticas de segundo orden, comúnmente enviadas por las deidades que rigen los destinos de los héroes para comunicarles revelaciones o mensajes. Veo tu asombro, motivado por el desconocimiento de tal figura, y satisfago tu curiosidad diciéndote que *Churi* es un sordo que habla. Aquí tienes la primera relación entre el sueño y la realidad, pues recordarás que Larra me dijo: «heme quedado enteramente sordo.» *Churi*, primo carnal del ladrón de mi ventura, fue quien me anunció, camino de Bilbao, con signos expresivos y enigmáticas escrituras, la traición que se me preparaba. En aquellos días, y no hace mucho, cuando se me apareció en Balmaseda saliendo de entre las matas de un monte, cuyo pie baña el poético Cadagua, vi en él una figura mitológica, de las que llamáis *ex-machina*, emisarios del enojo o de la protección de algún dios que no quiere dar la cara. Tiene algo de Fauno o de Silvano, por la ligereza con que corre, o de las personificaciones de los vientos portadores de divinos mensajes, y que se llamaban *Coecias*, *Boreas*, *Euronoto* y qué sé yo qué. Pues verás: otra relación de *Churi* con la *idolopeya* es que cuando puso su mano en la mía con ademán cariñoso, sentí un frío glacial que me corrió por todo el espinazo. No quiero entrar en explicaciones de este mi sordo *ex-machina*, y voy a la sustancia del coloquio de hoy. En Balmaseda me había contado su fuga de la casa paterna sin explicarme las razones de ella, añadiendo que no volvería más a Bilbao. Hoy me ha dicho que por servirme y ayudarme al castigo de los traidores irá nuevamente al seno de su familia. Mi primera impresión ha sido de repugnancia y miedo; luego me he dejado tentar de aquel diablete o correveidile fabuloso, y nos hemos metido en un coloquio de extremada dificultad, pues su sordera es desesperante, y tienes que valerte de signos y modulaciones labiales muy acentuadas para hacerte comprender. Se expresa en un lenguaje híbrido, rudo, atropellando los términos castellanos con los vascuences. Al decirme «no te mates», su fisonomía, su mirada, su boca, eran las mismas de Larra al pronunciar en correcto castellano la misma frase. Poco a poco fueron interesándome sus revelaciones. Lo culminante de ellas es que mi traidora no lo fue realmente por dictado de su libre voluntad, sino por el maleficio con que la trastornó ese pillo de Zoilo, bigardón dotado de una formidable terquedad vizcaína, y con esa fuerza de terquedad, que es como el poder que gozan los magnetizadores y taumaturgos, reduce a esclavitud a cuantas personas caen bajo su dominio. Añadió que si yo quiero puedo fácilmente romper ese poder de encantamiento con que el primo tiene aprisionada en sus redes maléficas la voluntad de Aura, y volverla a su ser propio. No pude sustraerme al efecto que hicieron en mi espíritu las ideas con rudeza y profunda convicción expresadas por el maldito sordo, y como yo, mostrándome conforme y dispuesto a todo, preguntara qué medios emplear debíamos para quebrantar el encanto, díjome que empezáramos escribiendo yo a la Negretti una carta, que él se encargaría de poner en sus manos sin que Zoilo ni la tía Prudencia se enteraran de ello. ¡Tentación irresistible! Díjele que lo pensaría, y que volviese. No te pido tu parecer, porque desde luego lo tengo por contrario a la reincidencia que me propone este endiablado sátiro, que tal me parece, o geniecillo maléfico de los bosques. Déjame a mí que lo resuelva. Estoy loco. Las brasas que quedaban entre las cenizas se han avivado, y ya son llamas otra vez. Quiero apagar, y no puedo...

*Martes.* He dicho a *Churi* que no vuelva. Es posible que no quiera obedecerme...

Apenas me puse a escribir esta, sentí gran ruido y movimiento en toda la casa, voces de alegría. «Fernando, Fernando —gritaba Valvanera—, hijo mío, ven, ven...» ¿Qué había de ser, mi querido Hillo, sino la estupenda, felicísima nueva, de que don Beltrán de Urdaneta, el gran aragonés, ha resucitado? Falsa era la noticia de su muerte, llorada por toda esta familia; inútiles los funerales y misas que se aplicaron por su alma. Ya lo decía yo. ¡Si a ese no le parte un rayo! ¡Si es el siglo, si es la época, si es un período histórico que no puede terminar hasta que la propia ley histórica lo dé por fenecido! Figúrate el júbilo de estos señores, y el mío también, pues a ese buen viejo le quiero, como le querrías tú si le trataras. ¡Con cuánto gusto iría yo a su encuentro si, como dicen, viene hacia acá triunfante y vendiendo vidas! Pero estoy preso y no puedo salir de mi dulce cárcel; en cuanto se lo indiqué a Valvanera, arrugó el divino entrecejo, al de Juno semejante, y me notificó que no piense en obtener la libertad mientras ella, mi tirana por delegación, no rompa los hierros que me oprimen. Su grave sonrisa, su maternal dulzura, convierten en rosas los eslabones de mi cadena. No me muevo por no ajarlas. Mi carcelera varía de conversación con gracia, incitándome a continuar las interrumpidas obras del teatro; aplauden las niñas; corro en busca de mis papeles de *El sí*; quiero atender a todo: al ensayo de la obra y a la preparación de los trebejos teatrales. Paso toda la tarde ocupadísimo. *Churi* no parece, y como el tal es entrometido y pegajoso, y se cuela burlando la vigilancia de la servidumbre, doy órdenes terminantes para que no le dejen llegarse a mí.

Se me ocurre cambiar de obra, sustituyendo la magistral comedia de Moratín por *Bertrand et Ratôn*, que aquí llamamos *Arte de conspirar*. Tradujo esta obra el pobre Larra, y es de vivísimo interés. Recuerdo bien a Luna en el papel de Rantzau, y me parece que yo le imitaría muy bien. Pero no, no quiero lucirme: que se luzcan ellas, las simpáticas y enfermizas niñas de esta casa. También he pensado en *Marcela*, que desecho porque solo hay en ella un papel importante de mujer... Nada, nada: a Moratín me atengo y a mi don Diego... Perdóname; viene el pintor a enseñarme un boceto de telón de boca, el cual se compone de un pórtico griego albergando la estatua de la Libertad en paños menores; un pavo real con la cola abierta se posa en el frontón, y en el pico sostiene un letrero que dice: *Coliseo doméstico de los excelentísimos señores de Maltrana*. Enmiendo el pórtico, cuyos pilares me sabían a gótico; convierto el pavo en águila; borro el letrero, sustituyéndolo por el *castigat ridendo mores*; le quito al cielo unas nubes que parecían morcillas; indico una bandada de pajarillos que van volando para romper la monotonía del azul sin nubes; propongo algunas modificaciones en la estatua para que se parezca más a la Comedia que a la Libertad, la proveo de ropa, le quito las Tablas de Ley que lleva en la mano izquierda, poniéndole un libro que diga *Plauto, Calderón, Moratín*... y doy instrucciones para la decoración de posada que necesitamos. Con tantos quehaceres, no serán largas las epístolas que ahora te mande. Dícenme que no hoy ni mañana sale correo por causa del temporal de agua. Detengo esta, y si mi esclavitud me ofrece alguna peripecia, lo que no es creíble, tendrás el honor de que te la comunique tu príncipe y señor. —*Fernando*.

*Jueves*. Estoy contento; reboso de satisfacción y orgullo; me siento Mecenas, quiero proteger a todo el mundo. Como el primero de los humildes que miro debajo de mí, y el más atrasadito en su carrera eres tú, por ti empiezo el derroche de mercedes con que quiero manifestar mi alegría. No me satisfago con hacerte canónigo. Hágote cardenal, que eso y mucho más te mereces tú. Eres desde hoy príncipe de la iglesia romana, y te firmarás *Pedro, cardenal de Hillo*. Te vestirás como los cangrejos, de colorado. Allá te mandaré la birreta con el ordinario, y la estrenas en la primera corrida de toros a que asistas. Ahora proponme las demás mercedes que repartir quiero entre mis fieles súbditos. A propósito: ¿anda por ahí el bonísimo don José del Milagro? Me le figuro pereciendo de necesidad, en los horrores de su cesantía famélica, y recurriendo al caso extremo de comerse a sus hijos, como Ugolino. Lo sentiré por toda la familia, y mayormente por la niña mayor, o la segunda, no recuerdo bien, que tocaba el arpa con tanta maestría y gusto. Pues le dirás, no a la niña, sino al infeliz padre, que de golpe y porrazo le nombro ministro de Hacienda, previa decapitación del señor don

Pío Pita Pizarro, que por la cacofonía de su nombre, amén de otros delitos, merece la última pena. A Nicomedes Iglesias, si le ves, puedes anunciarle que se le expedirá dentro de pocos días su nombramiento de comisario general de Cruzada, para que se redondee y no conspire más...

Bromas aparte, te diré que la causa de mi contento es para mí desconocida. Heme levantado con el propósito de reintegrarme en la dignidad de mi persona, para lo cual es indispensable que no queden impunes los que me han burlado inicuamente. Pensando esto, se apodera de mí la convicción de que debo escribir la carta propuesta por *Churi*, trámite inicial de esta obra de justicia... Entro, pues, en lo que los retóricos llamáis *catástasis*, la complicación del asunto, precursora de la *catástrofe*, que es a mi espíritu necesaria, pues no me conformo, no, no, con el desabrido desenlace que conoces, el cual cada día pesa más sobre mi alma y la enturbia y ennegrece. Yo era un hombre honrado y bueno; dejaré de serlo si no consigo dar un fin decoroso a mi sin igual aventura. Tú, clérigo, ¿qué entiendes por amor propio, dignidad social? La resignación que me recomiendas no es virtud caballeresca. Suprime la ley de honor en estas sociedades complejas, ¿y qué queda? Nada... Te digo que no puede ser. Hace poco creía yo que estaba de más en el mundo. Hoy pienso que el que está de más es otro. Si uno de los dos sobra, urge que se vaya, que despeje. Próximo está el abismo, y uno de los dos forzosamente caerá en él.

¡Ay, mi querido Hillo, no estoy contento! Interpreta al revés todo lo que te digo, y lee: «Estoy rabiando, estoy dado a los demonios.» Quiero engañarme con las bromas o con las pedanterías que escribo. Pero mi risa, volviéndose uñas, se clava en lo más sensible de mi alma... En verdad, de ayer a hoy soy digno de compasión. Tal es el estado nervioso en que me encuentro, que vivo en perpetuo sobresalto, presagiando mayores desdichas, recelando de todo el mundo, temiendo las horas que vienen tanto como abomino de las que han pasado. Esta mañana me entregaron una carta que ha traído el correo para mí, y aún no he querido abrirla: veo, presiento en ella una nueva desdicha. Por más que examino la letra del sobrescrito, no puedo adivinar a quién pertenece. No es la primera vez que veo esa escritura; pero todas mis cavilaciones no bastan a descifrar la enigmática persona que se esconde detrás de aquellos rasgos. Y que se esconde, divirtiéndose con mi curiosidad y mi turbación, no tiene duda. Es un espíritu burlón, que traza sus pensamientos con letra firme y correctísima. Pero adivíname quién es... Ya te veo reír, diciéndome que fácilmente saldré de esta horrible duda abriendo la carta. Te contesto: «Gran señor, no quiero.»

Entran iracundos y dando voces Doña Irene y Calamocha... Hace media hora que les tengo a todos de plantón aguardándome para el ensayo. La verdad, no me acordaba. Tiene la culpa este maldito clérigo, que me entretiene preguntándome cosas. ¡Allá voy!... Ya ves, me riñen por causa tuya... Algo me queda por decir... Aquí, en la negra cavidad del tintero, lo dejo bien guardadito para otro día. Duerme, come y vive mejor que tu amicísimo —*Fernando*.

## VIII

De don José M. De Navarridas a Fernando Calpena
*La Guardia y marzo.*

Ilustre señor y dueño: Si no me prohibiera mi religión los juramentos, juraría, para que usted a pie juntillas me creyese, que hilvano esta carta a escondidas de toda la familia, pues ni mi señora hermana ni mis sobrinas aprobaron la idea que días ha, de sobremesa, les propuse de escribir a usted. Pero como a terco y voluntarioso no me gana nadie, he aquí que, burlando el severo dictamen de la señora y señoritas, tomo la pluma, como el escolar que, amenazado de castigos por escribir a la novia, más se enciende en su vicio de emborronar papeles de amor. Allá va esta, y perdónenme las tiranas de acá mi desobediencia, motivada del gran afecto que usted me inspira; y lo primero que tengo que decirle, para evitar interpretaciones erradas, es que la antedicha oposición de las damas no es ocasionada por el desvío, sino por sentimientos de contraria índole. Fue que se enojaron porque usted no nos dio noticias de su persona, viaje y accidentes más que con un recado verbal, por Sabas, desconociendo u olvidando lo mucho que le apreciamos todos. Creen ellas, sobrinas y tía, que bien merecíamos enterarnos de las felicidades o desdichas del señor don Fernando, por una carta de su puño y letra. Para su tranquilidad, le diré que el enojo de esta familia mujeril ha sido y es muy leve: Gracia lo expresó con su natural vehemencia; Demetria, más comedida, y poniéndose siempre en lo razonable, alegó, en disculpa del caballero libertador, la magnitud de las ocupaciones de este y la necesidad en que se veía de consagrar toda su atención a personajes y asuntos de Madrid. Del mismo parecer fue mi señora hermana, agregando a las razones de *la perla* otras dos de gran peso; y dividida la familia en dos bandos, la pequeñuela y yo, mantenedores inflexibles de la acusación, gastamos no poca saliva en acumular sobre la pobrecita cabeza del señor don Fernando los terribles cargos de ingrato y olvidadizo. No se pudo obtener definitiva sentencia por totalidad de votos, ni hubimos de concertar nuestros pareceres más que en el dictamen de que ninguno de la familia debía escribir a usted. Así lo acordamos, y ya ve usted con qué fidelidad lo cumplo.

Gracia entró ayer en mi cuarto un poquito llorona, y de buenas a primeras salió con esta: «Querido tío, digan lo que quieran mi hermana y mi tía, debemos perdonarle a don Fernando su olvido. Con el gran disgusto que sufre el pobrecito, y las angustias y desconsuelos que estará pasando, buenas ganas tendrá de ponerse a escribir a nadie. Sin que mi hermana lo sepa, porque se enfadaría, voy a enjaretar una esquelita diciéndole que sentimos sus aflicciones, y que deseamos que se le conviertan en alegrías.» Esto, palabra más, palabra menos, me dijo la chiquilla, y el disuadirla de escribir tal carta y el resolverme a endilgarla yo, fue todo una misma idea. He aquí, mi señor ilustre, el por qué de estos desaliñados renglones.

Y si no me tachara usted de entrometido, me permitiría decirle que esas penas o accidentes de la vida no son de los irremediables, pues tales muertes traen aparejada su resurrección, o lo que es lo mismo, que si un afecto perdió, otros que más valgan hallará en la Corte, donde pienso yo que habrá pocos que le igualen en el lucimiento y partes de la persona, así por lo tocante a prendas del corazón, como por lo que atañe a los adornos de la inteligencia, saber, memoria, conversación amena y sustanciosa. Anímese, pues, el señor don Fernando, y no se deje vencer de tristezas impropias de un varón fuerte, de quien las pasiones, creo yo, no deben ser amos, sino esclavos... y no sigo tratando de este delicado punto, no sea que la pluma se me corra de la sinceridad afectuosa, a la oficiosidad impertinente... Cepos quedos: José María, no te metas... Déjalo, déjalo, y pasa a informar al señor don Fernando de las novedades de esta casa. Ya sabrá usted que aquel magnífico plan mío, que tuve el honor de comunicarle en la sacristía de mi iglesia, ha quedado en *veremos*; mejor será decir que tanto mi hermana como yo nos llevamos un solemne chasco, al ver que lo que creíamos tan lógico, natural y sencillo, no le pareció del mismo modo a la persona cuyo albedrío había de resolverlo. De todo ello se deduce, señor mío, que en achaque de proyectos matrimoniales, el que más cree saber sabe menos. No es esto decir que nos demos por vencidos. Con más fe mi hermana que yo en la compostura de este negocio, perseveramos en llevar a buen término la unión de las dos familias. Pero la voluntad de Dios sobre todo, digo yo, y esta no la veo, no puedo verla nunca contraria a la voluntad de los que han de casarse.

Deseando, además, que no ignore usted un rasgo sublime de la sin par Demetria, hago traición a su modestia poniendo en conocimiento de usted, y de todo el mundo si pudiera, que al tratar de la repartición de los bienes de Castro-Amézaga entre las dos únicas herederas del difunto Alonso, Demetria ha hecho renuncia formal de su derecho a la mitad de los bienes amayorazgados; de modo que según esta declaración, que ratificará al llegar a la mayor edad, el cuantioso patrimonio se repartirá por igual entre las dos hermanas. ¿Verdad que es hermoso rasgo? Lo que ella dice: «¿No hemos nacido las dos de los mismos padres? ¿Qué razón hay para desigualdad tan contraria a la ley de Naturaleza? Ya puede usted decirle a su amigo Mendizábal que hay mayorazgos que van más allá que el legislador, distribuyendo las riquezas con espíritu cristiano y amor de familia.»

De Gracia diré a usted que va ganando de día en día en gravedad y perdiendo en travesura perezosa. Ayuda a su hermana en cuanto se lo permite su endeble complexión: es ya menos inclinada a las melancolías, y se fortifica de cuerpo y espíritu que es un primor. Ambas se arreglan de modo que les sobren ratitos que consagrarán a la lectura de libros de entretenimiento. En esto tengo que andar con cien ojos, pues como en la biblioteca del pobre Alonso no escasean obras prohibidas, me constituyo en censor, viéndome obligado a darme atracones de novelas y poesías, cosa en mí desusada y fatigosa. Con Demetria, teniendo en cuenta su elevada inteligencia y criterio superior, uso de gran tolerancia; le permito que apechugue con las *Cuitas del joven Werther*, y hasta con *La Nueva Eloísa*; pero a la pequeña he de medirla con más corta vara. Aduanero soy implacable, y le quito de las manos lo que estimo nocivo para su juvenil corazón y avispada fantasía, dejándola en el pleno goce del *Bertoldo*, del *Robinsón* y del *Viaje al país de las monas*. Y nada más tengo que contarle referente a las adorables niñas, sino que no pasa día sin que Gracia le nombre a usted, recordando algún caso de su residencia en esta villa, o dichos y actos suyos, grabados profundamente en su memoria.

Y antes de terminar, debo manifestarle que hace dos días recibí carta de un carísimo amigo de Madrid, Frey don Higinio de Socobio y Zuazo, de la Orden de Calatrava, del Consejo de S. M., auditor decano de la Rota y capellán mayor del Real Convento de la Madre de Dios de la Consolación, *vulgo* Descalzas Reales, el cual es hermano del don Félix de Socobio, vicario foráneo de este pueblo, y del Dr. Don Vicente de Socobio, canónigo patrimonial de media ración en la Insigne Iglesia Colegial de Vitoria... Déjeme tomar resuello para decirle que Higinio me escribe recomendándome a un amigo suyo a quien profesa particular estimación, el Dr. Don Pedro Hillo, ejemplarísimo sacerdote y gran humanista, secretario de la Vicaría general de los Ejércitos, el cual viene a este país por asuntos del servicio Vicarial Castrense y expresamente a esta villa de La Guardia para particulares negocios. Los encomios que del señor Hillo leo en la carta, y el encarecimiento de que le trate y obsequie como lo haría con la propia persona del recomendante, han movido mi curiosidad, despertando en mí recuerdos de ese nombre, que más de una vez oí en boca del señor don Fernando. Este señor Hillo, a quien diputo por eminencia en las letras divinas y profanas, ¿es el mismo que a usted escribía en agosto último, refiriéndole las trapisondas de La Granja y Madrid? No olvidará usted que me leyó párrafos de aquella docta, amenísima correspondencia, y si no estoy equivocado, díjome además que el tal era su capellán y había sido su preceptor en humanas letras. Porque si resultara que el recomendado de Socobio es al propio tiempo el grande amigo de Don Fernando, ya me parecerían pocos todos los agasajos de que yo pudiera disponer. Le aposentaré en mi propia casa, y mi hermana y yo nos multiplicaremos para servirle y hacerle grata la vida en este lugarón. Espero que satisfará usted mi justa curiosidad, y ahora sí que no tiene más remedio que coger la pluma y echar para acá una buena parrafada. ¿Ve usted cómo le he cogido? ¡Si conmigo no vale huir el bulto y hacerse el mortecino, no señor! Soy un posma terrible. Ya le cayó que hacer al señor don Fernando. Y por de pronto, aguante el apretado abrazo que en estas letras le envío. El Espíritu santo nos conceda sus dones, y a usted larga vida y salud robusta. Su afectuoso capellán, —*J. M. De Navarridas.*

## IX

De Valvanera a su fraternal amiga Pilar
*Villarcayo, marzo.*
Amiga del alma: La carta de Juan Antonio a Felipe te habrá informado de la horrible desazón que por acá hemos tenido con la falsa noticia de la muerte de papá. El contento de verla desmentida no ha borrado los efectos de la consternación y amargura de aquel trance, y aquí me tienes sin levantar cabeza desde que nos fue comunicada la falsa tragedia. Espero que disculpes, por este motivo, mi tardanza en contestarte, y confío en que ahora y siempre la falta de carta mía no te inducirá a creer que descuido tus encargos, ni que dejo de cumplir la santa misión que en mis manos has puesto. Practico al pie de la letra tus teorías acerca de la sustitución del cariño legítimo por el prestado. ¿No puedes manifestarle tu amor públicamente? Pues yo le quiero como a mis hijos y se lo manifiesto a todas horas del día. ¿No puedes verle? Pues yo hago por traer a mis ojos los tuyos, a fin de que con los míos le veas. Si esto en la realidad no pasa de un vano deseo, entiende, amiga querida, que te sustituyo en la vigilancia amorosa, y que no haría más por Fernando si fuese su madre.

No creas: algún trabajillo me ha costado convencer a Juan Antonio de que ningún daño puede ocasionarnos esta buena obra, y sí el beneficio de salvar una vida preciosa. He logrado catequizar a mi marido, y ya conviene conmigo en que Fernando se lo merece todo. ¡Excelente corazón el de este chico, y qué hermosura de inteligencia! Se resiente de haberse criado solo, consumiendo su propia sustancia, sin un cariño verdaderamente tutelar que le dirija. El brutal desengaño que acaba de sufrir le ha herido en la cabeza y en el corazón. No creas que las huellas de tal golpe se borrarán pronto. Tú cuentas poco con el tiempo, querida Pilar; es tu flaco. En el colegio eras lo mismo: te ponías furiosa, te golpeabas la cabeza cuando no dominabas en un día lecciones en que las demás empleábamos semanas enteras; entre el pensamiento y su realización pones siempre menos espacio del que pide la realidad. Tu inquietud loca es espuela de tu existencia, haciéndote vivir con demasiada prisa, ávida del mañana. Yo te llevo dos años, y según me ha dicho Carlota Cisneros, representas diez más que yo.

Pues sí: no esperes que a Fernando se le pase pronto el malestar causado por la conmoción reciente. A cualquiera le doy yo un trance de esta naturaleza. El pobrecito ha soportado su desairada situación con verdadero heroísmo; pero aún no le tenemos en los días de convalecencia, como tú crees... ¡tú siempre viviendo y sintiendo a escape!... Aún se ve atormentado por renovaciones de la ira, de la amargura y despecho que esas caídas suelen producir. Pero no temas nada; yo velo, yo no me descuido un instante; soy como el médico que consagra toda su ciencia a un solo enfermo y no le quita los ojos de encima a ninguna hora. Tu temor de que la desesperación le venza, de que imite al joven Werther, en la manera de dar solución a sus penas, no tiene fundamento. Desecha esa idea; duerme tranquila. Él mismo me ha dicho que jamás atentará contra su vida, que ama su sufrimiento y no quiere desprenderse de él... ya ves... Por las noches, después que las niñas y los pequeños se acuestan, se queda un ratito con nosotros en el comedor: nos acompañan dos venerables amigos del pueblo, furibundos tresillistas y lectores de papeles públicos. A ratos se aparta Fernando conmigo y me cuenta su triste historia: el conocimiento de esa buena pieza en la casa de una diamantista; los amores, como incendio repentino o estallido de un volcán; las mil peripecias y contrariedades que sobrevinieron; sus estudios de raptos y lances amatorios, que no sirvieron para nada; la poesía de sus entrevistas secretas con la niña, y la prosa de su encierro en la cárcel por intriga tuya. En todo lo que me refiere se revela el mal gravísimo que tiempo ha viene padeciendo, y no es otro que la desproporción monstruosa entre lo que piensa, siente o sueña, y lo que le sucede. ¡Tanta poesía en su espíritu, y prosa tan baja en la realidad! La última expresión de este desequilibrio ha sido la catástrofe de Bilbao; ya puedes figurarte: caer desde la poesía más alta a una prosa rastrera y tristísima. Tienes razón, hay que equilibrarle, querida Pilar; pero persuádete de que esto no se consigue en dos días ni en cuatro. Déjanos a mí y al tiempo. No te metas a empujar y a dar prisa. Tus arranques comprometen el éxito de tus ideas, las cuales son siempre más felices que oportunas tus acciones. ¿Me explico?

Convencida de que al anhelado equilibrio no podemos llegar sino pasito a paso, te digo formalmente que me parece un desatino abordar tan pronto el asunto de La Guardia. Créelo: no está el horno todavía para esos pasteles. Mis informes acerca de las niñas de Castro concuerdan con los tuyos: papá, la última vez que estuvo aquí, se hacía lenguas de la mayor de ellas y hablaba con donaire de la adoración y entusiasmo que ambas sienten por nuestro enfermito. Pero no nos precipitemos, amiga de mi alma; la idea es admirable, como tuya; déjame a mí la ejecución lenta, gradual, que no es la cosa tan fácil como tu viva imaginación te la representa, pues las pretensiones de mi sobrino complican terriblemente el asunto. ¡Buena se va a poner tu hermana si descubre que ando yo en estos tratos! Y no quiero, no, no quiero cuestiones con Juana Teresa; ya sabes quién es y el genio que gasta. Lastimado su amor propio por la esquivez de la niña de Castro, que no quiso ver en Rodriguito el mejor de los esposos, no ha renunciado a convencer a la que tuvo por la mejor de las nueras. Me consta que tanto ella como los Navarridas trabajan a la desesperada por enderezar este negocio, llevándolo a la solución que desean. Si de acá echamos nuestro memorial y ellos fracasan nuevamente, verán en nosotros la causa del desastre, y no quiero decirte los disgustos que a Juan Antonio y a mí nos traerían las iras de Juana Teresa. ¡Pues si ellos ganan la partida y nosotros nos llevamos el sofión, figúrate...! Un segundo desengaño de esta naturaleza, tan reciente y doloroso aún el primero, no lo soportaría tu Fernando. Además, la situación moral en que ahora se halla no es la más propia, no, para improvisar matrimonios, ni siquiera noviazgos formales. Pues qué, ¿tienes a Fernando por un cazador de dotes; es airoso para tal caballero el quitar tan pronto la mancha de la mora madura con la verde? Ni él está en tal disposición, ni yo, que tanto le quiero, le aconsejaré nunca esas prisas para mudar de amor como se cambia de ropa. Calma, y que los sucesos lleven su marcha natural y lógica. Déjalo de mi cuenta, que estoy con un ojo en Cintruénigo y otro en La Guardia.

Ya que tanto interés manifiestas en este asunto, infórmame lo más pronto que puedas del estado presente de tus relaciones con Juana Teresa. ¿Son estas cordiales; son frías y de pura etiqueta como las mías? No desconocerás la importancia de esto, Pilar de mi corazón. Sé que, después de algunos años de completo desvío y quejas por una parte y otra, os reconciliasteis, cruzando correspondencia fraternal, en la que hacíais gala una y otra de haber arrojado al viento antiguas querellas, y concertadas las paces prometíais amaros, como hijas que sois de un mismo padre. Pero me ha dicho Carlota Cisneros que hará dos años volvisteis a torceros por no sé qué groserías de Juana Teresa, y lo creí, porque esta no puede desmentir la sangre de los Almontes de Tarazona. Es envidiosa, egoísta, y cuando le tocan a su amor propio o a sus intereses, salta la fierecilla, y no hay medio de que con ella nos entendamos. No me maravillará saber que habéis vuelto a los antiguos antagonismos. De vuestro común padre tenéis poco; cada cual es trasunto de su madre; la tuya, mi benditísima madrina, la mayorazga de Loaysa, era una gran señora, mientras que la de Juana Teresa... En fin, no sigo. Sois el día y la noche. Esto lo repite Carlota Cisneros siempre que habla de vosotras, y la última vez que hizo mención de tu media hermana la calificó de *noche de truenos*, según está de atrabiliaria, mandona y desapacible. ¡Ay! si oyeses a papá referir dichos y hechos de su nuera, te morirías de risa.

Bueno, querida mía: quedamos en que yo estoy a la mira de lo de La Guardia, y por ahora no hace falta más. Tu confianza en mí es absoluta, ¿verdad? En nuestra infancia, en los primeros años de nuestra juventud, éramos como dos cuerpos con una sola alma. Pues ahora también. Te sustituyo en el cuidado de esta querida criatura, soy tú misma. Convengamos, Pilarica de mi corazón, en que tú discurres, pero no ejecutas; juntémonos para ser la idea y la acción combinadas. Prométeme decirme todo lo que pienses y hacer todo lo que yo te mande. Lo primero, que no te olvides del estado de tus relaciones con Juana Teresa: si hay discordia y mutuo desvío, quiero saber las causas. Lo segundo, que utilices tus conocimientos para lograr que los amigos que tiene Fernando en Madrid le escriban de cosas literarias, y que le manden versos, o prosas el que las haga, y libros, y referencia de teatros o de autores noveles. Me hacen suma falta elementos de distracción, recreos del espíritu, que son gran medicina, por desgracia escasísima en las farmacias de acá. No sabiendo qué inventar para distraerle, pues las cacerías le aburren y los paseos por el campo y el monte le entristecen más, hemos consentido que las niñas organicen una representación dramática, con otras señoritas y muchachos del pueblo. La obra elegida es *El sí de las niñas*. ¿Te acuerdas de cuando la vimos juntas en Zaragoza veinte años ha? ¡Tristes memorias! Aquella noche, de vuelta del teatro, encerraditas las dos en el gabinete de las estampas y cornucopias, en casa de tu tía Leonor, me confiaste tu secreto...

Pues se me olvidaba lo principal: al decirme cómo estás de relaciones con Juana Teresa, añadirás si sabe lo que yo sé. ¡Pues apenas tiene importancia...! No más por hoy. Juan Antonio te besa las manos; Fernando y mis hijos, el rostro, y te lo llenan de babas. No te olvida tu amante amiga, — *Valvanera*.

## X

De don Fernando a Doña Aura

Ni sé dónde estás, ni si conservas memoria de mí. Avivando tus recuerdos; volviendo con insistencia y fe tus miradas a lo pasado, quizás logres, hermosa Aura, reconocer al que esta te escribe. No te asustes creyendo que recibes carta de un muerto. Vivo estoy, aunque no tanto como parece. Vivo estaba cuando llegué a Bilbao y llamé a la puerta de tu casa, y una mujer de aspecto desapacible me dijo que tú no vivías ya para mí.

Menos tiempo del que suele durar la memoria de un muerto, duró en ti la memoria de un vivo que te amaba, y a quien juraste fidelidad eterna, entendiendo por eternidad el espacio de un sueño, o la duración de nuestras alegrías más fugaces.

Dime que estamos soñando, que dormimos lejos el uno del otro, y ello me parecerá menos increíble que la noticia de tu casamiento. ¿Tan persuadida estabas de mi muerte que ni siquiera la pusiste en duda, esperando la certificación y seguridades de que yo no existía? Las personas que verdaderamente aman, suelen resistirse a creer que han perdido su bien. Aun ante la evidencia dudan. Fáciles en dar crédito a los anuncios de muerte son los que la desean o no la temen. Y si engañada la creíste, ¿no merecía yo que pusieses entre el muerto y el vivo mayor espacio, para que uno y otro no se junten en tus sentimientos? No es bien que anden mezclados en tu corazón la lástima del que se va con el respeto del que llega. ¿No te confunde, no te entristece que no sepas distinguir las pisadas del que sale de las pisadas del que entra?

Pero al acusarte sin conocimiento claro de los hechos, me expongo a ser injusto. Perdóname, que tiempo tengo de acusarte cuando sepa qué móviles han determinado este caso inaudito. ¿Eres más débil que culpable? ¿Has cedido a sugestiones cuya gravedad y fuerza no puedo yo apreciar desconociendo los caracteres que te rodean y el ambiente que respiras? ¿Te convencieron de mi muerte, con lo cual, adormecida tu voluntad, fácilmente la hicieron esclava? ¿A qué artificios del infierno debo esta sustracción infame de lo que me pertenecía? Porque aún están deslumbrados mis ojos con los destellos vivísimos de tu entendimiento; aún veo los hermosos arranques de tu corazón, el poder afectivo que parecía desafiar cielo y tierra, y no se me alcanza como tales fenómenos, que yo juzgué energías indomables, han podido trocarse en el fenómeno contrario: la endeblez, la impotencia y la pasividad. Sospecho que eres, más que criminal, víctima, no menos digna de lástima que yo. Presumo que no me burlaste, sino que los dos hemos sido burlados. Dímelo así, si es verdad; y si mi desgracia es obra tuya, dímelo también sin rebozo, que no he de volver contra ti el daño que me has hecho. Creeré que te has muerto, y conservaré el recuerdo de la pasada Aura, pensando que la existente es otra, una mujer insignificante, disfrazada con el nombre y facciones de aquella.

Pero si confirmas mi sospecha; si por declaración tuya me convenzo de que me han robado a mi Aura, aunque hayan sabido cohonestar el secuestro con la formalidad sacramental consumada por sorpresa, y con perfidia y traición, engañando a Dios, o queriendo engañarle, aquí estoy dispuesto a dar a los impostores su merecido. Contéstame pronto: te lo suplico, apelando a tu compasión, ya que no puedo invocar otro sentimiento. Más quiero la desesperación que la duda; más quiero un golpe mortífero de la verdad que el consuelo de esperanzas mentirosas. Pido a Dios que, si no me respondes claramente, nunca tengas paz. —*Fernando Calpena.*

## XI

De don Pedro Hillo a Telémaco
*Madrid, abril.*

Mira, niño maleante y ocioso, hazme el favor de no gastar esas bromas públicas de ponerme en el sobrescrito de tu carta los títulos y remoquetes de *Cardenal*. La que recibí ayer movió gran escándalo en la casa. Asustado venía el cartero, y la criada se asustó más cuando se enteró de que moraba en la casa un príncipe de la Iglesia sin que ella lo supiese. Debía de ser un *Monseñor* disfrazado. Méndez creyó al pronto que en Correos confundían su casa con la Nunciatura. Huésped hubo que se tragó la bola, creyendo que en el próximo Consistorio me concedería el capelo la Santidad de Gregorio XVI; y algunos, no sé si por chunga o por inocencia, me daban la enhorabuena. Luego empezaron las bromitas, algunas muy enfadosas...

Antes que se me olvide: Milagro está colocado en Gobernación, él dice que *por intrigas*, y lo creo. Vive temblando, porque Joaquín María López no cesa de hacer cesantías para colocar gente de las logias. Iglesias va a La Habana con un buen destino, creo que en Aduanas o en Rentas, de lo que me alegro infinito, a ver si levanta cabeza y puede socorrer a sus padres, que están en la miseria por sostenerle aquí. Debe la plaza, según me han dicho, a influencias moderadas. ¡Qué vueltas das, oh mundo! El pobrecito, no sabiendo ya a qué santo encomendarse, se dedicó a besar peanas que antes había escupido. Ya está haciendo las visitas de despedida, con sombrero nuevo y la ropa flamante que pregona su nuevo estado.

De Serrano no sé más sino que estaba en las últimas; mas no por eso menos desollador del prójimo. Desde el día del entierro de Larra, en que cogió un enfriamiento, no ha vuelto a salir a la calle. De tus amigos, el que más veo por ahí es Miguel de los Santos, a quien prometí una docena de botellas de Jerez, un jamón de Trévelez y una caja de mantequillas de Soria si te escribía una carta contándote los sucesos literarios. Me prometió mandármela hoy para incluirla en esta; pero dudo que cumpla su compromiso aquel ingenioso y sutil holgazán. A Ventura le he prometido nada menos que una capa nueva, con embozos de terciopelo, si te escribía. ¡Peste de literatos! No hay quien haga carrera de ellos. Quéjanse de que las letras no dan para vivir, y se pasan la vida limpiando con los codos las mesas del Parnasillo, y ensuciando con sus lenguas las reputaciones... Clásicas. Pero dejemos a los poetas que vivan y rabien, y vamos a nuestro asunto.

La carta que acabo de recibir te me presenta volviendo tus ojos a lo pasado, y yo que tal veo échome a temblar. Mientras no consideres ese pasado triste como cosa muerta y sepultada, tu vida no tendrá sosiego. ¿Qué hablas ahí de venganzas? Tu desaire y el mal comportamiento de otras personas, ¿qué tienen que ver con tu dignidad? Esta nace de nuestra buena conducta, no de los villanos hechos de los demás. ¿Entiendes por dignidad la del señor Hernani, que, sin más razón que un puntillo de honra, se mata cuando don Ruy Gómez le toca el cuerno? ¿Es dignidad la obcecación del bruto de Otelo (¡negro había de ser!), que por los falsos indicios de un pañuelo y carta, y por el soplo del indecente de Yago, mata a su mujer, sin averiguar si es culpable o no? Y buscando mejores ejemplos en el clasicismo, ¿crees que es digno Orestes matando a Clitemnestra, su mamá, por culpas que solo debía castigar Júpiter? ¿Estimas que Medea obró con dignidad vengando en sus hijitos las ofensas del sinvergüenza de Jasón? Y a Edipo, a Menelao, a Eneas y a todos esos mal llamados héroes, ensalzados por los poetas, ¿les tienes también por hombres dignos? Será tu perdición el querer proyectar en la vida real una sombra de las figuras poéticas, reduciendo a hechos los sentimientos hinchados y artificiosos que son la armadura de tragedias y dramas. Esas cosas se leen, se admiran, pero no se imitan, porque acabaríamos por volvernos locos. Es como si ahora salieras tú en la vida real con la tecla de hablar en verso. Desde la gran señora a la cocinera, todos y todas se reirían de ti. Una cosa es declamar, querido Fernando, y otra es vivir. Examinemos tu asunto: quisiste a una mujer; se ausentó de ti; por circunstancias independientes de tu voluntad, por entorpecimientos de fuerza mayor, obra de la guerra y de contratiempos naturales, no pudiste llegar al lado de la que amabas. Pasó tiempo... que ese es su oficio, pasar, pasar siempre, trastornando los planes mejor combinados de las criaturas. La niña, que por las trazas no es de esas que están constituidas para largas esperas, se cansó, cosa muy natural, pues cada uno se cansa cuando su temperamento lo dispone. Entre paréntesis, desde que yo la vi en casa de aquella condenada Zahón, que Dios confunda, la tuve por demasiado viva de genio, carácter impaciente, voluntarioso, atropellado. Bueno: pues se cansó de esperar: eso de tener paciencia o no tenerla, lo da Dios, hijo. Y como tú no llegabas ni de ti se tenían noticias, otro sujeto, que no debía de ser rana, siguió la doctrina de uno de los siete sabios de Grecia, a quien debemos el gran aforismo: *aprovecha la ocasión*. Y aprovechando, aprovechando, ya con ardientes galanteos, ya por otros medios que le suministró la fatalidad, tal vez por sugestiones de una familia egoísta, y resortes de embaucación y engaño, o sin engaño, no lo sabemos, triunfó, y suyo fue lo que por tuyo tenías. Bueno, ¿y qué? Esto lo vemos un día y otro. Por tonto y vulgar, el caso ni aun merece que se le ponga en verso y en escenas parladas para salir al teatro.

Llegaste al fin, pero llegaste tarde, cosa también vulgarísima y de clavo pasado, pues desde que el mundo es mundo, la humanidad incurre en esa fatalidad vulgarísima de llegar tarde... Pues, amigo, aprende para otra vez, y da el negocio por concluido. ¿No es ridículo que quieras salir ahora haciendo la fantasma que se presenta entre las alegrías del festín de boda, y ahoga con lúgubres apóstrofes los cantos del epitalamio? ¡Niño, por Dios! Quítate el caperuzo de espectro, y vete a tu casa. ¿O es que representas el galán desesperado, melenudo y ojeroso que, cuando las cosas ya no tienen remedio, pues están echadas las bendiciones, se aparece espada en mano, queriendo atravesar a la dama infiel, al segundo galán solapado, al primer barba, que es el padre, al segundo, que hace de sacerdote, y a la característica, zurcidora de aquel enredo? ¡Niño, por Dios! Hasta en el teatro apestan ya esas cosas. En la vida real, casos de esa naturaleza se solucionan dando media vuelta el galán, el cual deja tras de sí, para que los culpables lo recojan, si quieren, un desprecio de buen tono; y aquí paz y después gloria. Para tu tranquilidad, urge que mandes echar el telón sobre ese final tonto, y te metas en tu casa, donde, si te dejas querer, no tardarás en recibir memoriales de innúmeras novias de más mérito, y de tanta hermosura, por lo menos, como la que ha demostrado no ser digna de ti. Hijo mío, las tendrás a pares, a docenas: si te gustan pobres, pobres; si las quieres ricas, ricas hasta dejárselo de sobra, y honestas, de resistencia por todo el tiempo que se las mande esperar; discretas y amorosas, de excelente educación moral y profana. Y no te digo más.

Tanto me ha enojado tu carta, que no me atrevo a dar cuenta de ella a *Su Majestad*; he tenido que soltarle el venial embuste de que no habías escrito, prefiriendo para ello el disgustillo de no tener noticias, al disgustazo de leer esas bobadas de venganza, dignidad y dramáticos desplantes, que traen pegados el polvillo y las telarañas de guardarropía.

Otra cosa: se había determinado que este indigno capellán se pusiera en camino hacia esas regiones; pero su éxodo ha sufrido aplazamiento. El mejor día, no sé cuándo, tendrás el disgusto de ver aparecer mi jeta en esos horizontes, y yo la inmerecida satisfacción de darte un abrazo. Sabrás, ¡oh Telémaco! que tu Mentor ha ingresado en la Secretaría del Vicariato general Castrense, con jerarquía eclesiástica que le da derecho a usar medias moradas. ¿Qué te creías? Por donde menos se piensa, se va a Roma. Dame bromitas con el cardenalato. Monaguillo te vean mis ojos, y de hombres se hacen los obispos, dicen viejos refranes. Con que no más chirigotas.

Llega en este instante la carta de Miguel de los Santos, que te incluyo. Tuyo de corazón, —*Hillo*.

De Miguel de los Santos a Fernando Calpena
(incluida en la anterior).

Queridísimo y nunca olvidado Fernando: Dijo el grande Hipócrates, y si otra cosa no hubiera dicho, esta bastaba para acreditarle de grande en genio, entendimiento y ciencia; dijo Hipócrates, en griego para mayor claridad, lo que alguien tradujo al latín: *Ars longa, vita brevis, judicium difficile, experimentum periculosum*. Con tal sentencia por delante nada tenemos que añadir los doctos para recomendarnos a la benevolencia del blando lector. En verdad te digo que me tiemblan las carnes en cuanto agarro la pluma, pues nada tengo por más difícil que referir lo que hemos visto y comentarlo, o exponer opiniones sustanciosas, que no apesten de viejas y sobadas, sobre cualquier asunto. Y añado que no es menos espinosa la descripción de lo real que la de lo fingido, pues en esto tenemos campo libre para elegir o desechar lo que nos diere la gana, mientras que en la narración real, que los sabios llamamos Historia, el respeto de la verdad nos embaraza y confunde, y el miedo de mentir corta los vuelos de la fantasía. Ahora veremos si sirvo yo para este negocio de contar lo sucedido, con la añadidura de reciente, de quien son testigos, no uno, sino mil de nuestros semejantes, que pueden desmentirme y abochornarme si en la descripción yerro, o en los juicios desbarro. Voy medroso al asunto, pues aunque escribo al parecer para ti solo, en familiar estilo, no puedo tomar la pluma sin pensar que ha de leerme la posteridad, y en las cartas de mayor confianza pongo todo mi estudio clásico y mis profundos conocimientos del lenguaje, para enseñanza y admiración de las generaciones futuras. Guardarás, pues, esta epístola como oro en paño, para que andando los tiempos (y ellos andan, ¡ay! más de lo que quisiéramos), figure en el abultado mamotreto de mis *Obras completas*, o en el de las *Póstumas* si me malogro tempranamente, lo que no quiera Dios. Y basta de prólogo con morrión.

Gran dicha es, mi querido Fernando, que todas estas cosas que voy a contarte hayan pasado en tu ausencia; dicha grande, sí, pues si tú las presenciaras, yo no escribiría esta carta, y ya veo lo que se perderían las letras castellanas, tan pobres y deslucidas en el género epistolar. Gracias a tu ausencia y a mi solicitud en informarte de lo que no has visto, se encuentra la patria literatura con esta joya, que no esperaba... Y basta: ahora sí que entro en materia.

Supe yo la muerte de Larra al día siguiente del suceso, o sea, el 14 de febrero. Fui a verle con otros amigos a la bóveda de Santiago, donde habían puesto el cadáver; allí me encontré a Ventura y a Roca Togores, tan afligidos como yo y Hartzenbusch, que me acompañaba. «¿Y por qué...? —decíamos todos, que es lo que se dice en estos casos—. ¿Cuál ha sido el móvil...?» Quién hablaba de un arrebato de locura; quién atribuía tal muerte al estallido final de un carácter, verdadera bomba cargada de amargura explosiva. Tenía que suceder, tenía que venir a parar en aquella siniestra caída al abismo. ¿Y ella? Si alguien la culpaba en momentos de duelo y emoción, no había razón para ello. No era ya culpable. Por querer huir del pecado, había surgido la espantosa tragedia. En fin, querido Fernando, suspiramos fuerte y salimos, después de bien mirado y remirado el rostro frío del gran *Fígaro*, de color y pasta de cera, no de la más blanca; la boca ligeramente entreabierta, el cabello en desorden; junto a la derecha el agujero de entrada de la bala mortífera. Era una lástima ver aquel ingenio prodigioso caído para siempre, reposando ya en la actitud de las cosas inertes. ¡Veintiocho años de vida, una gloria inmensa alcanzada en corto tiempo con admirables, no igualados escritos, rebosando de hermosa ironía, de picante gracejo, divina burla de las humanas ridiculeces!... No podía vivir, no. Demasiado había vivido; moría de viejo, a los veintiocho años, caduco ya de la voluntad, decrépito, agotado. Eso pensaba yo, y salí, como te digo, suspirando, y me fui a ver a Pepe Espronceda, que estaba en cama con reúma articular, que le tenía en un grito. ¡Pobre Pepe! Entré en su alcoba, y le hallé casi desvanecido en la butaca, acompañado de Villalta y Enrique Gil, que acababan de darle la noticia. El estado de ánimo del gran poeta no era el más a propósito para emociones muy vivas, pues a más de la dolencia que le postraba, había sufrido el cruel desengaño que acibaró lo restante de su vida. Ignoro si sabes que Teresa le abandonó hace dos meses. Sí, hombre, y... En fin, que esto no hace al caso. Gran fortuna ha sido para las letras patrias que Pepe no haya incurrido en la desesperación y demencia del pobre Larra. Gracias a Dios, Espronceda sanará de su reúma y de su pasión, y veremos concluido *El Diablo Mundo*, que es el primer poema del *ídem*... Sénteme a su lado, y hablamos del pobre muerto. En un arranque de suprema tristeza vi llorar a Espronceda; luego se rehízo, trayendo a su memoria y a la de los tres allí presentes los donaires amargos del *Pobrecito hablador*, el romanticismo caballeresco del *Doncel*, y el conceptismo lúgubre de *El día de Difuntos*. También hablaron de ella, y tal y qué sé yo, diciendo cosas que no reproduzco por creerlas impropias de la gravedad de la Historia. Villalta y Enrique Gil se fueron, porque tenían que dar infinitos pasos para organizar el entierro de *Fígaro* con el mayor lucimiento posible, y me quedé solo con el poeta, el cual, de improviso, dio un fuerte golpe en el brazo del sillón, diciendo: «¡Qué demonio! Ha hecho bien.» Yo rebatí esta insana idea como pude, y para distraerle recité versos, de los cuales ningún caso hacía. A media tarde entró de nuevo Villalta con Ferrer del Río y Pepe Díaz. Espronceda sintió frío y se metió en la cama. Yo, caviloso y cejijunto, hacía mis cálculos para ver de dónde sacaría la ropa de luto que necesitaba para el entierro...

¿Qué te parece mi estilo histórico? Ya ves que Xenofonte, Tito Livio y el propio Tácito se quedan tamañitos. Aquí doy un salto, dejando inéditas mis fatigas y diligencias para encontrar un amigo de mi talla y carnes que para el entierro me vistiese, y paso a contarte la escena solemnísima del cementerio, que no olvidaremos jamás los que la presenciarnos... Atacado de esa comezón o prurito de maliciosa crítica que suele posesionarse de nuestro espíritu en las ocasiones más luctuosas, no pude menos de reparar en la ropa de cada cual, dividiendo por clases de primera, segunda y tercera a los que la llevaban superior, media o mala. Vi levitas de intachable corte y hechura, llevadas por cuerpos para los que no era novedad el cubrirse con ellas; vi otras que pedían con sus dobleces volver al arca de donde las sacó la etiqueta; las había que se estiraban para corresponder al crecimiento de su dueño; había no pocas de las vinculadas: levitas madres, levitas abuelas, transmitidas de generación en generación... Pero todo este observar indiscreto, irreverente, fue ahogado por la emoción que nos embargó al descubrir el ataúd y ver las ya macilentas facciones del gran satírico, próximas a desaparecer para siempre en la tierra. Aún nos parecía mentira que del primer ingenio de nuestra época no quedase más que aquel despojo miserable. ¡Veintiocho años, Señor, la edad de vivir!... ¡Y verle allí mudo, inerte; su arte y su pluma enterrados con él!... El primer discurso fue de Roca de Togores, que a todos nos conmovió profundamente: no pude contener mis lágrimas. Algo dijo después en prosa el conde de las Navas, y en verso Pepe Díaz. Cuando ya se daba por terminado el acto, rompió el cerco aquel Massard ¿te acuerdas?, Joaquín Massard, más conocido en Madrid que la ruda, empleado en la Secretaría del Infante don Sebastián. Pues traía de la mano a Pepe Zorrilla, lo que nos sorprendió mucho, pues si sabíamos que éste había hecho unos versos a la muerte de Larra, pensábamos que eran para *El Mundo*, no para leerlos en el cementerio.

A Pepe Zorrilla no le conoces. Vino escapado de Valladolid después que escapaste tú de la Corte. Es de la estatura de Hartzenbusch, y con menos carnes; todo espíritu y melenas; un chico que se trae un universo de poesía en la cabeza. Verás: temblando empezó a leer; pero al segundo verso su voz no era ya humana, sino divina... Yo le había oído recitar mil veces; admiraba su voz bien timbrada y dulce; pero aun conocido el órgano, me maravilló la sublime ejecución de aquella tarde. Hace las cadencias de un modo nuevo, con ritmo musical, melódico. Necesitas oírlo para poder apreciarlo... Los versos ya los conocerás; se han divulgado por toda España. Al tercer verso,

*vano remedo del postrer lamento,*

sentí una emoción tan honda, que tuve que agarrarme al más próximo para no caerme. Yo era un mar de lágrimas. No hacía más que mirar al muerto, que me pareció que pestañeaba. Todos los vivos se llevaban el pañuelo a los ojos. El poeta se fue serenando, se fue creciendo; cada vez leía mejor, y cuando concluía nos pareció que llegaba al cielo. El estupor y la admiración se confundían con la extremada tristeza del acto para formar un conjunto grandioso en que andaban la muerte y la vida, la podredumbre y la inmortalidad, la realidad y el arte, tomando y dejando nuestras almas como olas que van y vienen. Corrí a dar un abrazo a Zorrilla, de quien soy amigo del alma... Juntos estudiábamos en Valladolid la ciencia del Derecho... por los textos de Víctor Hugo, Walter Scott y Byron. Pero no pude llegarme a él, porque un tropel de gente le rodeaba. En esto, vi que metían en el nicho el ataúd de Larra. El creador de páginas inmortales se iba para siempre: la puerta negra se cerraba tras él. No era más que un nombre. No lejos de allí, Zorrilla, vestido como yo de prestada ropa, pálido de la emoción y del frío, temblaba recibiendo plácemes: era un nombre nuevo que allí había salido de la tierra, a punto que el pobre cuerpo del otro entraba. Yo vi en mi mente poemas y dramas que aún no se habían escrito, que yo no escribiría seguramente, que serían la obra, la fama, la gloria de aquel querido amigo de mi infancia, con quien había correteado en la capital de Castilla la Vieja. Hasta entonces le quería; desde aquel momento le admiré y le tuve por un oráculo, sin asomos de envidia, porque yo me siento autor de las obras más bellas, de las obras de otros; sé muy bien que no he de escribirlas nunca, así me conceda Dios mil años de vida, y admiro el numen, que me figuro mío, transmitido a los demás para que no se pierdan mis inspiraciones.

Ya tapaban con ladrillos el nicho, cuando pude estrechar en mis brazos a Pepe. Harto sabía él que mi felicitación era sincera. Dos hermanos no se quieren más. No pude gozar de su compañía en aquella hora triste y feliz, de entusiasmo y lágrimas, porque vino Luis Bravo rompiendo por entre la multitud, con aquellos modos ejecutivos y perentorios que gastar suele, y cogiéndole de la mano le arrastró tras sí. Dijéronme luego que se le habían llevado en coche dos señores de los que ostentaban mejores levitas en el entierro. A la salida hube de reparar nuevamente en las prendas de vestir, de variedad suma, complaciéndome en ver no pocas de peor calidad y ajuste que la mía. Comparado con algunos que no quiero nombrar, yo estaba deslumbrador. Los mejor trajeados eran Roca de Togores, Mesonero Romanos, Villalta, Julián y Florencio Romea, Carlos Latorre, Donoso, Villahermosa, los Madrazos... Ventura y Bretón no iban mal apañados. Plebe endomingada éramos Ferrer del Río, Pepe Díaz, García Gutiérrez, Juan Eugenio, Gil y Zárate y el eximio autor de *La protección de un sastre*.

El cual, a la mañana siguiente, hallándose, no diré que en el primer sueño, pero sí en el segundo, sabrosísimo, fue despertado por Zorrillita, que entró, como siempre, metiendo ruido. Despertar yo y él abrazarme sentado al borde del mullido lecho potronil, fue todo uno. Ni Pepe ni yo sabíamos qué hora era, ni nos importaba, hechos ya a mirar el tiempo con menosprecio, por lo cual habíamos resuelto alejar de nosotros a esos impertinentes marcadores de la oportunidad que llamamos relojes. Para nada los necesitábamos. Desperezábame yo, y Pepe me contaba sus triunfos de aquella noche, en que no había dormido, ni siquiera entrado en su casa. Presentado por Luis Bravo al señor del coche, un alemán muy rico que se llama Buschental, a quien tú no conoces ni yo tampoco, porque no nos tratamos con gente de dinero, ni maldita la falta que nos hacen tales compañías, pues ya sabes cuán difícil es que entre un rico en el reino de los cielos; presentado al banquero, digo, este y otro cuyo nombre ignoro, y por eso se queda sin pasar a la posteridad, le llevaron a comer a Genieys, y le obsequiaron y le colmaron de lisonjas. Corrieron el Jerez y el Champagne. ¡Manes del gran *Fígaro*, escribid el artículo de ultratumba: *Del cementerio a la fonda*! Concluido el comistraje, le llevó Bravo a nuestro Café del príncipe, donde hizo amistad con Ventura, Hartzenbusch, Bretón y García Gutiérrez, y de allí cargaron con él a casa de Donoso Cortés, do se hallaban Pastor Díaz y Pacheco, los cuales, después de hacerle desembuchar estrofas, ofreciéronle una plaza en *El Porvenir* con treinta duros de sueldo. Su obligación era llenar de poesía dos o tres columnas todos los domingos y fiestas de guardar, y traducir novelas para el folletín. Tanta felicidad le tenía embobado, y también a mí, que con sus triunfos gozaba lo que no puedes figurarte. Era el hombre del día. La suerte iba en su busca con el laurel en una mano y treinta duros en la otra. Tan desusado y peregrino nos pareció esto, que resolvimos celebrarlo con toda pompa, dedicando a la Providencia una solemne fiesta *eucharis-*

*tica* o de acción de gracias, la cual debía de consistir en alegres festines y en gozar de cuanto Dios crió. Yo bailaba vistiéndome, y Zorrilla se tomó mi chocolate. Sentía él no disponer ya de los primeros seiscientos reales de *El Porvenir*; pero como yo poseía algunos, resolvimos consagrarlos a las indicadas expansiones *eucharisticas*, en las doradas puertas de la inmortalidad que para mi amigo se abrían. Embolsado el dinero, nos echamos a la calle, creyendo que el Mundo y la Naturaleza se engalanaban en nuestro obsequio; que los transeúntes bailaban o debían bailar de regocijo como nosotros; que el Sol alumbraba más que otros días; que las calles reían a carcajadas; y más ricos que Fúcares, más ufanos que Napoleón al día siguiente de Austerlitz, reventando de salud y de júbilo, nos lanzamos en busca de cháchara festiva, de comidas sabrosas, de ardientes emociones y estimulantes placeres.

¿Sabes cómo escribió este condenado Pepillo los versos que en un abrir y cerrar de ojos le han dado fama y una plaza de treinta durazos? Pues con un mimbre, porque no tenía pluma; y mojado en pintura, no sé si azul o verde, por no haber tinta en la casa. Hasta el 14 de febrero la morada del caballeresco poeta fue una suntuosa cestería; mas hoy por hoy, tanto él como yo, príncipes de las letras, hemos ordenado que se nos prepare la Alhambra de Granada o el Alcázar de Toledo.

Dícenme, mi buen Fernando, que no ha sido venturoso el fin de tu aventura en esas tierras frígidas. Lo creo y me congratulo. Alégrate conmigo de que te haya salido mal lo que, de salir bien, habría sido para ti la primera piedra de la pirámide de tus infortunios. No hay cosa más feliz que el que a uno le planten, con lo que se libra del enfadoso problema de plantar, más difícil de lo que a primera vista parece. Todo hombre que recobra su libertad, todo emancipado de la tiranía de amor, es héroe que vuelve ileso de las batallas de la vida. En mi calidad de profeta y oráculo te administro un consejo, al cual, para que más fácilmente se grabe en tu memoria, doy forma métrica, sin lima, pues he proscrito el uso de esa herramienta:

> *¡No ames a nadie nunca; allá en tu mente.*
> *Goza con tu amoroso pensamiento;*
> *Nunca tu corazón crea imprudente*

*Hallar en otro amor y sentimiento!*

Vuelve al mundo, hijo mío, y no desgastes tu noble espíritu en melancolías, que son causa de malas digestiones. Contempla las bellezas de la creación, y extasíate en lo que Dios ha fabricado para nuestro recreo; admíralo todo. El mundo es bueno, superior, y en él se acreditó de maestro el Supremo Artífice.

*¿Qué hay que pedir? ¡Tenéis cielo y estrellas,*
*Y Sol y Luna y otras cien mil cosas*
*Que, a más de ser a vuestra vista bellas,*
*Son acabadas máquinas grandiosas!*
*¡Rayos, truenos, relámpagos, centellas*
*Tenéis, que os dan mil fiestas luminosas!*
*¿Qué me decís del mar? ¿Y los volcanes?...*
*¿Y las minas? ¿Y el reino vegetal?*
*¿Pues dónde dejaremos los afanes*
*Que habrá costado hacer un animal?*
*Miserable mortal, no te me ufanes*
*Creyéndote animal excepcional,*
*Que el mismo tiempo malgastó en ti Dios*
*Que en hacer un ratón, o a lo más, dos.*

Admira el Universo, abominando solo de dos cosas: de la mujer, que fue criada para echar a perder todo lo demás, y de la filosofía, que solo sirve para envolver en importunas gasas la verdad y no permitirnos gozar de ella. Oye estos sublimes pensamientos míos acerca de la filosofía:

*A cada paso se oye un NO y un sí...*
*Algunas veces se oye un YA SE VE,*
*Se habla de Dios; definirele así,*
*Diciendo que Dios es un ENTE A SE.*
*El alma no es A SE, ni vive EN SÍ,*
*Que vive en Dios, por quien creada fue...*

*Quien me entienda, me entienda, porque yo*
*Ni entiendo al que me entienda, ni al que no.*

Y por fin, querido Fernando, aunque dicen que lo bueno nunca es largo, doy fin a esta carta, repitiendo las advertencias que al principio te hice para que a documento tan precioso no se le entorpezca el pase a la posteridad. Guárdala en el más seguro estuche de tu relicario; rotúlala con mi nombre para que extraños y propios aprecien sin leerla su inmenso valor literario, y date con un canto en los pechos por haber merecido el honor de que *Nos* (uso el plural, como el Papa) hayamos vencido nuestra sublime pereza para escribírtela. No esperabas tú esta diligencia mía, tan contraria a las preciosas virtudes de no hacer nada y de pensarlo todo, que son mis virtudes favoritas. Por ellas la *Divina Comedia*, que debió ser mía, es del Dante; mi *Vida es sueño* pasó a Calderón; mi *Sí de las niñas* se lo cedí a Moratín, y todo lo bueno y hermoso de estos tiempos, por generosa renuncia de mi ingenio soberano, ha pasado a reflejarse del Sol de mi caletre a la Luna de los autores que andan por ahí, resultando que son espejos que, sin quererlo yo, reproducen mis ocultos esplendores. Yo me envanezco de ser autor de todas las grandes obras del humano saber. Soy feliz, y deseo que mi clásica epístola te colme a ti de felicidades, despejando tu cabeza de nubes enojosas, tornándote a la salud y al contento, a la conciencia de tu porvenir, y determinándote a salir de esas soledades para volver acá, donde te esperan abiertos en cruz, en olímpico desperezo, los brazos de tu amante amigo. —Nos *Miguel de los Santos Álvarez.*

## XII
De Pilar a su amiga Valvanera
*Madrid y abril.*
Querida mía: Te escribo deprisa y corriendo porque tengo que salir a una visita fastidiosa, inevitable, y no quiero perder el correo de hoy. Sin perjuicio de consagrarte otro día todo el espacio que piden mi cariño y mi gratitud de una parte, de otra el amor a Fernando, y las mil cosillas que a mis dos amores tengo que decirles, atiendo a la urgencia de tus preguntas.

Mis relaciones con Juana Teresa son las de dos personas que no se aman, pero que no quieren dar al mundo el espectáculo de la desavenencia, desamor mejor dicho, entre dos hijas de un mismo padre. Si nuestras madres se hubieran conocido, se habrían detestado cordialmente. La mía y la suya eran dos madres de índole, sangre y gustos muy distintos: como ellas salimos nosotras; fuimos nuestras madres redivivas, sin que el padre común nos diera nada que igualase la desigualdad ni conciliara lo inconciliable. Hace algunos años, la herencia del tío Sobremonte fue causa de que nos pusiéramos al habla mi media hermana y yo para evitar litigios dispendiosos: no hubo más remedio que entrar con ella en correspondencia, la cual dio aspecto de paces duraderas a lo que no fue más que negociaciones transitorias, mirando cada cual por sus intereses. Concluimos, y al final diome Juana Teresa nuevo testimonio de su malicia y desconsideración. No hemos vuelto a escribirnos. Ya te contaré cosas de ella, y cosas mías, que ambas las tenemos, cada una según su natural, y comprenderás cuán difícil es que seamos amigas enteras, siendo, por ley de naturaleza, hermanas partidas. Yo no me ocupo de ella jamás, ni la nombro para nada; ella no procede del mismo modo con respecto a mí, y la distancia que nos separa no impide que lleguen a mi oído (por desgracia, sutil) las ironías de Cintruénigo. Por hoy no te digo más.

¡Ah! sí: te digo que mi secretico de dos caras, por una suplicio, gozo inefable por otra, no lo sabe Juana Teresa. Si lo supiera, creo que ya sería del dominio público, y me cantarían los ciegos por las calles. Hoy por hoy, amada mía, solo hay cuatro personas vivas que lo conozcan, y una de ellas eres tú, mi consuelo, mi esperanza...

He llorado un poquito. Valor, y adelante, que es forzoso concluir esta. ¿Y ese adorado tontín ha recibido y gozado la carta de Miguel de los Santos? ¿Ves? Hace poco lloraba, y ya me río. ¿Y está su cabeza tan trastornadita que no ha caído en mi gracioso enredo? ¿Se ha tragado la carta como del propio estilo y mano de Álvarez? ¿No ha visto que es de mi cosecha, y que la forma, ya que no lo que allí se relata, salió de mi magín? Conste que me he reído con gana mientras tramaba esta superchería, como se reirá él cuando la descubra. ¡Pobrecito mío! Por estas bromitas, que salen de mi corazón, pienso yo que ha de quererme más. No le digas nada; déjale en su error, a ver por dónde sale. ¡Cuál no habrá sido su asombro al ver epístola tan larga firmada por aquel supremo holgazán! Él conoce a Miguelito, y sabe que es un sonámbulo de mucho ingenio, que sueña y anda, pero no escribe. Ya le contaré más adelante a mi sonámbulo (pues también Fernando lo es) cómo he podido adquirir conocimiento de todo lo que pasó antes, en y después del entierro. Para mayor burla, le diré que Miguel no asistió al acto porque no pudo encontrar quien le prestara ropa de luto... Como que en aquel día, y con el consumo de todos, *se agotaron las levitas*... ¡Pobre niño mío! Que juegue yo con él un poco. Esto me endulza el alma. Me parece que me quitan veinte años, y que le tengo sobre mis rodillas contándole el cuento del ratoncito Pérez. ¡Adiós! no puedo más hoy. Te idolatra tu —*Pilar*.

## XIII

De Fernando Calpena a don José María de Navarridas
*Villarcayo, abril.*

Mi respetable amigo: No a desatención ni olvido, sino a la indolencia que el estado de mi ánimo me imponía, debe atribuirse el hecho de no escribir a usted y su noble familia cuando Sabas partió para La Guardia. Espero que me perdonará esta falta antes que yo mismo me la perdone, y fiado en ello me tranquilizo de la turbación que su carta ha levantado en mi conciencia. No quiero dar a usted más disculpas que la de mi desgana de toda ocupación en aquellos días, y es bastante; que el guerrero que vuelve derrotado y maltrecho en horrendos lances y peripecias abrumadoras, tiene derecho al descanso, llamémosle pereza. Ha sido precisa la intervención de una deidad providente para que yo me decida a no aplazar por más tiempo la contestación a su cariñosa carta.

Sí; la señora de este castillo, me ha cogido hoy por una oreja, y llevándome al despacho de su digno esposo, me ha conminado con penas de supresión de almuerzos y comidas si no escribía hoy mismo al buen párroco de La Guardia. La ilustre señora me ha hecho ver la fealdad de mi conducta, demostrándome además cuánto conviene a mis males íntimos el apartar de ellos la atención. A esto añado, por cuenta propia, que nada es más grato para mí que platicar de lejos, ya que de cerca es imposible, con usted y con su dignísima hermana y encantadoras sobrinitas, a quienes manos y pies beso con todo el rendimiento de las más leal amistad.

Grande satisfacción me causan sus noticias acerca de la excelente salud de las niñas de Castro, de su alegría y buena disposición. Veo con gusto que la juguetona Gracia se hace poquito a poco persona formal, ayudando a su hermana, y que esta multiplica sus dotes y aptitudes, como si no quisiera dejar mérito alguno para los demás. Al propio tiempo, he de manifestar a usted mi sentimiento porque su nobilísimo plan no haya tenido realización a la hora presente. Tanto Valvanera como yo hacemos votos porque los deseos de usted y de su hermana se realicen lo más pronto posible, y no dudamos que la negativa de la mayorazga ilustre de Castro será un incidente pasajero. He dicho mayorazga sin acordarme de la abnegación con que Demetria ha partido sus bienes con la hermana menor. Sin duda su alma, ambiciosa de perfecciones, ha querido añadir a sus coronas la de esa generosidad hermosísima. No digo a usted que la felicite en nuestro nombre, porque quizás al echar el incensario a su magnanimidad daríamos, sin quererlo, un golpe a su modestia. Persistan usted y su hermana en su buen propósito, y al fin la voluntad de Dios y la de la sin par Demetria aparecerán en perfecta armonía.

En efecto: el señor don Pedro Hillo, cuya visita le anuncian de Madrid, es mi amigo más amado, y el discreto corresponsal de cuyos relatos interesantes di a usted conocimiento; persona por diversos títulos digna de su estimación y de los agasajos que le prepara, pues une a su saber de cosas sagradas y profanas, el trato amenísimo y la gravedad del carácter.

No me parece mal que las niñas consagren a la lectura sus ratos de ocio, que en esa vida laboriosa no pueden ser muchos. Demetria no necesita andadores para correr con paso firme por los altibajos de toda la literatura habida y por haber, pues su criterio superior le permite discernir claramente lo bueno de lo malo y lo sano de lo enfermo. Déjela usted, que ya sabe ella por dónde anda, y ni la *Nueva Eloísa*, ni el *Joven Werther*, ni los fogosos atrevimientos del modernísimo Víctor Hugo, si éste ha llegado a La Guardia, turbarán su espíritu reposado. A Gracia sí conviene atarla un poquito corto en sus tareas de lectura, porque no posee todavía el seguro discernimiento de su hermana. ¿Pero qué he de decir yo sobre esto que usted no sepa, mi bondadoso y respetable Navarridas, maestro y capellán de esas nobles criaturas?

Concluyo, amigo mío, con un encargo que mi castellana se permite hacer a Demetria, por conducto mío. Venimos a ser usted y yo no más que dos torres telegráficas por donde el pensamiento de Valvanera se transmite a la incomparable gobernadora de los estados de Castro. Ponga usted atención, tome nota de las señales que enarbolo, y llénese de paciencia, porque ahora sale mi señora con que no es un encargo, sino dos, y quizás tres. Allá van: sabedora Valvanera de que en La Guardia se cosechan los mejores tirabeques de la Rioja alavesa, y quizás del mundo, desea que Demetria le suministre la semilla suficiente para sembrar, en la huerta de esta casa, un tablero como de ocho varas de largo por dos de ancho. Los tirabeques que aquí conocemos son estrechos, según dice, mal granados y con hebra excesiva y gruesa: desea de los grandes, torcidos a lo cuerno de carnero, jugosos y mantecosos, como los que le mandaron de regalo las de Álava, allá en la *ominosa década*, si no recuerda mal. ¿Se ha enterado usted bien, señor don José María? Mire que si se equivoca no me echen luego la culpa a mí, pobre vigía de esta torre primera... Adelante. ¡Ah! dice Valvanera que, si puede ser, disponga el envío lo más pronto posible, para sembrarlos en el menguante de este mes. Otrosí, que añada instrucciones sobre el sistema de cultivo y tutores que ahí se emplean para esa planta, comúnmente viciosa y de altísimas guías. ¿Enterado?

Pues allá va otro encargo: receta para hacer dulce de tomate, que es una de las más sabrosas especialidades de mi señora Doña María Tirgo: riquísimo lo hacía una monja de Medina de Pomar; pero ya se ha muerto, llevándose el secreto de su arte. Que añada si se mezcla o no con ciruela, pues entiende mi castellana que el tomate dulce de Doña María tiene algo de trampa. Las ciruelas de aquí son excelentes, y si hay mezcla no se duda del buen resultado. De paso... (y aguante usted el nublado, mi señor don José María), que a la receta antedicha agregue Demetria la que usan en esa noble casa para hacer el incomparable mostillo que han podido gustar, más no imitar, los amigos que de regalo lo han recibido. La señora de Castro-Amézaga, madre de las niñas reinantes, elevó el crédito de los mostillos de esa casa a colosal altura. Si no hay receta escrita, habrá en la familia tradiciones, que Demetria conservará religiosamente. Y si a la dignación de mandar las semillas y las recetas añaden las señoritas la prontitud, el favor será doblemente agradecido.

¿Quiere usted más, mi buen don José María? Pues no hay más, sino que deseamos a usted y a su hermana y las niñas toda la felicidad que se merecen; y por mi cuenta digo que las expresiones usuales de cortesía me parecen pálidas para manifestar a todos mi cordial respeto. Besa las manos de ustedes su afectísimo —*Fernando Calpena.*

## XIV

De Pedro Pascual Uhagón a Fernando Calpena
*Elorrio, marzo. (Recibida en abril).*
Aquí me tienes, querido Calpena, disfrutando de todas las dichas que trae consigo la vida militar: hambres, golpes, cansancio hasta morir, fríos y calenturas, que de todo hay, sin contar las heridas, de las cuales, en el reparto diario, me han tocado tres como tres soles, que me han hecho ver las estrellas. A quien no he visto es a la señora gloria, que a todos nos engatusa con su coquetismo, llevándonos tras sí como carneros. Según te decía en mi anterior, salimos de Bilbao a cooperar en el plan del general inglés Lacy Evans. Consistía en atacar al faccioso por tres puntos distintos: Sarsfield por Navarra; nosotros por aquí, amenazando el interior de Guipúzcoa, y el inglés por Hernani y toda la zona fronteriza. Según Espartero, este disparatado plan es de los que se proyectan todos los días en las mesas de los cafés de Madrid. Lo sacó de su cabeza el jefe de la división inglesa, y aceptado por el Gobierno, no hemos tenido más remedio que ponerlo en ejecución: así ha salido. Nosotros llegamos hasta esta villa de Elorrio, y de aquí nos volvimos a Bilbao, no diré que con las manos en la cabeza, pero sí desalentados y con la rabia de ver la inutilidad de nuestros esfuerzos. A Lacy Evans le zurraron en Hernani, y Sarsfield se volvió a Pamplona sin llegar al punto designado. Con muchos planes de estos no dudo del triunfo de la *ojalata* en plazo próximo. El tiempo lluvioso y frío, digno hermano del de aquella noche memorable, nos ha entorpecido las operaciones, resultándonos un sin fin de enfermos, y haciéndonos pasar mil trabajos. Quiera Dios que esto

acabe pronto y nos retiremos a nuestro Bilbao, donde al menos comerá el que lo tenga.

De tu asunto no puedo decirte nada en concreto, pues en Durango no vi a la persona que pensé podría informarme. Un amigo mío de Bilbao, ayudante de Ceballos Escalera, me ha dicho que no hubo tal coacción ni cosa que lo valga; que desde los comienzos del sitio vio a la niña sola por las calles con Zoilo Arratia, como dos tórtolos que en medio del fuego se arrullaban. Te lo cuento a título de dato verosímil, sin darlo como verdadero, pues no me inspira plena confianza el informante. Mi opinión es que te propines buenas tomas de olvido, y a otra, chico. Échate a la espalda el amor propio, y búscate algo en que pensar que no sea esto, que no te faltará algún quebradero de cabeza por otro lado. Distráete aunque sea con disgustos nuevos, y el tiempo, con nuevos afanes, de los viejos te curará. Y buenas noches, que me caigo de sueño.

Amanece, y oigo que salimos. ¿Y cómo te mando esta? Si vamos a mi pueblo, de allí te la enviaré con la relación de lo que nos pase por el camino, que me figuro no ha de ser cosa buena, y noticias de tu pleito, si en alguna parte las hallo.

*Bilbao, 26.* Chico, aquí me tienes cubierto de gloria. ¡Al fin...! En Galdácano dimos una batalla, después de otra honrosísima en Zornoza, ambas protegiendo nuestra retirada. Los *ojalateros* que hemos dejado tendidos en el campo, en una y otra parte, no te los puedo contar: su número es infinito. Espartero ha sido el hombre de siempre, el primer soldado, el caudillo sin par, creciéndose en los malos pasos, más valiente cuanto más enfermo. De mí puedo decirte que también he sido esforzadísimo guerrero, digno de que Marte me prohíje y Belona me quiera. Bromas a un lado, estoy satisfecho, y en conciencia creo haber cumplido con mi deber. No me ha tocado ninguna bala: Dios ha querido sacarme ileso, para que pueda contarte lo que leerás ahora mismo, todo el misterio de tu novela descifrado, y el caso oscuro puesto en un foco de luz que nos permite verlo en su realidad. Las noticias son de buen origen. Queda retirado lo que en Elorrio te escribí; no hagas ningún caso de mis recomendaciones de olvido. Desconocedor de la enfermedad, te receté un disparate.

Confirmado está plenamente que hubo coacción horrible y un complot pérfido, fundado en la falsa noticia de tu muerte, que supieron presentar como hecho indubitable. Quien esto me ha dicho, y de ello da fe, sospecha que también hubo amenazas, imposición por el miedo. La extremada sensibilidad de la pobre niña, y la viveza de su imaginación, dan verosimilitud a esta sospecha. Tenemos aquí, pues, un caso sumamente grave, y yo desafío a los inventores de dramas románticos a que saquen de su cabeza uno como este. Escucha sin temblar: todos los artificios de los secuestradores de la Negretti no lograron impedir que el mes pasado se enterase del monstruoso engaño, por confidencias de una criada joven, de una criada vieja... No estoy bien seguro de la edad de la confidente. Ello es que Aura se volvió loca, es decir, loca enteramente no: llamémoslo trastorno, rabia, furor insano contra sus embaucadores. Apelaron a todos los medios para tranquilizarla: medicinas, recreos, pláticas de clérigos más o menos elocuentes, sin obtener más que la exasperación de su mal, y, por último, no tuvieron más remedio que llevársela a la ferrería de Lupardo, y encerrarla allí, bajo la vigilancia de su tía Prudencia y de José María Arratia, el mayor de los tres hermanos, que casó hace poco con la chica de Busturia. Pero más que la vigilancia y el cuidado de los carceleros, pudo la energía expansiva de la dama y su furia de libertad, porque bonitamente se les escapó una noche, saliéndose por el tejado, y esta es la hora en que no han podido recobrarla. Todos los Arratias se lanzaron por diferentes puntos en busca de ella, sin dar con su persona: solo hallaron un rastro, que es para ti dato interesantísimo, y por eso te lo transmito sin pérdida de tiempo. Lo único que pudieron averiguar los *chimbos* es que Aura pasó por Llodio un domingo muy de mañana. Preguntó en varios puntos por el camino de La Guardia, mostrando propósito firmísimo de ir a esta villa. La vieron internarse en la Peña de Orduña. Ni con buenos ojeadores ni con perros han podido cazarla. En esta resolución de la joven, que ya no me parece locura, sino todo lo contrario, veo yo un carácter, el rechazo o reacción formidable de su timidez anterior, el renacimiento súbito de una voluntad oprimida y sojuzgada por los engaños. Esto he sabido de labios que me merecen crédito, y te lo comunico para que estés al corriente... ¡En La Guardia, chico!... Puede que ya esté allí. Me da el corazón que está. ¡Alerta, Fernando!

Yo, que no creía en el romanticismo práctico, ya me rindo, caro amigo, y declaro que todo lo que imaginan los poetas, de Víctor Hugo para abajo, se queda tamañito junto a lo que la propia vida nos muestra. Esta captación de la voluntad de una mujer hermosa; el artificio de hacerte pasar por muerto para persuadirla más fácilmente; la caída de ella en el terrible lazo, por timidez, por terror, quizás por sortilegios desconocidos, ¿no son una primera parte de drama que supera a cuantos vemos en el teatro? Dime una cosa: ¿estás bien seguro de que en la segunda visita que hiciste al almacén de Arratia, en los primeros días de enero, no te cogieron, no te convidaron a beber, no te dieron algún narcótico hasta que quedaras como muerto, poniéndote en el ataúd y encendiéndote velas, para que ella te viese y no tuviera duda de tu viaje al otro mundo? Porque yo todo lo creo ya y todo lo temo, y las cosas que antes me parecían novelescas, ya las tengo por naturales y comunes. No puedo desechar la idea de que todas esas gentes de apellido italiano se traen un surtido de venenos o filtros adormecedores, para con ellos ayudarse en sus trágicas intrigas.

Bueno: pues ahora viene la segunda parte del drama. La casan a la fuerza, quizás previo el empleo de algún otro bebedizo que convierta a las personas en máquina, y les permita moverse y hablar sin darse cuenta de lo que hacen y dicen. Me la casan; parece que han triunfado, y de repente sobreviene la confidencia, la revelación de un parte de por medio, criado desleal, o traidorzuelo mal pagado. Y aquí todo varía: surge la locura de la dama, la resurrección repentina de su albedrío; tras esto, tenemos nuevos embrollos de la familia para echar tierra al asunto y no dejar que tales infamias se hagan públicas; la niña se les escapa; corre sola por esos caminos, buscando el de La Guardia, donde cree encontrar su bien, su solución... ¿Llegará? ¿La cazarán antes sus perseguidores? He aquí el misterio del acto último, aún no descifrado. ¡Alerta, Fernando! ¡A La Guardia! ¡Ahí va!

No sigo, que es tarde y se va el correo. Última noticia: no es cierto, como te dije, que haya muerto Ildefonso Negretti. Vive, aunque en un estado muy semejante a la imbecilidad. Me lo ha dicho Vildósola, que ignora o afecta ignorar todo lo demás de esta historia lúgubre. Pero no desmayo en mis averiguaciones, y todo lo que yo sepa, lo sabrás en el tiempo que tarden en llevarte mis cartas nuestros detestables correos. Consérvate sereno, y no tomes resoluciones precipitadas. Para todo cuenta con tu fiel amigo — *Uhagón.*

## XV

De Pilar a Valvanera
*Madrid, abril.*

Amada mía: A mis penas crónicas ha querido Dios añadir una de las más agudas que podría enviarme. Estoy afligidísima; grandes satisfacciones tendría que concederme Dios para consolarme de esta pena. Se me ha muerto hace dos días Justina, mi criada de toda la vida, la que me ha servido con increíble abnegación, cariño y fidelidad desde que me casé, desde antes, pues ya la conociste sirviendo a mi madre, que no podía pasarse sin ella. Lo mismo me ocurre a mí: el vacío de Justina es horrible; no era ya mi criada, sino algo que no puedo expresar con las palabras amiga y hermana: era la confidente de todos mis secretos, así de los que amargan como de los que endulzan mis horas; no puedo acostumbrarme a vivir sin ella, pues era como parte de mi pensamiento; había llegado a pensar por mí; su voluntad era parte de la mía, parte cada día mayor, llegando a suplírmela por entero. Últimamente casi me gobernaba; su criterio fue siempre justo; sus determinaciones, acertadas. ¡Pobre mujer, cuánto me amó! Era tal su adhesión a mí, que mil veces habría perdido la vida por evitarme un disgusto. Consagrada en cuerpo y alma a mi servicio inmediato, el más íntimo, el más familiar, creo que hasta parte de mi conciencia estaba en ella, y al perderla siento que se me va también allá lo mejor de mí. Por no abandonarme rechazó proposiciones de boda; ha muerto soltera, con seis años más que yo; expiró consagrándome sus últimos pensamientos. ¡Qué ejemplo de abnegación, de sacrificio! ¡Y luego dicen que ya no hay santas! Voy entendiendo que Justina lo era.

Desde que cayó enferma no me separé de su lado. Ni por mi madre habría hecho más que por ella. Murió santamente, recordándome alegrías y penas pasadas que las dos sentimos sin dar a nadie participación, y sus últimas palabras, agarraditas sus manos a las mías, fueron consagradas al ser a quien amaba tanto como yo. ¡Ah, Valvanera mía, no tengo consuelo! Te dije en mi anterior que cuatro personas poseían mi secreto: ya no lo poseen más que tres.

No sé si decirte que le leas esta carta al prisionero. Él no sospecha que le han amado corazones ausentes, desconocidos. El de Justina gustaba de recrearse en el amor a Fernando, y siempre le veía niño. Los primeros cuidados que se prodigan a los recién nacidos, de ella los recibió Fernando. Le vio después, teniendo él cuatro años, pues con el fin de que inspeccionara su crianza la mandé a Vera, y siempre le recordaba en aquella edad. Me ponderaba su belleza, su parecido a mí; me pintaba con graciosas imágenes el color de sus cabellos, de sus ojos. El día en que murió, le describía chiquitín, como si le hubiera visto la semana pasada. Díjome que su pena mayor era morirse sin verle caballero formado; recomendome que cuando yo le tuviese a mi lado le expresase su cariño, y le diese en nombre suyo muchos besos. De tal modo me impresionó con estas demostraciones, que las dos parecíamos moribundas, yo quizás más que ella. Díjome que no llorase ni me afligiese; que Dios, con lo mucho que había yo sufrido, me perdonaba todas mis culpas, y que si aún faltaba algo por perdonar, ella se encargaría de obtener en el cielo la total absolución... Sí, sí es preciso que le leas esta: quiero que sepa que se ha muerto Justina; que Justina le amaba, que Justina es para mí una pérdida irreparable... Ayer ha sido el entierro; mañana iré al camposanto a llevarle las flores más bonitas que pueda procurarme. Le gustaban tanto como a mí, y siempre que salía traíame las mejores que encontraba. Ahora todas me parecen indignas de ella. Las de mi corazón, que son las más bellas, no se ven, y en estos homenajes ¡ay! no nos satisfacemos sino con lo que entra por los ojos. ¡Dios mío, qué sola estoy!... ¡Pero qué sola! Lo dicho: léele esta carta, o dásela para que se entere, y dime el efecto que le causa.

No está de más que en esta repita mis exhortaciones para la custodia del bien que he puesto en tus manos. Ordeno y mando que el prisionero renuncie por ahora incondicionalmente al uso de su voluntad, sometiéndose a la tuya, que por delegación es la mía. Te transmito toda mi alma, me encarno en ti. Ya le devolveré al señorito su voluntad, cuando yo entienda que está en disposición de usar de ella dignamente. Toda cautela me parece poca mientras dure el horrendo trastorno de una ilusión arrancada de cuajo. Yo sé lo que es eso. Que no tome resolución alguna, ni aun aquellas que parecen más insignificantes, sin previa consulta contigo, que eres *migo*. Que no se aleje de tu casa, a no ser con Juan Antonio o personas de gran confianza. No puedo echar de mí la imagen del *Joven Werther*, que es desde hace tiempo mi fantasma perseguidor. Por la impresión que hizo en mí esta obra al leerla por vez primera, juzgo la que hará en un espíritu admirablemente preparado para la imitación del caso que en ella se presenta... Dios le perdone al señor de Göethe el mal que ha hecho.

Paréceme acertadísima la campaña teatral que han iniciado tus niñas. Es un entretenimiento de buen gusto y honestísimo, si hay buena elección en las obras que representen, y la del *Sí de las niñas* no puede ser más acertada. ¡Cuánto daría yo ahora por ver tu teatro y aplaudir a mis queridos cómicos! Pero no puede ser, ¡paciencia...! Aquí te pongo veinte mil suspiros de los más hondos. Guárdamelos por allá, pues en cada uno de ellos va un poquito de mi alma.

Y no te escribo más hoy: lo que aún tengo que decirte no es nada grato, y no quiere amontonar tristezas sobre tristezas tu amantísima —*Pilar*.

## XVI

De la misma a la misma

*Madrid, abril.*

Gracias a Dios, amiga de mi vida, que hoy puedo escribir todo lo que quiera. Hoy me siento discípula del *Tostado*, y me será fácil hacer honor a tan gran maestro. Felipe se ha ido a la Encomienda con Gravelinas, Castro Terreño, Jenaro Villamil, el pintor, y un chico que ahora despunta en la política y los periódicos, Luis Sartorius. Creo que Fernando le conoce. Allá se estarán unos días cazando y hablando mal del Gobierno. Después van a Segovia, donde Villamil se propone pintar la Fuencisla, el Parral, y qué sé yo qué, y mi marido ver y tasar una colección de clavos de puertas, bisagras y aldabones que a la venta sale. Por allá se estén luengos días, y si fueran meses, mejor, para que yo respire. ¡Preciosa libertad, cuánto vales! Así podré llorar a mis anchas a mi amada Justina, y llevarle flores, y hablar contigo, emborronando todo el papel que me dé la gana. ¡Benditas cacerías de la Encomienda y benditos clavos de Segovia! Claro que mi libertad solo es relativa, porque siempre quedan aquí personas que al volver Felipe le cuentan todo lo que hago; pero esta clase de esclavitud la sorteo yo perfectamente. Hoy me siento mía, hoy respiro, y los suspiros que te mando llevan alegrías de mi corazón y esperanzas.

En estos veinte años largos de ansiedad y lucha, de persecuciones, de estudio sutil para sortear el carácter receloso, inquisitorial de Felipe, Dios me ha favorecido, no puedo negarlo. Concediome primero la compañía y ayuda leal de Justina; después, que a Felipe no le fuera antipática mi fiel sirviente, pues si se le ocurre tomarla entre ojos y privarme de ella, ¡pobre de mí! Verdad que Justina poseía un arte supremo para el disimulo, para hacerse agradable y necesaria a las personas con quienes estoy obligada a vivir en paz, y se ha muerto la pobrecita sin que nadie sospeche que entre ella y yo había tan entrañable inteligencia en puntos muy delicados. Felipe ha sentido su muerte, y el día que la sacramentaron estaba muy afligido. Le agradecí mucho su pena, y ganó terreno grande en mi estimación. A los veintiocho años de casados, es triste, tristísimo, que mi marido tenga que hacer méritos para conquistar sentimientos míos, que debió poseer desde el primer día. Entre Felipe y yo hay un gran espacio vacío, glacial, que en tanto tiempo no ha podido llenarse ni encenderse con afectos. La vida común no ha hecho más que poner en pugna constante sus asperezas con las mías, sin limarlas. ¿Tengo yo la culpa? ¿La tiene él? ¿Es culpa de los dos? Averígüelo quien quiera, pues ni *Vargas* creo yo que domine tan difícil averiguación. Por centésima vez te lo digo, querida Valvanera: yo no he tenido la suerte tuya; tu marido te resultó ajustado a tu ser espiritual. Hicisteis pareja feliz, con unidad de pensar, unidad de sentir. Las pequeñísimas diferencias pronto fueron destruidas por el roce. A mí no me resultó ese bien tan grande. Y lo de hacer o no hacer pareja es cuestión de suerte, créelo. Porque ni una piensa, ni los padres tampoco, y aunque en ello pensaran rara vez acertarían. Los caracteres se conocen bien cuando envejecemos, y siempre la casan a una cuando es niña o casi niña, fundándose en sentimientos superficiales que luego se convierten en humo.

Tengo que fastidiarte con estas confidencias, que en parte no son nuevas para ti, pues en otras ocasiones me has oído decir lo mismo; mas ahora es preciso que yo extreme mi sinceridad a fin de que puedas hacerte cargo de la relación entre mis cuitas matrimoniales y este magno asunto secreto.

Fácilmente comprenderás cuánto he tenido y tengo que discurrir para que entre estas dos mitades de mi vida no haya ningún contacto. Semejante trabajo de incomunicación es una obra maciza de disimulo, de ocultaciones, de supercherías más o menos inocentes, y representa una energía mental tan extraordinaria que, aplicada a otros órdenes, podría bastar a la formación de un perfecto hombre de Estado. Que la incomunicación entre las dos esferas era necesaria, bien lo comprendes tú que conoces a Felipe. No podía yo hacer otra cosa: Felipe y Fernando eran y son incompatibles, irreconciliables; el uno es la ley, el otro su transgresión. En la noche aquella de Zaragoza, después de ver juntas *El sí de las niñas*, supiste que yo había cometido una falta muy grave. Sobre esto no hay que volver: convinimos en que yo había sido criminal, faltando a la más sagrada de las obligaciones; yo me acusé y tú me sentenciaste. Yo no merecía perdón; tú me compadecías y procurabas consolarme; yo me declaraba perdida para siempre en el terreno matrimonial. Me aconsejaste el silencio absoluto, el arrepentimiento y propósito de enmienda ante Dios, y que procurara echar un velo... Esto del velo no se me olvida... Bueno: pues aquí tienes mi falta muy bien tapada y en condiciones de no ser por nadie descubierta. No me costó poco trabajo; pero ello es que conseguí lo que me proponía... Pasa el tiempo, y continuamos Felipe y yo desavenidos, inarmonizados, como dos notas discordantes que desgarran el oído cuando suenan juntas. Dios no quiere poner ningún remedio al desajuste de nuestras almas: no nos da hijos. Él es él y yo soy yo, sin que en ningún momento nos encontremos en perfecta unión. Mis esfuerzos por sonar acordes son cada día más infructuosos. Carece él de inteligencia, yo la tengo de sobra; pero ni puedo darle a él, de lo mío, lo que le falta, ni él sabe apoderarse del fuego sagrado. Pasa más tiempo, querida Valvanera, y seguimos lo mismo, quiero decir peor, pues el tiempo parece que se complace en desafinar más a Felipe siempre que se empeña en sonar junto a mí. No nos entendemos: soy para él un libro en lengua chinesca; él es para mí un libro en blanco. No me dice nada.

Bueno: pues en esta situación me acuerdo de mi falta; cada día pienso más en las consecuencias de ella. Allá, donde Dios quiso, dejé un ser muy envueltito en ropas blancas. Me le figuro dando los primeros pasos, me le figuro queriendo hablar... le siento después grandecito. Dícenme que es muy guapo, de buena índole, y tan inteligente que causa miedo a los que se encargan de educarle. Luego le siento hombre, y me informo de que posee las prendas todas del perfecto caballero: su corazón es generoso, sus procederes nobles, su lenguaje discreto... Me vuelvo loca de alegría... Allá se me va toda el alma; y cuando procuro convencerme de que estoy libre, de que puedo hacer manifestación de mis sentimientos y ser dichosa, me encuentro paralizada por el deber, por una obligación contraída legalmente y santificada por la religión. Ya me tienes fuera de mi centro natural, y atada a otro centro que no sé lo que es: ¿legal, artificial? No me atrevo a definir estas cosas... Ni un solo instante me ha pasado por la cabeza concordar aquello con esto: conozco a Felipe, y sé que no perdona lo que en su criterio, reflejo exacto del criterio general, es imperdonable. La magnanimidad es una virtud que le viene muy ancha, como la armadura de un coloso. Mi marido es de los que celebran culto en los altares de la rutina social y de todo el artificio que nos rodea. A tal extremo llega el fanatismo, que si hubiera inquisición de esos dogmas él sería familiar primero de ella, y un implacable quemador de herejes. Resulta, pues, que para poder yo vivir y amar lo que la ley de Naturaleza me manda que ame, no veo más camino que la incomunicación que antes te dije, levantando un muro muy alto entre Fernando y Felipe.

Y ahora necesito referirte otros casos, y hacer comentarios tan sinceros como dolorosos de mi carácter y del de Felipe, para que comprendas cuánto me ha costado levantar ese muro, y la vida de ansiedades que he llevado y llevo para impedir que se me derrumbe y nos aplaste a todos. Concédeme otro poquito de atención.

A la falta mía, desconocida de todo el mundo (con tres excepciones no más), falta efectiva y real que yo reconozco y confieso a quien me da la gana, siguen otras, las faltas supuestas, fantásticas y mentirosas que la malicia me atribuye. Por la verdad nadie me acusa, por la mentira me denigran. Bien comprenderás que a ti no te oculto nada, que hablo contigo como con Dios. Pues yo te juro que cuantos milagros me cuelga la fama son absolutamente apócrifos. Años ha que te lo he dicho; pero podrías creer que en el tiempo transcurrido desde que no nos vemos he hecho algún milagro. No, amiga querida: ni antes, ni después, ni nunca. Ten la firme convicción de mi inocencia en todo ese tiempo, que bien puedo llamar *período fabu-*

*loso*. Harás quizás la observación de que la fama persistente, aunque se equivoque, no siempre es injusta, y a eso contesto que alguna explicación debo dar a la constancia de las lenguas en hablar de mí con engaño y error. Puesta a declarar en el banquillo, expongo toda la verdad, no sin esfuerzo, pero con franqueza suma. Eres tú mi espejo: me miro en ti, y te doy mi exacta imagen. Pues sí, querida de mi alma, aunque lo sabes, bueno es que yo lo manifieste: he sido una coqueta formidable. Aquí tienes la explicación de mi fama, sin hipocresías ni atenuaciones. El coquetismo, pues todo hay que decirlo, ya nos perjudique, ya nos favorezca, ha sido en mí defensa contra la soledad del alma, un medio de producir alegría, movimiento, bullicio de cosas y personas, un arte de guerra para devolver al mundo mis sufrimientos, que en gran parte, de él y de sus leyes recibía yo. Me dirás que esta disculpa no vale. Bueno, pues coqueteaba por aburrimiento. ¿Tampoco vale esta? Pues coqueteaba... porque sí.

La verdad es que a una existencia frustrada que ha perdido su órbita, no se le puede pedir que vaya muy derecha. Sé que hay ejemplos de otras existencias también frustradas o sin órbita que se han mantenido en la rigidez absoluta de los principios y de las formas. Yo las admiro: no he tenido virtud para imitarlas. Han buscado su alivio en el adormecimiento místico, religioso, o como quieras llamarlo. También a mí me dio por ser beata; pero solo me duró cuatro días la ventolera. No podía ser... Pues sigo: si mi coquetismo me produjo diversión, encanto, vanagloria, el placer maligno de *hacer rabiar*, trájome por otro lado males acerbos. Ya lo sabes. Mi ligereza exacerbó el carácter receloso, trapacero y mortificante de Felipe. No tardamos en llegar a una situación de continua suspicacia, de celos y reconvenciones enojosas, de desconfianzas recíprocas. Él fue siempre duro, altanero, fiscalizador de las acciones más inocentes. Sin quererlo, cultivé en él otras cualidades muy malas: la grosería, la falta de delicadeza. Gustaba yo de atormentarle, y él a mí lo mismo: llegamos a tener discordias muy agrias por cualquier tontería, extremando nuestra desavenencia en las cuestiones de intereses. Quiso reducir mis gastos; yo me opuse a sus derroches de coleccionista. Nos hacíamos una guerra implacable. Hasta en política disentíamos, pues yo, solo por llevarle la contraria, alardeaba de patriotería liberalesca y hasta de jacobinismo. Empezaron las prohibiciones por parte de él, las rebeldías por mi parte. Ya ni asomos de concordia había entre los dos, pues hasta en las comidas fueron nuestros gustos diferentes. Sus sospechas le llevaban a indagaciones indecorosas para mí. Espiaba mis pasos; vigilaba todas mis acciones; intervenía mis cartas; veía fantasmas en torno mío; mi gusto excesivo de los placeres sociales, mi cháchara, mis alardes de libertad, le irritaban más, y ya no fue solo grosero, sino brutal y el más fastidioso tirano que imaginarse puede... Ea, querida mía, que viendo la cosa mal parada, hube de recoger vela. Capaz era Felipe de un desatino, y yo también. ¡Figúrate si descubre...! Pero no, daba todos sus golpes en la herradura y ninguno en el clavo. Era ciego: no veía la verdad; corría disparado tras multitud de mentiras.

Amainé, como te he dicho, en mi coquetismo; tuve que recogerme y entrar en mí. La edad hizo lo demás: me aproximaba yo a los cuarenta años, aunque... ya me viste... los llevaba muy bien. Después, querida Valvanera, desde la última vez que te vi, he dado un bajón tremendo. Ya no me conocerías... Pues verás: reflexioné, me di a pensar en que si mi existencia había sido hasta allí frustrada, podía ya no serlo en lo sucesivo. Dios quizás me deparaba una segunda existencia. Había encontrado mi órbita, la verdadera, la única, y en ella podía correr a mis anchas sin desviarme. Pero ¡ay de mí! que para seguir mi órbita me estorbaba enormemente Felipe... Aquel Felipe continuo, pegado a mí como mi sombra, y de quien no podía en modo alguno desprenderme. Y para mayor desdicha, era cada día más fastidioso y fiscalizador más impertinente. ¿De qué me valía tener órbita, amiga de mi alma? Comprende mi padecer, mis estudios maliciosos, que algo tenían de la diplomacia, algo del arte de los prestidigitadores, para que mi tirano no penetrara en aquel vedado terreno donde yo quería vivir sola, y si no sola, sin él. ¡Qué martirio! En esta campaña, que precisamente coincide con la época en que tú y yo no nos hemos visto, he desplegado las dotes de astucia más extraordinarias, he inventado las combinaciones más sutiles, me he batido a la defensiva, en la sombra, con una habilidad de que no puedes tener idea. Y he triunfado, al menos hasta hoy. En medio de mis grandes amarguras, tengo la satisfacción de que Felipe *no lo sabe*. Viéndole a mi lado en efigie, en espíritu siempre lejos, le digo con el pensamiento: «No lo sabes, no te doy el gusto de que tengas razón contra mí. Porque eso es lo que tú quieres, tener razón contra tu mujer, y eso no lo tendrás. Soy aragonesa.»

En este período, Valvanera mía, ha sido mi único consuelo la lectura y el trato de personas inteligentes, la lectura sobre todo. Mi marido dio en llamarme romántica; es su manera personalísima de repudiar lo que se sale de lo vulgar y corriente. Yo acepto el mote, si romántico quiere decir revolucionario, porque... No te asustes... te advierto que yo lo soy. Me siento un poco masónica, quiero decir que prefiero los males de la libertad a los del orden... Esto es una broma, querida; no hagas caso.

Motivo de burla y chacota son para Felipe mis aficiones a la lectura, que en los últimos seis años han sido un verdadero vicio. Ya sabes que su inteligencia es muy limitada: lo que yo arrojo de mi mente (perdona la inmodestia) como hojarasca inútil, ya lo quisiera él para los días de fiesta. Es de esos que llevan dentro del cerebro una barajita de ideas, adquiridas y coleccionadas en el trato de los hombres más vulgares, porque de los eminentes, haya miedo que se le pegue nada. La tiene en forma y distribución de papeletas clasificadas. Para cada tema que surge, su papeleta correspondiente. ¿Se habla de teatros? papeleta. ¿De moral, de matrimonio, de religión, de política, de viajes, de ornato público? Pues allá va la cédula. A mí no me des entendimientos de esta condición. Ya comprenderás que quien piensa por papeletas, en las acciones procede de un modo semejante, y ha de ser formulista, esclavo de la letra de ordenanzas y reglamentos. En esto nadie le gana a mi Felipe, naturaleza de tal modo conformada, que halla su felicidad en el fastidio. El fastidio, hablando por papeleta, *es su elemento*... ¡Si al menos hubiera yo podido lograr una separación decorosa! ¡Que si quieres! ¡Para separaciones está el tiempo! Felipe no puede vivir solo; le soy necesaria. No se halla sin mí: soy el agua salada para ese pobre pez. No viéndome aburrida, no ejercitando en mí su vigilancia, no interviniéndome en todo y por todo, se muere de asfixia. Ya ves qué sino el mío... Pues mira tú: por ley de costumbre, y no insensible a la obra del tiempo, he adquirido resignación; sé ya lo que no sabía: aceptar mi pesada cruz y subir con ella. Lo haría fácilmente quizás si estuviera libre, quiero decir, si no me llamara mi órbita como me llama, la íntima, la que es a un tiempo ilegal y sagrada, la mía.

En justicia, debo añadir que de algún tiempo acá Felipe me mortifica menos, y que ya sea porque he ganado fuerzas, ya porque la cruz ha perdido algo de su enorme peso, ello es que la llevo mejor, y aun me siento menos medrosa de que mi secreto se descubra. El tiempo también fortifica, y la próxima vejez parece que derrama tesoros de indulgencia, y que protege las grandes reconciliaciones. ¿No crees tú lo mismo? Sí, sí: mi temor de la luz va disminuyendo, me creo capaz de afrontar las responsabilidades que antes me aterraban, de dar un salto decisivo. ¿Qué te parece? Anímame, amiga del alma; dime que sí, que sí...

En el tiempo este que nos ha hecho la gracia de tenernos separadas, no he visto decrecer la pasión de Felipe por el coleccionismo de armas y de hierros viejos. Sería el primer caballero del mundo si ello dependiera de la adoración y conocimiento de los signos de caballería. Otro que más entienda de espadas y que mejor clasifique las de cada siglo, y las de Milán o Toledo, no lo hallarás. En lo que ha decaído es en la esgrima, pues con los años su destreza va quedando reducida *al compás*, y gracias. Aún se recrea en su sala de armas tirando un rato con los amigos, y aún vienen en busca de sus lecciones espadachines muy afamados. También acuden a casa los que se ven en el trance de aceptar o promover un duelo, porque la primera autoridad de Madrid en lances de honor y en sus complejas y delicadas reglas, es mi marido. Todos respetan y siguen ciegamente su opinión, y el hombre está en sus glorias ejerciendo de definidor y pontífice: se humaniza, se vuelve menos áspero, y su amabilidad relativa indica su satisfacción y vanagloria. Yo, siempre en guardia, aprovecho para mis combinaciones los preciosos momentos en que funciona el oráculo de los lances de honor. Cosas a que no me atrevería en días normales, las acometo valerosa cuando se trata de la elección de armas, de los pasos que ha de dar adelante o atrás, en el terreno, cada uno de los duelistas. Y ya puedes suponer con cuánto fervor pido a Dios, en momentos para mí críticos, que haya desafío, que se peleen dos caballeros por cualquier futesa de política, de amores o de juego, para que vengan a mi casa en busca del oráculo, y este se entusiasme y yo respire.

Y ya no escribo más hoy, que estoy cansadita, aunque no tanto como lo estarás tú cuando me leas. Cree que no son ociosas estas explicaciones, para que te hagas cargo de mis sufrimientos y del servicio impagable que prestas a tu amiga. Tu cooperación me la tengo bien ganada... Vaya, no te canso más. Soy como esos visitantes fastidiosos, que después de despedirse vuelven a pegar la hebra, repitiendo lo que ya dijeron; y en pie, y en la puerta ya, todavía vuelven sobre lo mismo. No más, no más: quédense para mañana otros secreticos que aún guarda para ti tu amante amiga —*Pilar*.

## XVII

De la misma a la misma
*Abril.*

Ya sé, ya sé, picarona, el mote que vas a ponerme. Vas a llamarme la *Tostada*. Pero no me ofendo, y casi, casi me gusta el apodo, porque me estimula más al horroroso gasto de tinta, y a marearte con mis largas escrituras. Lo que siento es distraerte de tus ocupaciones todo el tiempo que exige la tarea de leerme. Pero lo llevarás con paciencia, ¿verdad? Y que no puedo ser concisa. Tras de una idea se me ocurre otra, y cuando quiero recordar, ya tengo bien llenitos de garabatos cuatro pliegos de papel.

Tienes razón en decir que soy una pura pólvora, y que la impaciencia me pierde. Por mi gusto, cosa pensada, cosa realizada. No puedes figurarte el cariño que le he tomado a esa mayorazga de Castro-Amézaga desde que me contaste sus extraordinarios y nunca vistos méritos. ¿Y tal joya no será para mí, para mi Fernando? ¡Ay, si Dios me concediese esto, daría por bien empleados todos los martirios de mi vida!... No pienso más que en Demetria, la estoy viendo, hablo con ella. ¡Qué hermosura y qué talento, qué aplomo y dominio de sí misma! No me digas que el fantasmón de mi sobrino puede quitárnosla. ¿Pues qué? ¿No ha manifestado bien claramente la niña discreta que le repugna el candidato propuesto por la familia? ¡Y ha tenido entereza para negarse a ser su esposa, sin reparar en el semi-compromiso que suponían las vistas, resistiéndose a la presión que sobre ella ejercían sus tíos y Juana Teresa! ¡Eso es una mujer! Solo este rasgo basta para que yo la ponga cien codos más alta que todas las de nuestro sexo. ¡Cualquier día la coge a esa un tonto! Ya puedes figurarte lo que yo gozo considerando el despecho, la rabia de Juana Teresa, que en su vida se ha llevado un sofión tan merecido. La veo echando fuego por los ojos y masticando fuerte... Pero se me caen las alas del corazón al pensar que aún tiene esperanzas de arreglo. No, no puede ser: no es delicado insistir después de una repulsa tan categórica... ¡Ay! mi falta de libertad me requema la sangre. Pues si yo pudiera meter mi cucharada en ese negocio, ¡con qué gracia habría de llevarlo a término feliz, abatiendo para siempre los hocicos de mi media hermana!... Déjame, déjame que desahogue el ardor de mi alma. Luego me dicen revolucionaria, romántica. Sí, lo soy: quiero imitar a esa sin par niña, que odia, como yo, los raciocinios por papeleta, y cuando le han presentado la de su casamiento, la ha deshecho con garra de leona. ¡Esa, esa es la mujer que quiero para compañera de Fernando!

Pero nada adelantaremos, tienes razón, mientras el alma de nuestro querido hijo no salga del insano estupor en que la tiene una pasión frustrada, una tan grave herida del amor propio. No le riño; conste que no le riño; considero la delicadísima situación de su espíritu, y confío como tú en el tiempo... Pero ¡ay! el tiempo tiene dos caras: es amigo que infunde esperanza, y enemigo que amedrenta. ¿Quién me asegura que, andando días, no lograrán los de Cintruénigo rendir por cansancio la fortaleza de Castro? Juana Teresa es muy lista, maestra en gramática parda, en marrullerías plebeyas. Rodriguito, según mis noticias, suple con su tenacidad la pobreza de su entendimiento. Temo a los tercos, a los pleiteantes temerarios, a los que ponen toda su intención y sus fines todos en una sola papeleta... No, no me entrego yo al tiempo: eso es de perezosos. Confío en ti, que aunque me dices que espere y no me precipite, seguramente pondrás tus cinco sentidos en esta obra magna para que no se nos malogre, y allanarás a Fernando el caminito de La Guardia. Demetria es su paz de toda la vida, el perfecto equilibrio de sus facultades. ¿No lo ves así? ¿No ves en ese matrimonio la maravilla de la Providencia?... Impedir que se unan es un divorcio, amiga mía, es obstruir los caminos de Dios.

No te asustes de mi exaltación. Soy así: ver yo el bien y no lanzarme tras él al instante, es imposible. Déjame que te diga una cosa, y si la tienes por delirio, no me importa. Pues la hazaña de Fernando al sacar a la niña del cautiverio de Oñate, con riesgo de su vida, bien merece el desenlace, el divino coronamiento de esta unión. Dime que sí. Aquella página hermosa, aquel viaje por los montes infestados de facciosos, la muerte del desgraciado padre, la herida de Fernando, que se nos quedó cojito, prisionero de sus protegidas, ¿qué son más que trámites de la grande obra de la Providencia? ¿Y la abnegación con que el caballero, abandonando sus amores (buenos o malos, que eso no hace al caso), se convierte en paladín de dos muchachas desconocidas, no significa nada? ¿Pues y la nobleza de su proceder en todo el camino, su delicadeza y solicitud, la gratitud de las niñas, la entrañable amistad que entre ellos se establece, no nos dan a conocer el arte sublime con que Dios elabora sus obras maestras? ¡Ay! quisiera ser poeta para poner en versos magníficos aquella peligrosa y al cabo feliz aventura, composición que les entregaría, diciéndoles: «Héroe y heroína, Dios os ha juntado en este hermoso poema, porque quiere haceros fundamento de una generación que reúna la voluntad y la inteligencia. No falta más que una estrofa, que vais a escribir ahora mismo.»

A todo trance, mi amada Valvanera, es preciso que el *Caballero de Aránzazu* (mira qué título se me ocurre) no se acuerde más de la catástrofe de Bilbao, ni de la condenada diamantista, que noramala vaya. Tráemele pronto, por tus hijos te lo pido, al terreno en que hallará el reposo y la felicidad, y yo también. Sería yo capaz, si viera terminado el poema con lógica belleza; sería yo capaz, digo, de romper la insoportable ficción en que vivo, y arrostrar las humillaciones y las amarguras que suponen las papeletas de Felipe, arrojadas en terrible avalancha sobre mí... ¡Vaya si lo haré! ¿No es estúpido que vivan las almas aterrorizadas por un vano fantasma, la opinión, la cual, mirada de cerca y por dentro, se compone de cuatro trapos no muy limpios sobre cuatro torcidas cañas?

Pero tengamos calma. A medida que escribo me voy exaltando más... Por obedecerte en todo, he detenido el viaje del benditísimo sacerdote, nuestro amigo, a La Guardia; pero no acabo de conformarme con este aplazamiento. Se me ha metido en la cabeza que, haciéndose don Pedro amigo del señor de Navarridas, se nos vendría todo a la mano. Pienso también que Demetria... En fin, pienso tantas cosas, que vale más que me las guarde y las madure bien antes de comunicártelas. En la confianza de tu pericia me adormezco yo. Sé que sacarás triunfante mi bandera, la bandera del bien, que tiene por escudo un corazón de madre, y por leyenda esta sola palabra: *Naturaleza*.

Vamos, que estoy desatinada: no me digas que no. Y otra cosa. ¿No puedo aún escribir a Fernando? ¿No debo decirle...? ¿Te decides a descorrer el velo, o no es tiempo todavía? Ya que no me contestes a esto, dime pronto si va recobrando la serenidad; si su corazón se restaura en los sentimientos dulces, o es aún presa del vértigo de rabia, y se ahoga en las olas de amargura. Porque no puedo arrojar de mí una zozobra cruelísima. ¿No está convencido aún de que la maldita Negretti es esposa de otro? ¿O es que sobre eso hay dudas todavía? No lo veo yo claro. Las referencias del suceso son vagas, como de un caso problemático, alterado al pasar de boca en boca. Que sepamos la verdad. Entérate bien; interrógale, aunque esto sea poner el dedo sobre las heridas aún no cerradas. Estaría bueno que ahora saliéramos con que Fernando abriga todavía esperanzas... Por Dios, vigila, no te descuides... Entérate de si aún sostiene alguna comunicación con Bilbao, aunque sea indirecta, por vía de espionaje o información. Hay que ver esto, Valvanera de mis pecados; hay que estar en todo... Adiós; ya no puedo más. Toda mi alma está contigo y con él... Una palabra para concluir: «¡Muera Cintruénigo!»

¡Qué disparates pienso y escribo!... Voy a decirte el que se me ocurre en este momento. ¡Jesús me valga! Admitida la idea de que el motivo del desaire sufrido por mi antipático sobrino es que el corazón de la mayorazga pertenece a otro, me asalta la idea de que ese otro no es Fernando. ¿No se te ha ocurrido averiguar si hay algún factor desconocido? Lo que ahora sospecho, ¿es acaso inverosímil? Fíjate en que no tenemos ninguna prueba de que la repulsa de la niña sea por amor a Fernando. Todo se reduce a suposiciones, conjeturas, fingimientos quizás de nuestro deseo. Hay un punto oscuro, muy oscuro, querida Valvanera, y es urgente aclararlo. Aclaralo por Dios. Tengamos ¡ay! un hecho fijo y seguro en que fundarnos, para que este plan mío y tuyo no sea un alcázar aéreo. ¡Pues bonito papel haríamos si ahora resultara que...! Me vuelvo loca... Compadece a tu pobre amiga...

No escribo más; quiero serenarme; la pluma se me vuelve un pedacito de rayo. Siento en mí las sacudidas de los nervios, que me dicen que no escriba más. *La Tostada* se rinde.

Te mando millones de besos para que los repartas como quieras. Los que le toquen a Fernando, como no puedes dárselos tú directamente, se los aplicas a tus nenes para que estos se los pasen a él. Adiós otra vez. Os adora vuestra —*Pilarica*.

## XVIII

De don José M. De Navarridas (incluyendo esquelas de las niñas de Castro) a Fernando Calpena
*De La Guardia, a 6 de mayo.*

Ilustre señor y dueño: Dios le premie a usted el regocijo que ha dado a este viejo dignándose comunicarnos noticias directas de su persona; y que no ha sido menor el alegrón de toda la familia por este feliz suceso, lo comprenderá usted sin necesidad de que yo se lo diga. Mi gozo subió de punto al notar que el tono y conceptos de su carta no indican una grande turbación del ánimo. Si por algún renglón de la misma veo asomar la melancolía, la cual más en lo que calla que en lo que dice se manifiesta, me tranquiliza el pensar que no es mal de cuidado cuando recae en jóvenes a quienes la inteligencia ofrece mil recursos contra el fastidio y las tristes memorias. Un hombre como usted, mi señor don Fernando, tiene en su lozana imaginación, en su variado saber de todas las cosas, el remedio contra los desmayos del ánimo. Denos pronto la noticia, que aquí recibiremos repicando muy recio, de que se le han pasado esas murrias. Y si me permite darle un consejo, le diré que solo con medir la distancia entre su mérito altísimo por los cuatro costados y la bajeza de los que le han ofendido, ha de sentir gran consuelo. Esto y el perdonarles de todo corazón serán medicinas de notoria virtud. Viva mi señor don Fernando, y dele Dios toda la felicidad que se merece.

También agradezco infinito a mi señora Doña Valvanera que haya contribuido a vencer la pereza de usted para escribirnos; y si por mil respectos no mereciera esa noble dama mis homenajes, por esta sola fineza quedaríamos obligados eternamente. Hágame el favor de decirle que en esta carta van cumplidos sus encargos con toda la eficacia que nos permite nuestra inutilidad. Incluyo las respuestas de puño y letra de mi sobrina mayor, la cual ha manifestado un deseo muy vivo de servir a la señora de Maltrana.

Mi hermana María agradece a usted sus finos recuerdos, y se los devuelve con sinceros votos porque conserve usted su salud, así del cuerpo como del alma, deseando que encuentre su tranquilidad en la esfera del mundo que por su nobleza le corresponde. Tanto mi señora hermana como yo hemos leído con especial satisfacción el parrafito de su carta en que se muestra deseoso del buen giro de nuestros planes con respecto a la unión de las casas de Idiáquez y Castro-Amézaga. Conociendo lo que aprecia usted a esta familia, esperábamos esa manifestación, a la que tenemos el gusto de contestar dándole esperanzas de que nuestro proyecto se realice, pues reanudadas las negociaciones, hemos visto que presentan un excelente cariz. Quiera Dios que pronto pueda dar a usted la buena noticia de que es un hecho el enlace de los escudos de Castro y Sariñán. Y si se dignara usted honrarnos asistiendo a la boda, no tendríamos palabras con que mostrarle nuestro reconocimiento.

Concluyo, pues las chiquillas quieren escribir a usted en este mismo pliego. Ya les he dicho que escriban aparte, y aquí meteré los papelejos que me den. De todos modos, no quiero cansar más a usted: solo le digo que no se ha armado floja revolución en la casa con sus dulces encargos. No sintiéndose bastante fuerte en sus conocimientos la señora Demetria, reunió concilio de autoridades, que bien puedo llamar ecuménico por la muchedumbre de eminencias que concurrieron. Las de Álava fueron las primeras en penetrar en aquellas salas vastísimas, y al instante trabaron una tan fuerte controversia escolástica con mi hermana sobre el punto del punto que se debe dar al dulce de tomate, que hube de retirarme medio loco. Acudieron también al cónclave, llamadas por Demetria, dos monjas exclaustradas de esta localidad y de Vitoria, maestras en toda suerte de *dulzuras*, y si le digo a usted que tres tardes con sus respectivas primas-noches gastaron en dilucidar los problemas, invocando estas las tradiciones conventuales, aquellas la experiencia de unas y otras casas, no me tenga por hiperbólico. De los estados de Paganos y Samaniego, y aun de la remota Bastida, vinieron labradores viejos, cuyo dictamen y luces se estiman indispensables para determinar las mejores tierras y el abono más adecuado a los tirabeques, así como para la elección de simiente, *etc., etc.*

He aquí, señor mío, que entran las dos estrellas matutinas de la casa trayendo cada cual el papelito que debo incluir en esta. El de Demetria viene abierto para que yo lo lea y le dé mi *exequatur* antes de enviarlo a su destino. El de Gracia llega cerrado con tales cerrojos de obleas y candados de lacre, que no hay curiosidad bastante aguda para penetrar en las entrañas de este mamotreto. La chiquilla se ríe al entregármelo, y presumo que habrá metido sinnúmero de cuchufletas para embromar y divertir al amigo melancólico. Esto me parece de perlas, y accedo a no intervenir el manuscrito. Allá van uno y otro, y celebraré infinito que los informes de Demetria satisfagan por entero a la señora de Maltrana, y que los inocentes donaires de la pequeñuela recreen el ánimo del noble caballero a quien van dirigidos. Aquí termino, pidiendo a Dios que me le guarde cuanto he menester. Su atento amigo y capellán —*José M. De Navarridas.*

Esquela de Demetria

Señor don Fernando: Mi buen tío le informará de cuán festejada ha sido su carta, por la cual vinieron al fin las nuevas de su existencia y de la buena memoria que conserva de estas pobres campesinas. Si su salud no es tan buena como usted merece y todos deseamos, cuídese, distráigase y lleve con paciencia su mal, que este no es de los incurables, y casi estoy por decir que quizás sea de los benéficos, o que, pareciendo que matan, lo que hacen es dar a la larga mejor vida. Usted me entiende.

Por dos trajineros de toda confianza que llevan trigo de casa a Balmaseda y Bilbao, mando a la señora de Maltrana los mejores tirabeques que por acá se han podido encontrar, cosechados en nuestras tierras de Paganos. Hemos escogido la clase llamada aquí de cuerno de carnero, que es la más tierna y se cuece de un hervor. Plántenlos inmediatamente que lleguen, poniendo diez o doce en cada surco, sin echarlos en remojo, pues no quieren extremada humedad. La tierra que sea bien suelta, con abono muy hecho, mezclado de ceniza. Basta con la primera cava por toda labor, arropándolos bien y disponiendo los tutores antes que tomen direcciones viciosas. En esto han de mirar mucho, pues siendo su crecimiento de más de seis palmos, conviene guiarlos desde el principio con dos varas para cada pie, o tres si ellos mismos indicasen la necesidad de más apoyo. En las cruces pongan palos de mayor robustez, tirando cuerdas desde estos a las varas laterales, conforme la extensión de las guías altas lo vaya pidiendo. El toque está en acomodar la planta para que suba bien derecha y no se tuerza, pues si caen y se doblan, se malogra, por falta de aire, parte del fruto. Si a pesar de estas precauciones se doblan, por causa de fuertes vientos, vale más dejarlos jorobaditos, que en este caso la enmienda es tardía y empeora su situación. Se les deja como están, y se aprende para otra vez. ¿Entendido? Lo demás lo hace Dios. Celebraré que cuando el señor don Fernando los coma se encuentre ya bien derecho y con propósito firme de no volver a torcerse.

El dulce de tomate lo hacía mi madre sin ciruelas. Pero no faltan aquí autoridades que recomiendan el empleo de esta fruta, mezclada en proporción de una libra por tres de tomate. Mi madre, como digo a usted, lo hacía sin mezcla. Recuerdo muy bien la operación, pues en ella le ayudé miles de veces; recomiendo que se fijen principalmente en la elección de tomates, siempre de mediano tamaño, rechazando todos los que tengan daño o picadura por pequeña que sea, pues estos, aun los de apariencia más bonita, la pegan. Es condición precisa cogerlos cuando empiezan a pintar. Se les extrae la semilla por un corte en redondo hecho en el pezón, de modo que resulten huecos y enteros, conservando la pulpa menos blanda. Ponía mi madre libra de azúcar por libra de tomate, teniéndolos veinticuatro horas en almíbar. Luego los hervía tres veces a un punto no extremado, pues desmerece si se deshacen y reblandecen demasiado. Tenía las orzas al aire, sin cubrirlas, otras veinticuatro horas. Con esto concluye mi ciencia, pues no sé más, y sentiré mucho que no quede satisfecha con tan escasos conocimientos esa digna señora. Su arte suplirá mi insuficiencia, y espero que usted, que es tan goloso, se chupará los dedos cuando le sirvan el tomate en dulce. Mi madre decía que mientras más desabridas son las frutas, más apropiadas resultan al buen dulce: el mejor de todos, que es el llamado *de cabello*, se hace de calabaza.

Y vamos ahora al mostillo. Suponiendo que el arrope de Villarcayo es excelente y muy azucarado, el mostillo que de él se saque no será inferior al de mi tierra. Mi madre ponía el arrope a cocer en un gran perol, a fuego lento, echando en él nueces peladas y cortezas de naranja y limón. Después de bien hervido lo apartaba del fuego, y entonces empezaba la operación más delicada, consistente en echarle harina, dando vuelta al caldo con cuchara de madera, sin cesar, y de la cantidad de polvo que se echara dependía el poco o mucho cuerpo del mostillo, y su mayor o menor mérito. Tenía mi madre para esto tan buena mano, que rara vez le salía mal, y cuando no quedaba a su gusto por demasiado espeso y pegajoso, o por muy fluido y clarucho, lo desechaba, haciéndolo de nuevo, sin acordarse más de la inutilidad de su tarea ni lamentarse de ello. Su sistema era empezar de nuevo lo que una vez salía mal, sin tratar de enmendarlo. Y tenía razón, porque las equivocaciones rara vez pueden corregirse, y lo mejor es aprovecharlas como enseñanza... y a otra. El punto del buen mostillo es como el de natillas claras, ni más ni menos. Luego se pone en orzas vidriadas, fíjense en que han de ser vidriadas por dentro, y se tapa con una pergamino bien sujeto a la boca para que la cerradura sea perfecta. Y ya no falta más que comerlo. Yo estoy preparando una tarea, de la cual mandaré a la señora de Maltrana unas orcitas, si me sale bien, lo cual es dudoso, porque con tantos cuidados voy perdiendo un poquito los papeles. Pero he de esmerarme en la obra, recordando a mi madre y su arte consumado para estas cosas.

Creo haber respondido a las consultas con que usted me honra por encargo de la señora de Maltrana, a quien con este motivo tengo el gusto de ofrecer, juntamente con mi hermana, mis respetos más afectuosos. Tanto ella como yo deseamos que nos franquee ocasión de poner a su servicio nuestra inutilidad. Y usted, señor de Calpena, disponga de su amiga —*Demetria*.

Papelito de Gracia
Fernandito: Eres un pillo, y no mereces que te escribamos, pues tú no nos as escrito a nosotras, sino al tío, y eso lo iciste porque esa señora en cuyo palacio vives te cogió de una oreja y te puso la pluma en la mano; que si no, maldito lo que te acordabas tú de nosotras, ni de La Guardia, ni de las cortinas de damasco, ni de los mimos que yo te acía para que comieras y recobraras el apetito y el buen umor. ¡Vaya con la ingratitud del señorito! ¿Qué te abíamos echo nosotras para que así nos trataras? Pues aora, como vuelvas acá, que no volverás, ni falta; pues como vuelvas, ni te doy golosinas, ni te cuento cuentos, ni te ago vendas para tu patita coja, ni nada. Me tienes furiosa, deseando que rabies, que te desesperes y lo pases muy mal, que así

las pagarás todas juntas. Cada cual lleva su merecido según sus acciones, y las tuyas son de lo más perverso que emos visto. No puedes figurarte mi satisfacción al saber que tuviste un desengaño muy tremendo. Eso les pasa a los casquivanos y desagradecidos, que se van por el mundo en busca de aventuras... Mira, niño, entre paréntesis te digo que no agas caso de mi ortografía, no porque sea muy mala, sino porque como me equivoco siempre en las *haches*, he determinado suprimirlas, y así no tengo que devanarme los sesos por saber dónde caen y dónde no. El montón de *haches* que me sobran lo pongo al final, por si quieres enmendarme con ellas la plana.

Bueno: pues si cuando te dieron ese sofoco te ubieras venido a casa, aquí lo abrías pasado bien, y tú contándonos el lance, y nosotras riéndonos de ti, te abrías curado, que más pronto se cura un corazón flechado que una pata erida de bala. ¿No te acuerdas ya de cuando te pegaron el tirito los cafres del *Jabalí?* Pues yo sí me acuerdo. Sabrás que an venido aquí dos pobrecitos de los de Aránzazu a traer carbón. Allí ya no ay miseria, porque emos señalado a cada familia un diario, que todos los meses van a cobrar a Salvatierra. Nos an preguntado por ti, por el buen caballero, y yo les dije que tú ya no eras caballero, sino un pillo muy grande... Sabrás también que vinieron a esta villa dos ombres de mala traza preguntando por ti... Parecían quincalleros o titiriteros: traían una carta que no quisieron dejar. En la casa donde se aposentaron, que era de la de la Bonifacia, calle de Enmedio, dijeron que tú eras príncipe, y que una princesa muy ermosa, vestida de zagala, te andaba buscando por los pueblos del llano de Vitoria. Con que ya ves cuánta noticia te doy. La más gorda la dejo para lo último, y antes te diré que todos los conocidos nos tienen marcadas preguntándonos por ti. Unos dicen que te as casado, y otros que todavía no. Las de Crispijana y las de Paternina andan en averiguaciones de quién podrá ser esa princesa disfrazada que te busca.

Más noticias: uno de los lebreles pequeños se nos a muerto de moquillo. La *Leona* no te olvida, y todos los días viene a echarse en la alfombrita que está a los pies de tu cama. Tu cuarto está lo mismo que lo dejaste, y en el jarrón aquel que tiene la pintura de Juanita de Arco vestida con armadura, no pongo ya flores, como cuando estabas aquí, sino cardos borriqueros. Este año emos tenido tanta cereza, que después de regalar a todo el mundo, y de acer mucho dulce, aún a sobrado para los de la vista baja, con perdón. ¡Lo que te as perdido!

¿Y qué me dices de lo sabia y leída que estoy? De ver leer a Demetria me entró la afición; solo que el tío me quita de las manos lo que según él es lectura mala para niñas. Yo afano todo lo que puedo, y a más del *País de las monas*, e leído *El Doncel de don Enrique el Doliente*, escrito por ese que se mató. ¡Cuánto me a gustado! Me parece que te estoy viendo a ti con armadura toda negra, calad a la visera, entrar en el palacio, castillo o lo que sea... ¿Pues y la dama, aquella Doña Elvira? ¡Qué simpática...! ¡Y el tunante del marqués de Villena...? Todo es precioso. También me an dejado leer la *Atala*, que es muy triste, y la *Serafina*, que ace llorar a las piedras. A Demetria, que tiene licencia del tío para leer todo, le an traído una obra que se llama *Nuestra Señora de París*, que dicen es la más romántica de todas cuantas se an escrito. Del autor no me acuerdo: es *don Victor* de no sé qué. Las de Crispijana dicen que es el acabose de lo bonito, y que vuelve locos a los que la leen, de tanto romanticismo y tanto amor estrepitoso. Una tarde pude quitársela a mi ermana, y leí un poquitín, que me enamoró. Es una muchacha bonita que tenía una cabra, a la que abía enseñado a leer. Por las láminas e visto que el más enamorado que allí pone el autor es un corcovilla que toca las campanas de la iglesia mayor de París. El tío me a prometido darme *Los Mártires*, que dice son cosa bonita y muy de religión, y los versos de Quintana, que serán muy buenos, pero a mí me aburren, porque no lo entiendo. Yo quiero relaciones de galanes y damas, amores con lances muchos, y trapisondas y contratiempos, que acaban en casarse, pues cuando se matan o no les casan me entristezco tanto, que lloro como si los ubiera conocido y fuesen de mi familia. Que aya mucho interés y sorpresas, me gusta; que se pase miedo y zozobra, siempre que al fin se casen. Yo compongo también mis novelas, y todas las acabo cansando a los que se aman, y aora estoy pensando en que conozco a dos que se quieren, pero no se lo an dicho, porque ninguno quiere ser el primero. Les da vergüenza: el galán calla y ace muchos melindres por aquello de ser galán; la dama, por el aquél de ser dama, no debe tampoco declararse... y con estas tonterías puede que suceda una cosa muy mala, y es que el segundo galán, uno que está en acecho y no para de echar memoriales, se aproveche de la poca resolución del galán primero, y logre lo que no merece ni le corresponde.

Mira, Fernandito: lo que voy a decirte aora es secreto. Por Dios, no me comprometas. Cuidadito, cuidadito como me vendas; que no seas malo, Fernando; que no me agas la trastada de ablar de esto al tío cuando le escribas. Y si cayeres en la tentación de ablarle, no me nombres a mí para nada... Vaya, que no me atrevo a decírtelo, por miedo a que me vendas. Ea, sí te lo digo. Pues sabrás que eres el mayor tonto del mundo en apurarte tanto y ponerte melancólico y medio tísico porque tu novia se a casado con otro. ¿Sabes lo que pienso? Que Dios te favorece, pues ay otra que vale mil millones de veces más que la que as perdido, y te quiere más. ¿Quién es? Pues si no lo adivinas eres más tonto todavía. El nombre no lo pongo aquí: no debo, no quiero. Me da mucha vergüenza. Creo que la misma tinta se pondrá colorada. Solo te digo que si tú le propones amores con buen fin, te contestará con un sí tan grande como esta casa.

¡Ay, qué vergüenza! Pero, en fin... No puedo retirar lo escrito. No te descuides... Vosotros los sabios no servís para estas cosas. Por eso un tonto cualquiera os quita las novias.

Y punto final. *¡Hadiós!* con *hache* y todo para que no digas.

Que lo pases muy mal; que te mueras muy pronto, y que te vayas a los infiernos, desea tu enemiga, que te aborrece de corazón, —*Gracia*.

## XIX

De Valvanera a Pilar
*Villarcayo, mayo.*

No creas, mi querida *Tostada*, que las dimensiones de tus cartas puedan serme enfadosas. Al contrario, las leo de punta a cabo con indecible placer, y siempre me saben a poco; suelo quedarme desconsolada de que aún no vengan un par de pliegos más. Y ello es así, porque en tu escritura y estilo te veo tan viva como si delante te tuviera. No hay persona que tan claramente se muestre en lo que escribe. En tus cartas estás como eres: traviesa, sutil, amante, nerviosa, voluble. A veces tu sinceridad me asusta tanto como me admira; tus juicios tan pronto son acertadísimos como desatinados. Da gracias a Dios por tenerme a mí de reguladora de tu carácter en este negocio, pues si yo no moderara tus arrebatos y te alentara en tus decaimientos, no sé lo que pasaría. Lo mismo piensa Juan Antonio, a quien leo mis cartas y las tuyas. Recordarás que esto fue lo convenido por nosotras, pues no quiero poseer secretos que no conozca mi marido, ni traer entre manos enredillos cuyo principal hilo no esté en las de él. Se interesa por el buen giro de tu asunto tanto como yo, y sus consejos y observaciones son la luz que en estos laberintos me guía. Y basta de preámbulos, que tenemos mucho que hablar.

Disparatada me parece, como chispazo de las hogueras de tu romanticismo, la idea de que la niña de Castro pueda tener otro novio, otro amor. La existencia de un desconocido, cuarto factor, es un supuesto absurdo. Según mis noticias, corroboradas por las que hace pocos días dieron a Juan Antonio personas de gran crédito, Demetria viene a ser como un santito puesto en el altar del respeto y estimación que le tributan sus convecinos, y ni con palabra ni mirada se digna responder a ninguna manifestación amorosa, venga de quien viniere. Desecha esa superstición, pues no merece otro nombre. No hay más figuras sobre el tablero, no hay más factores que los tres que conocemos.

Y allá va otro hecho notable que no debes ignorar. Demetria renuncia al mayorazgo, quedando las dos hermanas, por virtud de este arranque generoso, igualmente partícipes del gran patrimonio de Castro-Amézaga. ¿No te parece que esta novedad permite vislumbrar una solución equitativa? A otra cosa: enterada de la tirantez de tus relaciones con Juana Teresa, he resuelto escribir a mi ladinísima y cuquísima cuñada, poniendo en ello tal diplomacia y cautela, que hemos tardado Juan Antonio y yo como unas tres noches en enjaretar nuestra epístola. Ello va bien hilado, con las necesarias marrullerías para conseguir que se claree. Le hablamos de ti, sin mezclarte para nada en la intriga que traemos. Esperando estoy su respuesta, que nos dará pie para otros avances y manifestaciones.

Lo que ha de sorprenderte y alegrarte es la noticia de que he logrado tender un hilo a La Guardia, y ponerme en comunicación con las niñas de Castro. ¿Cómo? dirás. Hija, no solo tú tienes talento para estas cosas: concédenos algo de tu diplomacia y delicada trastienda. Pues verás: en la contestación que dio Fernando a una carta del cura Navarridas, ingerí unos encarguitos o consultas hechas a las niñas requiriendo la contestación inmediata. Cayeron en la trampa, y a los pocos días vi gozosa que el valijero me traía la deseada respuesta. Te incluyo las cartas de La Guardia, para que las leas, medites sobre ellas, y me des tu opinión... Pero dejemos esto, que quiero hablarte de lo más importante, y por Dios que no es muy lisonjero lo que ahora leerás. No te asustes antes de tiempo, y fíjate bien en lo que escribo.

Hace días que notábamos en Fernando un recrudecimiento grande de sus tristezas, agravado con estados nerviosos que me ponían en cuidado. Poco atento al ensayo de la comedia, pretextaba dolores de cabeza para encerrarse en su cuarto, o pasear solo por las inmediaciones de la casa. El lunes, interrogado por Juan Antonio, dijo que necesitaba forzosamente ausentarse por pocos días; que nos prometía volver; que nos lo juraba con palabra de caballero. Fingimos acceder a su pretensión, proponiendo yo que mi marido le acompañase, y en eso quedamos. El miércoles por la noche, viéndole sombrío y taciturno, preparando la maleta pequeña que usa para viajes cortos, le llamé al cuarto de los niños, que ya dormían, y empleando la severidad combinada con las expresiones más dulces del cariño materno, logré que me confesara el motivo del trastorno que no podía disimular. ¡Pobrecillo! Es tan bueno, tan noble, que no se llama, no, a su corazón sin que este al punto responda. Con hidalga franqueza díjome que había recibido una carta de su amigo Pedro Pascual Uhagón, en la cual le manifestaba sucesos de indudable gravedad; dócil a mis instancias, me dio la carta para que la leyese, y enterada de lo sustancial, se la devolví. Saqué un extracto, que te incluyo. Entérate y juzga. Los documentos que con esta recibes son de un interés palpitante: nos manifiestan sentimientos efectivos de las personas a que se refieren, estados de las almas... y debemos meditar sobre ellos.

Naturalmente, traté de arrojar la mayor cantidad posible de agua fría sobre la hoguera que el pobre chico llevaba en sí; pero bien comprenderás que no me habrá sido fácil apagarla. A las razones que le di encareciendo el desprecio y olvido, me respondió con otras que, expresadas por él, eran de una elocuencia y fuerza incontestables, por supuesto, echando siempre por delante el honor; y cuando los hombres sacan este Cristo, nos quedamos las pobres mujeres muy desguarnecidas de razones. En efecto: si ahora resulta que esa hembra loca, después de dejarse secuestrar tan torpemente, rompe con su nueva familia, atropella toda conveniencia, y se lanza decidida en busca del hombre a quien había jurado fe, para que este la ampare, deshaciendo la odiosa trama de su forzado casamiento, pueden sobrevenir incidentes de la mayor gravedad. Yo insistí en que no hiciera caso, y que pues el matrimonio religioso era efectivo, no procedía ninguna clase de acción protectora en favor de la infeliz Aura. Pero no he podido convencerle. Sobre todas las leyes sociales y religiosas está la caballería. Un hombre, un galán, un caballero no puede desamparar en trance aflictivo a la que fue su dama, aun teniéndola por culpable. La caballería, tal como Fernando la ve, es la suprema justicia, superior a todas las justicias de nuestras leyes divinas y humanas; la idea de castigar una traición, y de restablecer las cosas en el estado anterior a la intriga villana. Y aquí nos tienes, mi amada Pilar, en pleno drama o novela. Pocas novelas he leído yo desde que me casé; pero por lo que recuerdo de libros y teatros, en tales asuntos, inventados y compuestos con arte, domina la idea de justicia caballeresca, y de tal modo subyugan a los lectores y espectadores, que estos enloquecen de entusiasmo cuando ven atropellada la ley y aun la misma religión. Los desafíos, los raptos de monjas, la burla de padres o esposos, son admitidos con aplauso, sobre todo si el galán que tales atrocidades acomete es atrevido, insolente, y guapo por añadidura.

Discutía yo con Fernando sobre estas materias, y no quiero decirte que con su ingenio y gracia me arrollaba lindamente. Yo, al fin, no sabía por dónde salir. Nuestro asunto, pues, toma ya el carácter de obra dramática o novelesca, y o mucho me engaño, o se trae un chisporroteo romántico que pone los pelos de punta. ¿Qué me dices a esto? La dama escapadita de la casa conyugal, los burladores burlados, el galán con ganas de salir al encuentro de la dama y ampararla contra los viles que la engañaron, el traidor acechando en las tinieblas y preparando alguna nueva trapisonda... No, querida, no te asustes; te digo esto para que veas cuán malo es el romanticismo. Inmenso servicio se haría a la sociedad suprimiendo tales invenciones, que no sirven más que para dar malos ejemplos a la juventud. Cierto que Fernando me arrojó a puñados los rayos y centellas de su exaltación caballeresca y dramática; pero yo no me dejé cegar, ¡buena soy yo!, y con fría calma, razonando con el juicio que Dios me ha dado, le solté todas las andanadas del buen sentido, del respeto que debemos a las leyes y prácticas sociales. Como esto no era bastante, saqué también mi Cristo: díjele que te morirías de pena si él, por meterse en lances de poesía teatral, comprometía su existencia, su opinión, aquel honor mismo que invocaba; añadí que todo escándalo que por tales violencias sobreviniera, además de herirle a él y menoscabarle, a ti principalmente habría de lastimar... y ante esto vi que flaqueaba su tenacidad quijotesca. Si no era ya mío, era tuyo, y esto me bastaba. En fin, para no cansarte, me prometió no salir de aquí sin darnos de ello conocimiento, y que no buscaría el drama, concretándose a proceder como caballero si el drama le buscaba a él. Así hemos quedado: está más tranquilo, y yo también. ¿Vendrá el drama? Pues si viene, algo se me ocurrirá para espantarlo. Por de pronto nos recreamos con la dulce comedia de Moratín. Hoy han vuelto a ensayar, y Fernando, recobrando su aplomo, nos ha hecho pasar un rato agradabilísimo.

Es tarde, mi buena *Tostada*. Mañana continuaré.

*Martes.* Nada ocurre hoy digno de contarse, como no sea que el drama no ha parecido. Por si viene, me dispongo a esperarle detrás de la puerta, pertrechada con el palo de una escoba. Si ahora resultara que no hay tal drama, que el que nos asusta es pura invención o engaño del corresponsal bilbaíno, este merecería el escobazo por ponernos en tal zozobra. No afirmaré que sea inverosímil: los buenos dramas tampoco lo son; pero algo hay en este que me parece extraño a la realidad. La dichosa carta de Uhagón me huele a verso. Con todo, no nos fiemos mucho, engañadas por la atmósfera desabrida de la vida corriente. En esta, cuando menos se piensa, salimos todos hablando en verso sin saberlo, y a lo mejor suceden cosas que convierten en cuentos de niños las invenciones novelescas y teatrales. No estoy tranquila, no, y a cada ruido extraño que siento fuera de la casa tiemblo y me digo: «Es el drama, que llega.»

Se me había olvidado decirte que la carta de ese Miguel de los Santos no engañó a nuestro caballero, pues antes de llegar a la mitad de la lectura reconoció por tuyo el salado escrito. Lo ha leído veinte veces, celebrando tu ingenio; el legítimo orgullo se le sale por los ojos en llamaradas. Me ha dicho que ese Miguel es un talento perezoso, y un corazón de amigo como pocos se encuentran, y se pasma de que te hayas asimilado tan graciosamente su original socarronería en el pensar y en el escribir. Espera que le mandes nuevos engaños como ese.

Y hablando de otra cosa, que por cierto no es nada grata, tengo a la niña mayor malita. Se nos constipó ayer en el ensayo, porque teníamos todo abierto por causa del calor, y debió de sofocarse interpretando con demasiado brío la escena de Doña Irene con don Diego. Me faltó tiempo para meterla en cama: la tos me la ahoga. Ya nos tienes a todos con el alma en un hilo... En fin, dice el médico que no es nada; pero yo no me fío, conociendo la propensión de estos chicos a las afecciones pulmonares. Desde que perdí a mi Ángel, tiemblo cuando les oigo toser. A estos dramas de la salud de mis hijos les temo más que a los otros, pues no puedo ahuyentarlos a escobazos. Empiezan con la tos; luego la calentura, que ni sube ni baja; siempre lo mismo días y días, consumiéndose, perdiendo las carnes. Cada catarro de mis hijos es una ansiedad mortal de cuatro o cinco semanas. Toda la fortaleza quiso Dios que fuera para los padres, que somos dos robles; fortaleza que sin duda nos es necesaria para soportar las dolencias de la familia menuda. Y el pequeñín no anda bueno tampoco. Toda la noche se la pasa en un sudor; está triste; no tiene apetito; se le ve desmejorar por días. Gracias a la riquísima leche que aquí tenemos y a los sanísimos aires de este país, les voy defendiendo. Por su salud ofrezco al Señor la mía; pero a Dios no le conviene el trato, y sigue quitándoles porciones de vida que a mí me da. Él se sabe lo que hace.

Con el cuidado de la niña no vivo, amiga del alma, y como nuestro asunto no nos traiga alguna sorpresa, no te escribiré ni mañana ni pasado. Pídele a Dios que no me quite a mi hija, y yo espantaré los dramas que vengan por acá... No te dé cuidado. Tu amantísima —*Valvanera*.

## XX

De Doña Juana Teresa, marquesa de Sariñán, a la señora de Maltrana
*Cintruénigo, junio.*
Hermana y amiga: He tardado en contestarte, esperando a tener noticias claras, fehacientes de tu padre, las cuales ayer llegaron por un propio que nos envió nuestro buen amigo don Blas de la Codoñera. Resulta que no solo vive, sino que goza de envidiable salud. Allá le tienes, en el campo de

Cabrera, hecho un brazo de mar, agasajado por el cabecilla, bien quisto de todos, desempeñando no sé qué papeles de consejero o de asesor en negocios políticos. Es mucho don Beltrán. No hay otro en el mundo de más suerte: allí donde matan, él vive y triunfa; allí donde reinan la desolación y la estrechez, él se las arregla para figurar en primera línea, y darse vida y tono de príncipe de sangre real. Sería curioso conocer los prodigios de labia y finura con que ha logrado catequizar a tales verdugos. ¡Qué cosas les habrá dicho! ¡Qué invenciones habrán salido de aquella cabeza fecunda en lindos enredos! Voy creyendo que tu padre tiene siete vidas como los gatos. Por conducto de don Blas a todos saluda y bendice, añadiendo las carantoñas que sabes son muy de su carácter, y con las cuales se hace perdonar sus graves defectos: nos pide dinero y ropa. Hemos acordado Rodrigo y yo enviarle una cantidad no muy crecida, ocho onzas, que me parecen suficientes para mantener su decoro entre aquellos salvajes o para regresar si lo desea. Dime si estás dispuesta a contribuir con la mitad del dicho emolumento, o sea cuatro onzas, pues si a ello te negaras y tuviéramos que acudir solos al remedio del noble señor, nos concretaríamos a seis onzas. Justa es la mitad de esta carga tuya, y aun no sería malo que por entero la llevaras tú, pues nosotros harto hemos hecho por él teniéndole en casa y aguantándole el genio. También te digo que si cansado de aquellas glorias y de los papelones que allí hace, vuelve al arrimo de la familia, sería para nosotros un gran alivio que le tomaras tú por una temporada. Hija, no hemos de estar los de acá siempre a las agrias y tú a las maduras. Para que se reparta equitativamente la persona del *primer noble de Aragón*, es preciso que tú le tengas y le aguantes un año por lo menos. Así lo propondrá Rodrigo a su abuelo en la carta que le escriba mañana por el propio de don Blas; habla tú de esto con Juan Antonio y dime lo que resolváis, sin olvidarte de mandar las cuatro onzas consabidas. Puedes estregárselas a Capistrana, a quien di el encargo de comprarme y remitirme un buen carnero merino y doce ovejas.

Mejor informada de lo que yo creía estás en el asunto de la proyectada boda de Rodrigo con la niña de Castro-Amézaga. De lo sucedido el otoño último, cuando fuimos a vistas, te enteraría tu padre, de seguro pintando las cosas con exageración y un poco de mala fe. ¡Dichoso don Beltrán!

Dios me le perdone; no puedo menos de atribuirle alguna parte de culpa en el desgraciado giro de aquel proyecto. No hubo tal desaire, ni manifestación de desagrado por parte de la entonces mayorazga: al contrario, bien nos demostró que apreciaba en todo su valor las prendas morales de mi hijo, su nobleza y virtud, y que las físicas le causaban impresión favorable, fundamento de un honesto cariño. Todo habría concluido felizmente si no mediara la envidia oculta, que por medio de cábalas y manejos viles procuró el deprecio de la moneda legítima para poder pasar la falsa. El proyecto se malogró por entonces, perdiendo más en ello Demetria que Rodrigo. Pero tengo el gusto de participarte, para que hagas correr la noticia, que reanudadas las negociaciones hace dos semanas, presentan un semblante lisonjero. Escribió mi hijo a la señorita de Castro reiterándole su anhelo de hacerla marquesa de Sariñán, y ella contestó casi a vuelta de correo. A la vista tengo su carta, que es una monadita de humildad y discreción. Se cree indigna de honor tan grande... Su negativa no fue desprecio, *etc*... Ni desconocimiento de las cualidades, *etc*... Fue que en aquellos días sentía vocación de soltera, *etc*. Si el *sí* de las niñas tiene mucho que estudiar, no son menos intrincados y misteriosos los *noes* de estas muchachas trabajadorcitas y que no quieren ser marquesas... El tono de la carta revela que aquellas ganitas de consagrarse a vestir imágenes pasaron ya: eran sin duda uno de tantos trastornos ocasionados por el cambio de edad, por el despertar de la imaginación, de los nervios, *etc*... En fin, tonterías, y algo de *no quiero, no quiero, échamelo en el sombrero*. Dice la niña que le demos un par de meses para determinarse... Esto es para no aparecer que lo desea con vehemencia, o una manera garbosa de volver sobre su acuerdo. Tantos melindres y gazmoñerías no tienen otro objeto que dar más valor a la aceptación. Yo traduzco la carta al lenguaje de la sinceridad, y leo así: «Señor Marqués, estoy rabiando por casarme con usted... pero quiero darme todavía otro poquito de tono, y pongo la boca chiquita y arqueo las cejas para expresar la vergüenza que siento cuando me hablan de boda.»

De veras te agradezco el interés que muestras por mí en este asunto; mas esto no me quita los agravios que de ti tengo, causa de que no te escribiera más pronto. Y como me estorban los enojos muy guardados en el alma, allá van los míos, Valvanera, y ojalá queden desvanecidos con tus explicaciones.

Aquí estoy aguardando a que me digas la razón de albergar en tu casa, un mes y otro mes, a un sujeto con quien ni tú ni tu marido tenéis parentesco conocido. Verdad que para saber si hay parentesco falta el dato principal: quiénes son los padres de ese mozalbete y su verdadero apellido. No acabo de entender que Juan Antonio, hombre tan mirado, tan atento al decoro de su casa, consienta estos huéspedes fijos, que parece forman parte de la familia. Dime: ¿habéis puesto fonda? Y que le tratáis a cuerpo de Rey, según mis noticias, con unos mimos y un regalo que solo se prodigan a las personas muy amadas. Podrá en esto no haber ninguna malicia; desde luego declaro que tu reconocida virtud no desmerece por esto a mis ojos; pero no debes creer que sea tan benévola como yo la opinión. No habrá malicia, repito, pero sí hay un acertijo que no entiende nadie, y Juan Antonio debe apresurarse a darnos la clave. Del misterio al escándalo poca distancia hay que recorrer, y como el escándalo habría de afectar a toda la familia, Rodrigo y yo tenemos derecho a que se nos diga quién es ese sujeto, y por qué ha echado raíces en tu casa. Del tal, a quien no puedo llamar caballero mientras no conozca su procedencia, su familia, su nombre, solo sabemos que con pretexto de una herida leve se pasó en la casa de Castro-Amézaga tres meses y medio, a mesa y mantel, cobrándose en vida regalona los servicios que prestó a las niñas en su escapatoria de Oñate; sabemos también que es de la cáscara amarga, es decir, romántico, y el romanticismo no significa otra cosa que el disimulo de la holgazanería y los vicios: todo ello cuadra muy bien a un personaje que no se sabe de dónde ha salido, ni de quién recibe el dinero que gasta. No me saques a mí el cuento de que ignoras quién es. Esa no pasa, Valvanera: tú lo sabes, y vas a decírmelo; de lo contrario, tendría yo que imaginarlo, exponiéndome a errores. No he de suponer tampoco que tu huésped es un gorrón de oficio que reparte el año comiendo tres meses en cada casa. Como a la mía no ha de venir, porque aquí no se mantienen vagos, nada de esto me importa; pero la protección que das a ese sujeto podría ocasionarnos peor gravamen que el comernos un codo, y así te suplico me digas para qué tienes ahí a ese hombre, y qué hace y en qué se ocupa, y por qué no se va a Madrid, que es el terreno del romanticismo y del libertinaje.

Y vamos a otro asunto que con este no tiene, supongo, ninguna relación. La carta que contesto es la primera tuya en que me hablas de mi hermana Pilar, cosa que me sorprende, pues siendo mis relaciones con ella tibias, casi nulas, no parece lógico que me pidas a mí noticias de su salud, mayormente cuando con ella te carteas tan a menudo. Yo soy quien debo pedirte a ti noticias de mi desgraciada hermana, pues siempre fuiste tú su amiga y confidente. ¿A qué sales ahora con la falsa tecla de que no sabes de ella y temes por su salud? Sea lo que fuere, te diré que directamente nada sé de Pilar; pero por referencias me consta que está buena, mas con la grandísima pesadumbre de haber perdido a su criada Justina, su mujer de confianza; la que poseía todos sus secretos, que no debían ser pocos, según mi cuenta. Yo también he sentido a la pobre Justina, mujer de una lealtad a toda prueba, reservada y discretísima, como correspondía a quien consagra su vida al servicio reservado de una señora como Pilar. Pues bien: cuando cayó enferma Justina, fue a verla Jerónima, su hermana, que, como sabes, reside en Cintruénigo, y al volver me dijo que Pilar menudea cartas contigo, y que cada semana te emborrona cuatro pliegos. Con que... ten cuidado, Valvanera, ten cuidado: ya ves qué pronto te he cogido en una mentirilla... Es que sois tontas de remate; yo soy lista, muy lista, aunque me esté mal el decírlo, y ninguna simplona como Pilar y como tú, cada cual por su estilo dañadas de romanticismo, ha conseguido engañarme nunca. Nadie me iguala, puedes creerlo, en descubrir en la menor palabra, en cualquier frasecilla insignificante, la punta de un hilito. No puedes figurarte hasta qué punto son sutiles mis dedos para coger la hebra casi invisible y tirar de ella. Claro es que algunas veces me equivoco, y no saco nada; pero otras ¡suelen venir a mis manos ovillos tan gordos!... Con que... ándate con cuidado conmigo, Valvanera, y no me busques el genio, que lo tengo muy malo, quiero decir, sagaz, investigador, calculista. *Hame dado en la nariz...* Y no más por hoy.

Pues dejando esto aparte, hazme el favor de decir a Pilar, en tu primera contestación a sus largas epístolas, que no la quiero mal; que me duelen nuestras discordias, motivadas por mil pequeñeces que no debieran enemistar a dos hijas de un mismo padre; que debemos perdonarnos recíprocamente nuestros agravios y picardihuelas, y esperar la muerte tratándonos como hermanas. Queda convidada a la boda de mi hijo con la niña de Castro, si, como creo, se realiza en el otoño próximo, y tendré una gran satisfacción en alojarla en mi casa, siempre que venga sola, pues con Felipe no espero hacer nunca buenas migas... Y aquí pongo punto final, guardándome todavía no pocas cosillas y reconcomios que ya irán saliendo. Un abrazo mío muy apretado mando a Juan Antonio, a tus hijos muchos besos, y a ti todo el afecto de tu cariñosa hermana —*Juana Teresa*.

## XXI

De Fernando Calpena a don Pedro Hillo
*Villarcayo, junio.*

Querido capellán: Hemos pasado unos días crueles con la enfermedad de los niños. Cayó Nicolasa con calenturas el 15 del pasado, reponiéndose al séptimo día; mas antes de que esto sucediera, el segundo de los varones, Federico, fue atacado del mismo mal, que degeneró en tabardillo. Veinte días hemos tenido a la pobre criatura entre la vida y la muerte. Figúrate la ansiedad de los padres, que ha tiempo vienen siendo enfermeros de su prole, dañada de no sé qué mal profundo, insidioso. Tengo la satisfacción, en medio de mis tristezas, de haberme asociado a los afanes de esta noble familia, y por fin, al gozo de verles vencedores del terrible mal. A fuerza de cuidados y desvelos *hemos* rechazado a la muerte, y lo digo así porque no he sido yo menos padre que ellos, en el sentido de la solicitud vigilante. Cuando el cansancio les rendía, yo he ocupado su puesto, poniendo toda mi alma en aquel servicio humanitario. La gratitud de estos nobles amigos me envanece más que si hubiera yo ganado laureles de los que vivamente halagan el amor propio.

Y no es esta la única conquista que he realizado en estos días de prueba. Ya sé lo que es calor de familia; en mí anidaron y criaron sentimientos dulcí- simos que ya llevaré conmigo en lo que de vida me reste; me va muy bien con ellos; me espanta la soledad en que yo quedaría si estos sentimientos me faltasen, y me compadezco de mí, acordándome del tiempo en que no los conocía. Tengo que razonar para convencerme de que no es mi hermano el pobre niño que hemos salvado de la muerte; sus padres no sé qué son míos: solo afirmo que les quiero y que me quieren. En los días de ansiedad y de lucha con la muerte, respirábamos los tres con un solo aliento; ellos me daban su temor; yo les daba mi esperanza.

La mañana feliz en que consideramos salvado a Federico, Valvanera selló nuestro espiritual parentesco con una confianza sublime. Incapaz de contener su efusión maternal, me llamó a su cuarto, y en presencia de Juan Antonio me descifró el enigma de mi vida. Ya sabía yo que ella y mi madre son amigas íntimas, que desde la infancia se adoran. Ahora sé el nombre que ignoraba, la condición social y otras particularidades de mi nacimiento y de mi niñez... El desgarrón del velo que envolvía mi origen me hizo caer en un estupor parecido al idiotismo: he pasado un día sin darme cuenta de cosa alguna, mirando con embargada atención la fórmula resolutiva de mi problema, y los nuevos problemas que de aquella solución se derivan... Por la noche, solo en mi aposento, lloré largo rato, sintiendo dentro de mí un desconsuelo inexplicable, no sé qué, sin duda reflejo de las aflicciones que por mí ha pasado la persona que me dio la vida. Pensaba que si yo hubiera muerto al nacer, habría evitado sus acerbas penas, y luego las mías. Ya no puedo evitar nada; soy impotente para todo, y la idea de que mi amor y mi gratitud a ese noble ser han de esconderse en la oscuridad y en el disimulo como si fueran delitos, me vuelve loco.

En tanto, mi drama se ha empequeñecido. Dentro de mi espíritu lo veo cada día perdiendo volumen y claridad. Síntomas de olvido empiezan a manifestarse: he notado que pasaban largas horas sin que de su terrible argumento y de sus personas me acordase. Pero ayer y hoy he advertido que me ronda, que viene en mi busca. Una nueva carta de Pedro Pascual me informó ayer de que los Arratias están furiosos contra mí. No ha podido averiguar mi amigo si Aura había regresado al domicilio conyugal: sospechaba que no. Como puedes comprender, estas noticias me inquietan, me trastornan, impidiéndome condensar las ideas y fijar mi voluntad en una sola dirección. Tengo que dividir mi espíritu, como un caudillo militar que dispersa sus tropas para la ofensiva necesaria en un punto y la defensiva en otro. Me halaga la esperanza, querido clérigo, de que se den órdenes para que no se aplace más tiempo tu viaje. Aunque Valvanera y Juan Antonio colman mis anhelos de sociedad y de amistad y todo, parece que me falta algo. ¡Que vengas, hombre! Quiero marearte un poco y hacerte rabiar. Por esta noche no escribo más.

*Sábado*. He pasado el día haciendo muñecos de papel al niño convaleciente. Te asombrarías como yo de mi habilidad en este arte. He construido una docena de clérigos graciosísimos con sus tejas descomunales, y otras tantas monjitas con blancas tocas; sobre la cama los iba poniendo en correcta formación el pequeño. En la sección de animales he sido menos afortunado; pero aun así, mis gatos, mis burros y mis elefantes han cumplido el objeto para que fueron creados. Por cada cucharada de alimento o de medicina que toma el chiquillo, cobra anticipadamente una figura, y en ocasiones un cuarto. Por la noche, cuando le rinde el sueño, y después que el contacto de su frente y muñecas nos dice la frescura de su sangre, recogemos en una cestita todas las colecciones clericales y zoológicas, para hacer en ellas las reparaciones convenientes. Pero dudo que mañana obtengan el mismo éxito; ya se me ha indicado para mañana un nuevo mundo que debe salir de mis manos hacedoras: torres, puentes, barcos de guerra y fortalezas con cañones.

Te dije ayer que el drama me acecha: hoy te digo que ha venido *Churi*; pero no le han permitido entrar en la casa, ni yo he de salir a verle: le tengo miedo. Desde mi ventana le he visto rondar por estas inmediaciones, con cara famélica y ansiosa. ¿Qué querrá decirme? ¿Me traerá alguna carta? Mejor es que no lo sepa. Juan Antonio ha encargado a uno de los mozos que le despabile, amenazándole con dar parte a la justicia y meterle en la cárcel si no se larga de estos contornos. ¡Pobre *Churi*! ¿Qué me querrá?

Valvanera y su marido me han predicado un cariñoso sermón sobre la obediencia, y yo he reconocido que a ella me obligan todos los respetos y las nuevas afecciones que siento en mí. No haré más que lo que ellos dispongan. Forzosamente vuelvo a la niñez. La querida persona que se ha pasado lo mejor de su vida sin poder acariciarme y gobernarme, quiere hacerlo ahora, y yo me apresuro a ofrecerle mi sumisión incondicional. Es difícil, no obstante, que pueda darle gusto en una cuestión que, según me ha declarado Valvanera, es su sueño dorado. Bien comprenderá que no puedo disputar al marqués de Sariñán la excelsa niña de Castro, cuyos méritos son tales que hoy me avergonzaría yo de dirigir hacia ella mis aspiraciones. ¿Qué piensas de esto? Sería imponerme una ridiculez; sería lanzarme quizás a un nuevo desastre. Me siento sin fuerza moral para tal empresa; necesito un largo reposo, y restaurar mi espíritu desquiciado y en ruinas.

Y sobre todo, ¿quién soy yo, ¡triste de mí! para pretender honor tan grande como la posesión de esa maravilla de la humanidad? ¿En qué sentimientos he de fundar mi campaña? ¿En la admiración que hacia ella siento? Eso no basta. Mi conciencia, hoy por hoy, no me permitiría expresar otros sentimientos... Me ha revelado Valvanera la situación social dolorosísima en que mi existencia pone a mi madre, y esto acaba de hundirme. Me achico cada día más; me siento enano, microscópico; me pierdo entre las multitudes plebeyas, y deseo que nadie se fije en mí, ni me pregunte quién soy ni de dónde he venido.

La tristeza se me va aposentando en el alma, no como huésped, sino como propietario que se decide a ocupar por siempre su domicilio heredado: no podré arrojarla nunca; la siento que se acomoda y agasaja, que enciende el hogar, que coloca sus muebles, que imprime aquí y allá su huella, y va calentando este y el otro rincón. ¿Pero qué me importa no ser nadie, si soy todo para una sola persona, y esa persona es todo para mí? Te aseguro que si no existiera mi madre y la cadena que a ella me une, para mí no habría un bien como la muerte. Me halaga la idea de no sentir nada; de sentir, si acaso, la vaga impresión de la quietud, de la carencia de todo estímulo. Es dulce notar vacíos de interés los dramas y dormidas en nuestro regazo las pasiones. Ayer fui con el párroco a visitar el cementerio: no puedes figurarte la envidia que me daba de los que duermen bajo aquellas lápidas, protegidos por una cruz. Los hay sin lápida; los hay anónimos, de olvidada filiación; los hay sin cruces ni signo alguno. Toda la noche he visto en mi mente las cruces solitarias, algunas no muy derechas, y me ha sido grato pensar en la placidez de los que duermen en la tierra, soñando quizás que han desaparecido del mundo el mal y la ridiculez. Mándame las *Noches* de Young, que encontrarás en la librería de Boix, Carrera de San Jerónimo, o en la de Pérez, calle de las Carretas, frente al Correo. Mándame también las *Noches lúgubres* de Cadalso. Adiós: me acuesto sin sueño.

*Domingo.* —Hoy, oyendo misa con Juan Antonio en la parroquia, no he cesado de pensar que podrías interpretar torcidamente lo que anoche te escribí acerca de mis nuevas amistades con la muerte. El recelo de que supongas en mí intentos de suicidio me inquieta, querido capellán, pues nada más lejos de mi ánimo que el propósito de poner fin a mi pobre existencia. La convicción de que si a mí mismo *no me necesito* para nada, a otras personas queridísimas soy necesario, me obliga a rectificar aquellas ideas. El vivir no me gusta; pero es un deber; como tal acepto la vida, y procuraré su conservación. No quiero hacer más víctimas. Que las personas que aman mi vida la tengan, aunque a mí me pese. ¿Sabes lo que discurría anoche, desvelado, dando vueltas en mi cama? Pues que Dios debiera pasar a mi naturaleza la enfermedad, raquitismo, o lo que sea, que destruye a los hijos de Maltrana, transmitiendo a estos mi salud vigorosa. ¡Qué contentos se pondrían sus padres con este cambio! Pues aunque a mí me lloraran, me llorarían una vez, y sus hijos son cinco, cinco duelos en perspectiva. Hoy me rectifico, amado clérigo, y no pido a Dios semejante cambio de naturaleza; es mucho mejor que los chicos y yo vivamos. Por consiguiente, verás que tacho el párrafo en que te pedía me mandases las *Noches* de Young y de Cadalso. Déjame a mí de *Noches*, hombre, y mándame *días* si los hay. En vez de esos librotes que inducen a la melancolía, haz un paquete con el nuevo drama de Víctor Hugo, *Angelo, tirano de Padua*, con la *Gabriela de Belle Isle*, de Dumas, y todo lo demás que de este género encuentres en casa de Boix, y me lo echas para acá con el primer ordinario que salga. Que sean en francés: no quiero traducciones.

Última hora: a mí llega un run-run que, si se confirma, me librará de la falsísima, indelicada posición a que quiere llevarme mi buena madre, haciéndome pretendiente de secano de la sin par Demetria. Susurran de La Guardia que al fin hay arreglo, y que en el frontispicio de Castro-Amézaga se pondrá la corona de Sariñán y de Villarroya de la Sierra. Tú lo verás si vas por allí, que yo no pienso verlo. Paréceme muy lógica tal unión, y no siento más que no tener aquí a mi don Beltrán para pasarle la noticia por los morros. ¿Serán felices? Averíngualo tú, que yo no puedo. Vuelvo a creer que solo los muertos son dichosos.

Ahora que me acuerdo: mándame también el tomo de poesías de Víctor Hugo, *Hojas de otoño*. Este poeta me enloquece. De Walter Scott quiero la *Fiancée de Lamermoor*, que conozco y quiero leer de nuevo, y la *Hermosa de Perth*, que no conozco. Me siento ávido de poesía y literatura; mas no me mandes nada clásico, que me apesta. Tu don Javier de Burgos y tu don Félix Reinoso, que me esperen allá hasta el día del Juicio, con sus versos acartonados, que ya deben de saber de memoria sus lectores fervientes, los ratones. Al buen Horacio déjale dormir en mi baúl, junto al somnífero Despreaux. En cambio, me harás feliz si me empaquetas para acá los volúmenes que me quedaban de Lope, ya que no sea posible recuperar los que le presté a Pepe Díaz y a García Gutiérrez, y añades los dos tomos que tenía de Schiller. Relamiéndome estoy pensando en el drama *Los bandidos*, que leeré hasta aprendérmelo de memoria. Vaya, no te da más jaqueca tu férvido amigo y discípulo —*Fernando*.

P. S. Me enseña Juan Antonio un periódico de Madrid que anuncia la reciente publicación de un nuevo tomo de Víctor Hugo, *Les voix intérieures*. Por lo que más quieras, Hillo de mis pecados, vete corriendo a casa de Boix y cómprame ese libro, si lo tiene, y si no lo tiene dile que lo pida al momento. Aquí no hay medio de encargar ningún libro a París, como no mandes un propio con el dinero. Ya me muero de ansiedad por leer esas *Voces*... Ya me parece que las oigo antes de leerlas. ¿Quién no tiene voces dentro? Sospecho que las que ha escrito Hugo no son las suyas, sino las mías. —*Vale*.

## XXII

Del señor de Maltrana a su hermana política la señora marquesa de Sariñán
*Villarcayo, 1º de julio.*

Hermana mía y amiga: La grave enfermedad de nuestro hijo Federico ha privado a Valvanera del gusto de contestar a tu carta. Aun hoy, ya mejorado el niño y contentos nosotros de que nos le conserve Dios, mi mujer no se decide a tomar la pluma: su cansancio, después de tantas noches de ansiedad y desvelo, ya puedes figurártelo. Yo me encargo de cumplir aquel deber, empezando por manifestarte que accedo gustoso a contribuir, en la parte que me corresponde, para el auxilio del pobre don Beltrán: quedan entregadas las cuatro onzas, y no tendré inconveniente en aprontar mayor suma, si necesario fuese para sacar definitivamente de aquel infierno al *primer noble de Aragón*. Haced porque venga, y le tendré en mi casa todo el tiempo que guste, si él se aviene a esta soledad desabrida, donde halla tan pocos atractivos su exquisita sociabilidad. Voy creyendo que ni los años ni el desdichado sesgo de sus últimas aventuras han sido parte a quebrantar su genio de señor prepotente, ni a domar sus ambiciones de grandeza y rumbo. Pero venga como viniere, aquí será bien recibido, y tendrá la consideración, el respeto y cariño de todos.

Por encargo especial de Valvanera, y por cuenta propia, tengo el gusto de manifestarte que el señor don Fernando Calpena es persona dignísima, y ya debiste comprenderlo así, solo con saber que hace meses le tenemos en nuestra casa. Pertenece a una noble familia con quien tuvo mi padre relaciones de íntima amistad, y que actualmente reside en el Mediodía de Francia. A su hidalguía, a su intachable conducta, une el señor de Calpena una ilustración extraordinaria, pocas veces vista entre nosotros, que hace de él una de las personas más gratas y amenas que es posible tratar. Creo que bastará esta manifestación mía para que levantes la injusta sentencia que habías lanzado contra nuestro caballero, y rectifiques juicios temerarios, originados quizás de vulgares hablillas.

En la primera carta que a Pilar escriba, tendrá mi mujer la satisfacción de expresar a esta tus disposiciones de concordia, y le transmitirá tus frases de piedad y cariño. Cree que celebraremos muy de veras la reconciliación, y ver terminadas vuestras desavenencias con un tierno abrazo fraternal. También será para nosotros motivo de júbilo que se realicen tus proyectos de unión con la casa de Castro-Amézaga, suceso que consideramos felicísimo para una y otra familia. ¡Dios nos dé a todos salud, y paz y reposo a nuestra querida patria, que vemos desangrada y empobrecida por crueles guerras interminables! Que miren por el procomún los hombres de arraigo y buena voluntad como Rodrigo, tratando de llevar sus buenas ideas a la vida política, es lo que conviene, para imposibilitar las maquinaciones de los malos patriotas y holgazanes, causa de tantas desdichas. Unámonos los hombres de posición y de ideas juiciosas, y España se levantará del suelo ensangrentado en que yace, recobrando su dignidad y poderío. Digo esto porque ha llegado a mi noticia que aspira Rodrigo a la diputación a Cortes en la vacante de Tudela, y, si es verdad, le felicito y felicito al país. Que disponga de mí y de mis buenas relaciones en la Ribera, así como de mi amistad con Olózaga, con Luzuriaga, Arrazola y Carramolino.

Recibe los cariños de Valvanera y de mis hijos, y la constante amistad de tu afectísimo hermano —*Juan Antonio*.

## XXIII

De Gracia a Calpena
*La Guardia, julio.*
Si sigues así, tan descuidado, tan triste y estúpido, la que te ama caerá en la desesperación, y la desesperación es mal remedio de amor. Declárate pronto, y no te pongas baboso y pesado. No agas lo que Ernesto de Melville en la *Eponina*, que por su cortedad de genio dejó morir de pena a su amada, y él, no sabiendo cómo desenlazar la novela, se tiró a un estanque. Me figuro yo a Ernesto de Melville melenudo, de mal color, los ojos en blanco, y el dedo metido en la boca, como los niños mal criados. Así estás tú también, y yo, si no te quisiera, te pegaría una buena mano de cachetes. Como te descuides, como sigas aciendo el figurín de la delicadeza, lo pierdes todo; la que te ama se morirá de aburrida, y tú al fin no tendrás más remedio que tomarte un veneno. Ya ves: podían los dos ser felices, y serán muy desgraciados, por estarse mi niño con la boca abierta, mirando a la iguera, a ver si le cae la breva en la boca.

Otra cosa tengo que decirte, para que estés sobre aviso. El sábado pasado llegó a casa una mujer preguntando por ti. Salí yo a la puerta y puse en su conocimiento que no estabas aquí, sino en Villarcayo. Te daré las señas a ver si sacas por ellas quién puede ser la que te buscaba. Era de buena estatura, delgadita, bien echa de cuerpo. Venía mal trajeada, descalza, rendida de cansancio, sucia y cubierta de polvo. Tenía la piel de la cara desollada, del Sol caliente y del aire frío, y por esto y por el polvo no pudimos saber si era bonita o fea. Si e de decirte la verdad, me pareció gitana. La Rosenda y yo le icimos preguntas, y no contestó más sino que tenía que entregarte una carta; díjele que me la diera y yo te la mandaría, y no quiso la muy perra. Tomó el pan y unos cuartos que le di, y se bajó al camino. Desde mi ventana vi que se le unían dos ombres de mala traza, también algo agitanados, y despacito se alejaron y se perdieron de vista.

Cuando Demetria se enteró de esto, mandó a Bernardo en seguimiento de la cuadrilla; mas no pudo dar con ella asta un día después, en La Bastida, donde vio a los ombres, pero no a la mujer. Esta, según los tales le contaron, abía caído mala de una fuertísima pataleta, motivada de cansancio y penas. Dijéronle también que ellos no la conocían, ni sabían su nombre; que encontrándose en el camino, abían andado juntos algunos días. Averiguó despúes Bernardo en el parador que la mujer, enferma de gravedad, abía sido recogida por unos vecinos piadosos, que la llevaron al ospital de Miranda, y *colorín colorao*: no sé más.

Valdría más que no me dejaran leer novelas, porque aora, si no leo las invento, y se me a metido en la cabeza que esa que parece gitana es tu novia, la que fue tu novia. Pero quizás sea un disparate muy gordo lo que se me ocurre. No agas caso. Demetria es de opinión que no debemos decirte nada de esto; yo creo que conviene que lo sepas, por si son gente perdida que se lleva alguna idea mala contra ti. Yo me figuro que, si la gitana es *ella*, uno de los ombres es el marido, y que van todos disfrazados con las caras pintadas, para robarte y matarte después. Yo que tú, si parecen por aí, daría parte a la justicia, para que les metieran a los tres en la cárcel. Yo veo un complot como el de *Valeria y Beaumanoir*, cuando la novia que izo la gran traición se une a los úngaros... En fin, ya no me acuerdo.

¡No me a costado pocas fatigas escribir esta carta sin que se enteren mi ermana y mis tíos! Te la mando con Sabas, que oy vuelve a Villarcayo, para que tú dispongas si sigue o no sigue a tu servicio. Con él mandamos a Doña Valvanera cuatro orzas de mostillo, orejones y tres pares de palomas de la nueva raza que nos an traído, blanquitas, chiquitas, con la cola como un abanico. Cuando las veas acuérdate de lo que te digo. Que te decidas y no agas más el Ernesto de Melville, que se tiró al estanque de puro loco. Mira que ya la que te ama se cansa de esperar, y el amor que te tiene se convertirá en aborrecimiento, en menosprecio de tu necedad. Abur, amigo. Esta carta no la firmo, para que no te des tono con ella. Solo pongo —*La misma*.

## XXIV

De Pilar a Valvanera
*Madrid, julio.*
Amada mía: Hoy está Felipe de malas, quiero decir, *de peores*, suspicaz y fiscalizador como nunca, queriendo meter en todo sus robustas narices.

Aprovecho su ausencia, que no puede ser larga: ha ido al Ministerio de Estado y volverá pronto, para que su víctima no descanse ni respire...

Bueno: me corre por el cuerpo toda la electricidad de una mediana tormenta. Trueno y relampagueo. Debo decirlo al revés: primer el relámpago... Creo que mi excitación sube de punto con el júbilo de saber que tu niño está ya fuera de peligro. ¡Qué días he pasado! Bendito mil veces sea el Señor que te le conserva, y a mí me da este gran consuelo. Mi alma, que ha tiempo mora en Villarcayo, vuelve acá de un vuelo cuando la necesito, y ha estado trayéndome y llevándome recaditos con las alas de mi ansiedad. Ahora la mando otra vez para allá, con las alas de mi amor, para decirte que ese plan de transacción decorosa, asignando a cada galán una de sus niñas, me parece de perlas. Pero conste que en todo caso, la mayor, la buena, ha de ser para mí. Mi sobrino, que solo busca una dote, puede apencar con la pequeña, en quien veo una nerviosilla sin juicio, quizás malhumorada y enferma. No me conviene. He leído las cartas de entrambas. La gravedad con que Demetria se sostiene en su papel, permitiéndose tan solo alusiones muy finas e ingeniosas a la situación de Fernando, me encanta. En la de Gracia no veo clara su intención. ¿Aboga por su hermana o por sí misma? Digas lo que quieras, por el texto de la carta no podemos colegir si es una pobrecita inocentona, o si se vale de la inocencia para declararse. Esta duda me inquieta. ¿Es ella la enamorada, o es la otra? No sé qué novela he leído, de las más románticas, en que esta duda y confusión llenan las páginas de un voluminoso libro, para salir con la patochada de que las dos aman, y cada una resuelve sacrificarse, de lo que resulta que una y otra se envenenan. ¡Qué horror! Y lo más chusco es que el galán se casa luego con una tercera, con la que las indujo al sacrificio. ¡Qué simpleza! El romanticismo me tiene cogida, llenando mi cabeza de ideas tétricas, de complicaciones diabólicas. Ese Dumas trae loca a la humanidad.

Quiero espantar de mi mente todo ese mundo imaginativo. Bastante tengo con mi drama, de cuya realidad no puedo dudar por los torozones y horribles sacudidas que me causa pataleando dentro de mí. Este sí que es drama, y por Dios que ya deseo un desenlace, aunque sea de los más violentos. No puedo ya con tanto disimulo y ficciones tantas. Mi arte se agota; cada día tengo que inventar resortes nuevos, y mi potente iniciativa para el enredo envejece y se apaga. Quiero una solución, cualquiera que sea. Desde hace dos días me absorbe completamente la idea de consultar el caso legal con un buen abogado, que al propio tiempo sea hombre de honor y delicadeza. He pensado en Cortina, y no pasará el día de mañana sin que le escriba pidiéndole hora para una consulta, con la advertencia de que se trata de cosa muy secreta, que ha de quedar entre los dos. Sí, sí: no vacilo más; tendré que revelarle el caso de pe a pa, sin omitir nada, absolutamente nada. Si para el fin que persigo no hubiere más remedio que romper por todo, romperé, estallaré como una bomba; que ya toda esta pólvora, toda esta metralla que llevo dentro de mí años y más años, quieren salir a que les dé el aire.

Me apresuro a concluir, temerosa de que vuelva Felipe, que hoy está tremendo, hija, un Júpiter tonante, jaquecoso, que por rayos tiene los interrogatorios impertinentes. ¡Ay, comprendo el suicidio ante un fiscal semejante! Se ha empeñado en saber qué empleo doy a los dineros que recibo para mis gastos particulares. Los extraordinarios cuantiosos para vestidos que aún no se han hecho; los que pedí para embellecer y amueblar el palacito de Balsaín, ¿dónde han ido a parar? Ya no compro cuadros ni abanicos; más bien vendo. Mi marido se asombra de mis aptitudes mercantiles; todo le parece bien menos que él ignore en qué empleo mi dinero. Poco antes de salir, sintiéndome ya colérica y a punto de dispararme, le dije que bien puedo dar a las rentas de mi patrimonio la aplicación que mejor me acomoda. Naturalmente, no se conformó con esta teoría. Es el esposo; no me priva de lo mío, pero tiene derecho a saber... Ya viene, siento el coche. Adiós, mi amadísima. Mañana, si me deja este monstruo de curiosidad, repetiré... Mil y mil besos. —*Pilar*.

*Miércoles.* No tengo tiempo más que para cerrar esta, después de añadir cuatro palabritas. Mi pariente, en todo el esplendor de su impertinencia. Ha faltado poco para que le tire a la cabeza una tetera de porcelana. No puedo más, no puedo más. Mañana hablaré con Cortina. Dios me fortalezca y a él le ilumine.

Con la prisa no te dije que mi alegría fue grande al leer en tu carta que habías revelado a Fernando mi nombre y demás... ¡Lo que lloré aquella noche!... ¡Ay, bien lavaditos tengo ya mis pecados! No son flojos ríos de lágrimas los que he derramado sobre ellos.

Hoy, escribiendo corto, también soy *tostada*... Me *achicharra* este hombre.

## XXV

De Sabas a don Fernando

*Miranda de Ebro, 20 de julio.*

Respetable señor y amor mío: Para comunicar a usted con la brevedad que desea el cumplimiento del encargo que se sirvió hacerme, me valgo de la pluma de mi primo Bonifacio Cebrián, coadjutor de la parroquial de este pueblo, pues ya sabe que soy muy torpe de escritura, y sobre que tardaría en poner la carta más tiempo del regular, la llenaría de disparates, con perjuicio de la buena explicación de las cosas. Si descansado llegué a Villarcayo, donde el señor me ordenó volver para acá con esta misión de que voy a darle cuenta, no llegué lo mismo a Miranda, pues como las órdenes eran de apretar el paso, tan a la letra lo hice, que la yegua no pudo pasar de Leciñana, y allá me habría quedado yo también si Gay no me proporcionara un jamelgo. Sobre él entré en esta ciudad a las nueve de la mañana, y al momento, ganando minutos, me personé en el Hospital, y pedí razón de la mujer enferma que en dicha santa casa debió ingresar la semana pasada. Manifiestas las señas que en el papel apuntamos para que no se me olvidasen, ya que no podía dar el nombre, por ignorarlo, díjome el capellán de aquel establecimiento que la desgraciada señora o mujer, cuyas señas con las de nuestro papel concordaban, había muerto anoche, después de siete días de enfermedad, con pérdida de todo conocimiento y de toda sensación. De su nombre sabían en la santa casa tanto como yo, pues no se le había encontrado papel ni prenda alguna por donde su estado y circunstancias pudieran conocerse. Descorazonado yo de no hallarla viva, pedí que me la mostraran difunta, lo que no pudo ser porque media hora antes se la habían llevado al cementerio. Allá corrí sin detenerme en parte alguna; mas también llegué tarde, pues acababan de darle sepultura, y no alcancé más que a ver cómo colmaban el hoyo, apisonando después la tierra. Bien habría querido yo que esta fuera cristal para poder ver la fiso-nomía del rostro mortuorio de la difunta, y sacar de sus facciones macilentas algún dato, alguna luz que al señor sirviera para salir de su confusión; pero no vi más que la tierra, la cual era como la demás tierra que vemos. Ni me dijeron nada tampoco las caras de los sepultureros, a quienes miré largo rato, porque como el señor me dijo: «mira bien, observa...» ¿yo qué hacía? Mirar y observar hasta secarme los ojos.

Pienso yo, señor, que con el cuerpo de la fenecida señora o mujer enterraron la carta, que debía de tener cosida en las ropas de dentro, a no ser que antes se la quitaran, lo que también pudo acontecer. Yo miraba, miraba a la tierra, calculando a qué profundidad estaría, y me figuraba que estaba muy honda, muy honda. Desconsolado, convidé a los sepultureros a unas copas, lo que ellos agradecieron y aceptaron, y les llevé a la taberna más cercana, con la esperanza de que algo podían decirme de lo que yo no había visto y ellos sí. Uno de ellos, el que menos bebía y me miraba mucho, díjome que la enterrada era mujer en quien por encima de lo cadavérico se traslucía una gran hermosura; sí, señor, así me lo dijo. Y el otro afirmaba con la cabeza. Por la fe de los enterradores, puedo dar solo este dato.

He cumplido, señor, el encargo que me confió, y mi conciencia está tranquila respecto a la rapidez de mi marcha, pues ni volando por los aires habría llegado más pronto de lo que llegué. En ninguna parte me entretuve: todo lo hice aceleradamente; pero más que mi buen deseo pudo la casualidad, o que así lo dispuso Dios. Mi amo me mandó en busca de conocimiento de una persona viva; mas no quiso que yo tomara razones de la eternidad, porque a esta yo no la entiendo ni mi amo tampoco. He cumplido, aunque sin ningún fruto, o con el solo fruto de saber que era bella, si no me engañó el sepulturero; que también pudo ser que a él le pareciera hermosura la fealdad, cosa muy natural en los que andan entre muertos.

Y no teniendo nada que hacer aquí, después de escribir al señor, como me encargó, tomo un buen caballo, y sigo para La Guardia con las cartas y regalos que allí tengo que entregar a las que fueron mis señoras.

Mi primo Bonifacio, a quien debo el favor de relatar en buena escritura lo que yo le iba diciendo, aprovecha esta ocasión para ofrecer al señor don Fernando sus respetos y su inutilidad, como presbítero y primo del infrascrito, y detrás de él echo yo todos los afectos del corazón de este su fiel y humildísimo criado, *que lo es —Sabas de San Pedro.*

## XXVI

De Pilar a Valvanera

*Madrid, julio.*

Amada mía: Dame la enhorabuena, dámela pronto por esta paz, por esta confianza que desde ayer entraron en mi alma, novedad grande para la pobrecita, pues tiempo ha que no conocía más que zozobras, ansiedad, terror y anhelos no satisfechos. Debo este grande alivio al mejor de los hombres y al más sabio de los jurisconsultos, Manuel Cortina, ante quien descorrí ayer la que encubría mis secretos, mostrándole mi vida toda, mi corazón, mi voluntad. No habría hecho tanto con mi confesor, pues a este solo se le muestra la falta, y en el caso presente, reuniéndose en una sola persona el sacerdote, el amigo y el letrado, he tenido que volcar la sagrada arqueta hasta dejarla vacía, echando fuera todo, todo, lo bueno y lo malo, no reservando ni nombres de personas, nada absolutamente de lo que he sentido, de lo que he pecado, mis artificios y sutilezas para ocultar mi falta, así como mi firme resolución de unirme a quien tiene derecho a mi amor y mi vigilancia. Todo lo sabe: sabe algo que tú ignoras, porque aún no ha sido ocasión de decírtelo; pero te lo diré.

Entré temblando en el despacho de Cortina: yo le había prevenido que tenía que hablarle de un asunto en extremo delicado, contando con su caballerosidad, y reclamando una audiencia larga, de un par de horas lo menos. Mas estas ideas que mandé por delante, como batidores que me despejaran el camino, no me salvaron del grande apuro de romper en mi declaración. Los primeros minutos, querida mía, fueron horribles. Un acceso de llanto y la exquisita bondad de mi letrado confesor sirviéronme como de puente para salvar la parte más escabrosa. Después me sentí en terreno llano, y pude continuar con desahogo, adquiriendo poco a poco el dominio de las ideas y de la palabra, el cual en la última parte fue ya tan grande, que te habrías maravillado de oírme. Ayudábame don Manuel anticipándose con gran perspicacia a mis juicios y aun a la referencia de los hechos... Es también adivino, y me trazó el cuadro de mis tormentos antes de que yo se los manifestara. ¡Qué alivio, amiga mía! Ahora podré fortalecerme con los sentimientos de madre, y prepararme una vejez dichosa y tranquila. Para llegar a esto, dije a

Cortina que aceptaré los procedimientos que él determine, imponiéndome cuantos sacrificios sean necesarios, los cuales estimo como una operación quirúrgica, con dolores transitorios. Venga todo lo que quiera. Hago en mí una revolución; destruyo lo pasado y fundo un régimen nuevo.

Cuatro largas horas duró la conferencia, pues en la segunda parte, cuando ya me había serenado y abordamos la cuestión legal, hízome una exposición clarísima de las diversas soluciones que podían darse al asunto, según la cantidad o extensión de escándalo que yo afrontar quisiera. Sin ningún ruido, y guardando el secreto, es imposible que mis deseos tengan satisfacción. Si consiguiéramos (y él hablaba en plural como haciendo suyo el asunto) conquistar a Felipe, tendríamos andada la mayor parte del camino. ¿Pero quién es el guapo que conquista a mi señor? Examinando esta dificultad mostró Cortina más confianza que yo. Según él, los hechos consumados, irremediables dentro de la Naturaleza, tienen fuerza colosal para domar las voluntades más rebeldes: de seguro hará Felipe demostraciones imponentes, de gran aparato, más escénico que real, y acabará por rendirse, prestándose a un arreglo que evite el escándalo.

A mis aspiraciones, demasiado ambiciosas, de que Fernando posea todo mi bienestar material o gran parte de él, llevando además mi nombre y un título de Castilla, opuso Cortina razones que me convencieron. No es posible que lleguemos al deseado fin sino por caminos sesgados; tenemos que resignarnos a que la personalidad de Fernando sea modesta y oscura, no exenta del misterio original; aspiramos a que el esplendor de su nombre se funde en los méritos y ventajas personales, no en el abolengo y tradiciones de familia. Debemos darnos por satisfechos con crearle una posición mediocre bien guarnecida de provechos materiales; pero nada más por hoy. Él ilustrará su vulgar apellido, si quiere y se aplica.

Para llegar a esto, lo primero es abrir un hueco en la gruesa muralla que nos cierra el paso para todos los caminos, y esta muralla es Felipe. No quiero cansarte refiriéndote todo lo que hablamos don Manuel y yo, ni podría tampoco trasladar fielmente la parte suya, tan elocuente en algunos pasajes, serena y dulce siempre, a veces graciosa. Díjome al concluir que puesto el asunto en sus manos, debía serenarme, descansando en la seguridad de que sabría corresponder a mi confianza. Estudiando concienzudamente el asunto, para lo cual se tomaba cuatro días, me propondrá lo que crea de más fácil y conveniente realización. Como caballero, como amigo y como letrado, me prometió poner en este asunto su inteligencia toda y algo de su corazón; yo debía prometerle sumisión incondicional al plan que me trace, en el cual habrá dos órdenes de actos: los actos sociales y morales que yo debo efectuar conforme a su consejo, y los actos de ley, de cuya dirección él se encarga. Con alma y vida le expresé la abdicación de mi voluntad en la suya para todo lo que quisiera disponer y ordenarme, y tratamos al fin de los documentos y papeles que debo poner inmediatamente en sus manos: la partida de bautismo de Fernando, toda mi correspondencia con el cura de Vera, señor Vidaurre, y algo más. De la documentación referente a mi propiedad hereditaria, a mi dote, gananciales y demás, nada necesita, pues para conocerlo le bastan las copias del pleito con Osuna que tiene en su archivo. En fin, mi amadísima compañera, que estoy contenta. ¡Siento un alivio...! Mi cruz sigue siendo pesada; pero acabo de encontrar un robusto Cireneo que a llevarla me ayuda.

Para que no haya nunca dicha completa, ahora que mi drama parece entrar en vías de solución... Clásica, ¡gracias a Dios! me inquieta más el de allá. Esa mujer errante; ese peligro de que resucite la funesta pasión que nos ha traído tantas desdichas; las complicaciones que pueden sobrevenir; las represalias posibles, las probables escenas de venganza, no se apartan de mi mente. Agravo yo las situaciones con mi pesimismo, y estoy por decir con mi inventiva, que a veces me parece poética; y de sucesos comunes, inocentes tal vez, hago escenas terroríficas, de estupendo asombro, de interés palpitante; escenas que no vacilo en llamar bellas, aunque me causen pavor. ¿Para qué me daría Dios esta imaginación tan viva? Con ellas en otro tiempo me rodeaba de bienandanzas, cuando en realidad estaba rodeada de peligros; mas con ellas también, en días no tan lejanos y en los presentes, levanto en derredor mío aparatos de consternación, con materiales que quizás sean más para mover a risa que a terror. No ceso de pensar en las sorpresas, y para que no lo sean ni me cojan desprevenida, estoy siempre imaginando cosas malas probables, con la idea de que previéndolas no sucedan. ¿Has visto? Lo mejor es poner freno a la previsión pesimista, y decir aquello tan sencillote, y al parecer tonto, que nos enseñaron nuestras madres: *Sea lo que Dios quiera.*

Noto a mi Felipe un poquito moderado en sus hábitos de mortificación. No sé lo que le pasa. Tiene conmigo atenciones desusadas, y se cuida menos de contrariarme y contradecirme. No obstante, desconfío de estas apariencias, y sigo empleando mis inveteradas precauciones. He perfeccionado el escritorio que en mi cuarto de baño tengo (ya te hablé de este ingenioso aparato), y puedo consagrarme con toda libertad a mi correspondencia secreta, guardando todo de un modo segurísimo cuando concluyo, o por cualquier causa tengo que interrumpir el trabajo... Siglos se me hacen los cuatro días que me ha señalado Cortina para proponerme la solución que ha de ser término de mis afanes, llevándome de una vida de artificios a otra moldeada en la realidad. ¿Será posible, amiga querida, que en esa vida me vea yo? Ese día no me voy a conocer. Creeré que me he muerto y he resucitado, que soy otra, que no soy yo, sino la señora tal, o tal mujer, lo mismo me da... Y desde mi nuevo ser veré el pasado triste, y tendré lástima de lo que fui...

Me canso un poquito. Seguiré mañana.

*Martes.* No sé por qué, pienso que Felipe barrunta la tempestad que le tengo armada. Algo noto en su cara, en sus ojos, que me pone en este cuidado. ¿La suma suspicacia no puede llegar a ser el sumo adivinar?... Para mí es una desdicha esta penetración que el histrionismo social en su desarrollo más perfecto me ha dado. Como yo leo el pensamiento de los que me rodean, pienso que los demás leen el mío.

Y hay más, cara Valvanera. Hoy encontró Felipe a Cortina en el Ministerio de Gracia y Justicia y le convidó a comer. El hecho no tiene nada de particular y ha ocurrido más de una vez. Pero se me ha metido en la cabeza que este convite no es un caso natural, inocente quiero decir, sino que encierra la cruel intención de ponernos frente a frente al letrado y a mí para observarnos las caras... Veo que te ríes. Sí, la mal intencionada soy yo. Es que el cerebro se me ha convertido en un nidal de dramas... Me paso la mano por la frente, y afirmo, todavía con un poquito de recelo, que la invitación de Cortina, como la de Narváez, como la de Salamanca y otros, también para esta noche, es absolutamente ajena a toda idea dramática.

Se me había olvidado decirte que no me fío de los cariños de Juana Teresa. Su agudeza corre parejas con su maldad. Esto no es suspicacia: es experiencia. En la historia de estas dos medias hermanas, todos los capítulos que empiezan con sus carantoñas acaban con mis rabietas. Si no estuviese yo decidida plenamente al abandono de toda ficción, sus sospechas me harían temblar. Pero ya no temo nada. El paso de mentirosa a verdadera me ha de costar algunas amarguras; pero una vez en terreno firme, ¿qué me importa lo que *Doña Urraca* piense, averigüe y conozca? Me compensará de mis pasados berrinches el placer de birlarle la niña de Castro... Y a propósito: nada sé del señor Hillo. Espero con afán su primera carta.

*Miércoles*. Mis temores respecto a la invitación de Cortina resultan infundados. Bien decía yo que soy harto maliciosa; pero, por más que me reprendo este defectillo, no hay forma de corregirme. La comida agradabilísima, con pocos, pero buenos comensales. A Narváez le conoce tu marido; de Salamanca, que ahora principia a figurar, no tenéis noticias. Es un granadino muy despierto, de gallarda figura y finísimo trato, y en la amenidad de la conversación se lleva el primer premio entre todos los que conozco. Despunta en la política, y más aún en los negocios. Cortina no me habló nada de mi asunto, naturalmente, y solo en un ratito que estuvimos sin testigos repitió su promesa de darme la solución en el día fijado, recomendándome la serenidad y paciencia... Mis comensales y las señoras que vinieron después picotearon de política, ya puedes suponer; algo de teatros y ópera, de bailarinas y cantantes, engolosinándose al fin con un poco de chismografía social. Todo esto me aburría, pues no hay tema que no me parezca desabrido, insignificante, si le aplico las ideas revolucionarias que alborotan mi espíritu. ¡Oh, cuándo llegará eso que llamo mi tránsito, paso inevitable de una vida a otra! ¿Será como una muerte; será como una resurrección?

¿Imaginas tú algo más enojoso y abrumador que una vida en que tenemos que figurarnos y representarnos de otra manera que como somos? En esta existencia, amasada y recompuesta por la general simpleza, no solo nos es forzoso disimular nuestras faltas, sino también nuestro talento... la que lo tenga. No, no te rías. No habiendo recibido de Dios el don de tontería, es forzoso proporcionarse una tontería artificial. Yo he sido y soy una tonta *de trapo*; y aunque sé muchas cosas que he aprendido en mis lecturas (y

**121**

otras que he cursado en mis desgracias), me revisto de una ignorancia deliciosa, que es el encanto de mis amigas. No soy la única que adopta este sistema; pero sí la más aprovechada, la que sabe esconder con su disimulo un mundo más grande de conocimientos y un mayor tesoro de agudezas. Rara es la que no se ha creado una representación falaz de su persona para poder vivir; pero en mí el histrionismo es más meritorio que en ninguna, por la enorme distancia entre lo que soy y lo que represento, entre mi ingenio secreto y mi estolidez pública.

Pues bien, amada mía: yo quiero romper este capullo, que con mis palabras y pensamientos *de representación* he tejido, quedándome encerrada en él. Ya tengo mi pico bien afilado para taladrarlo y echarme fuera... quiero volar, pues me han salido aquí dentro unas alas grandísimas.

Amiga de mi alma, siento una efusión divina, un inmenso anhelo de volar hacia ti, por ti y los tuyos, y por *el mío* que entre los tuyos y en tu amante compañía tienes. Dile a Fernando todo lo que se te ocurra. Tú eres la maestra, la doctora, la que dispone lo que ya debe saber y lo que todavía conviene que ignore. Todo ello, lo sabido y lo ignorado, ha de ser para que me quiera más. Creo que me amará mucho, como yo a él.

Adiós, mi bien. Hasta que pueda contarte lo que me propondrá mi gran letrado para romper el capullo. Reparte mil abrazos y besos por cuenta de tu amantísima —*Pilar*.

## XXVII

De don Pedro Hillo a Fernando Calpena

*La Guardia, agosto.*

Distraído Fernando: ¿Pero no reparas que ya estoy aquí? ¿No me has visto? Echa para La Guardia tu catalejo, y alcanzarás a ver a este clérigo insigne, a esta lumbrera esplendorosa del Vicariato general Castrense, esparciendo su claridad por los ámbitos de... No acabo la figura, porque ignoro qué ámbitos debe iluminar la inspección que me encomendaron... Ni sé qué inspecciono, ni por qué me han mandado, ni a qué he venido. Presumo que me traen a esta tierra todos los intereses posibles, menos los del instituto religioso-militar a que pertenezco. Por de pronto, aquí me tienes aposentado en la parroquial vivienda del gran Navarridas, que es como decir que habito en el reino de la cortesía y de la abundancia. Tanto el bondadosísimo don José como su bendita hermana se desviven por agasajarme, y te aseguro que ni probé jamás tan mullido y albo lecho como el que aquí disfruto, ni entraron por esta boca pecadora condimentos tan sustanciosos, ricos y variados como los que en obsequio mío presentan diariamente en su mesa. Hijo mío, ¿qué tierra es esta, tan fecunda en galanos amigos y en frutos regalados? Aquí quiero pasar mis días, entre la sencillez amable de los hombres y las amorosas caricias de la prolífica tierra. Aunque te enfades, *prorrumpo* en versos clásicos:

> *¡Oh tú, del Arlas vagoroso, humilde*
> *orilla, rica de la mies de Ceres,*
> *de pámpanos y olivos! Verde prado*
> *que pasta mudo el ganadillo errante,*
> *áspero monte, opaca selva y fría...*

En esta región de delicias he visto al fin la deidad que en ella preside las funciones de la Naturaleza, la que a todo imprime hermosura y majestad con su divina presencia, la escogida entre las escogidas; y de tal modo me prendaron su gracia y su nobleza, que a no hallarme imposibilitado por mis votos, de que son emblema las negras ropas que visto, entre el primer saludo que le dirigí y una respetuosa declaración de amor, habrían mediado pocos alientos. ¡Pues si yo fuera seglar y joven, cualquiera me quitaba a mí esa sin par hembra!... Nada quiero decirte de su discreción, que conoces mejor que nadie. Sabrás que hablamos largamente de *omni re scibile*, quedándome pasmado de la solidez de su juicio y de su dulce serenidad. En fin, amado discípulo, que aquí me tienes enamorado (no retiro la palabra), enamorado de ese portento, y alabando al Supremo Artífice por esta nueva maravilla que ha puesto ante mis ojos... Aquí me venía bien otra clásica estrofa para expresarte mi entusiasmo:

> *¿A quién primero ensalzaré cantando*
> *Sino al gran padre que la estirpe humana*
> *Y la celeste rige...?*

*Él es primero y solo; igual no tiene Su esencia soberana;*
*Si bien segunda en el honor divino*
*Inmediato lugar Palas obtiene.*

Pienso, querido Fernando, que aquel condenado Rapella, a quien echamos tantas maldiciones, merece ahora nuestra gratitud por haberte llevado a Oñate, donde encontraste a la *celeste Palas*. No me retracto de nada de lo que acabo de escribir. Todo lo sostengo, y lo hago cuestión personal. Es Demetria el cielo en la tierra, y la divinidad humana. Así lo firma y signa con el emblema de nuestra redención tu amigo —*Pedro Hillo*.

## XXVIII

De Fernando Calpena a don Pedro Hillo
*Villarcayo, agosto.*
¿Qué yo vaya a La Guardia, querido clérigo? ¿Con qué fin, con qué razón o apariencias de ella? ¿Por verte y abrazarte? Para eso, más natural es que tú vengas aquí; si así lo hicieres, en ello me darías mucho gusto, y me evitarías el decirte por escrito lo que con más prontitud y claridad se dice de palabra.

Por de pronto, sabrás que recibí los libros: desde que a mis manos llegaron, he vivido en ellos, ya reanudando antiguas amistades, ya entablándolas nuevas. Grandes y leales amigos son los libros, ¿verdad, mi caro capellán? Gracias a ellos, ningún vacío de nuestra existencia deja de amenguarse un poco. Leemos, y lentamente caen sobre nuestra alma gotitas de un bálsamo consolador. Lo que siento infinito es que no encontraras las *Voces interiores* del gran Hugo, que anhelo conocer, y ojalá suenen tanto que apaguen la vibración de las mías. Confío en que Boix no dejará de pedir y enviarme ese libro, y lo espero porque sé que no falta en Madrid quien le apremie para complacerme. Gracias mil a todos.

Mi drama ya no es drama: la última escena conocida se me presenta en forma de leyenda de un color harto lúgubre, sobria en sus líneas, altamente patética. Como todas las leyendas que ha puesto en circulación el romanticismo, reviste forma enigmática, o así me lo parece a mí, sin duda porque no conozco más que un fragmento de ella. Verás: una mujer desconocida, de mísero aspecto, aparece en La Guardia portadora de un mensaje para cierto caballero residente a la sazón en Villarcayo. No encontrando al caballero en ese pueblo donde tú estás, dirígese a este donde estoy yo; pero al llegar a Miranda muere... En las leyendas, como en la vida, la muerte viene siempre a tiempo, es decir, cuando según nuestro criterio no debe venir. La oportunidad del morir es siempre contraria a todos nuestros deseos y previsiones. Sin esta lógica artística del morir no habría leyendas, ni tampoco vida, la cual también es una gran obra de arte. Falta en la leyenda lo más interesante, que yo me atrevo a planear del modo siguiente: Lee: Muerta la señora, es enterrada. Sabedor de ello el caballero, corre a Miranda, y obtenido permiso de la autoridad, exhuma a la señora: quiere reconocerla, recoger la carta... ¡Oh, gran Hillo! vieras allí la tristísima escena: abrirse la tierra, entregando su secreto; vieras la duda curiosa penetrando con atrevida mano en el seno de una tumba, para sacar lo que al olvido y a la descomposición pertenecía ya. Todo eso verías tú, si lo vieras. Sale el cadáver, después de tres días de descanso y corrupción, y el caballero le dice: «¿Quién eres? Dame la carta.»

Ya te oigo preguntándome: «¿Quién era? ¿Qué decía la carta?» No contesto, porque esta segunda parte no es más que una idea, es lo que yo debí haber hecho y no hice ni haré. Desde que he renunciado a la voluntad, no sé dar fin a las leyendas, ni aun siendo tan reales como la que te cuento. Me quedo en mis horribles dudas tejiendo con ellas nuevas historias, terminadas siempre en ignorancias que desgarran el corazón, en enigmas que trastornan la mente. Con los libros platico, en ellos busco soluciones, les pido consejo, les doy mis ideas a cambio de las suyas; pero la ardiente amistad que con ellos trabo no me da la serenidad que apetezco, no me despeja el cerebro de sombras. Los libros me compadecen; pero no pueden, y bien claro me lo dicen, no pueden remediar mi mal. Ellos imitan la vida, pero no son la vida; son obra de un artista, no de Dios.

¿Y en tal situación quieres que yo vaya a La Guardia? No puede ser. Quien ha venido a ser mi dueño absoluto y mi gobernante no me ha mandado eso, ni me lo mandará, porque me ama y me estima, y no me pondrá jamás en una situación desairada. Así me lo ha dicho Valvanera, que es como ella misma, y además la propia discreción. Yo no puedo pretender los favores de la *divina Palas*, porque pretendiéndolos, tendría que fingir una disposición de espíritu que estoy muy lejos de tener, desgraciadamente. ¿Soy un aventurero?

No. Ni ella ni tú podéis suponerlo. La situación moral y psicológica en que me encuentro aumenta de un modo increíble mi respeto a la sin par mayorazga. Creo que, si ante ella me viese de improviso, me turbaría como pobre chicuelo sin sociedad, educado en convento o seminario, que tiembla y se ruboriza ante una mujer. Observo qué sentimientos nacen en mí al pensar en Demetria, y por más que me estudio, solo encuentro vergüenza, cortedad, una infinita modestia ante criatura tan fuerte y grande. No dudes que soy una nulidad social y moral. Mi amor propio en ruinas me señala como el último de los seres. Si alguien lograra restaurar en mí la arrogancia perdida, me sentiría yo menos pequeño, y al paladearme, empleando en mi propio examen el sentido del gusto, me encontraría menos desabrido.

Además, oh prudente amigo y maestro, la descomposición de mi voluntad ha dejado en mi alma un residuo amargo, la duda, que se ha extendido por todo mi ser, y no puedo ya pensar en cosa ni persona sin que al punto la vea desvirtuada y deslucida. Dudo de cuanto existe. Cierto que no puedo negar la virtud, los méritos notorios de la niña de Castro; pero si a ella me aproximara con las intenciones que tú quieres sugerirme, cree que a mis ojos desmerecería. No podría ser ya la Demetria en quien vi tantas perfecciones... Contémplala en su altura, en su apartamiento, que ella, como todo lo sagrado, más ha de valer y representar cuanto más distante se encuentre de la acción de nuestros sentidos, y déjame a mí en esta miseria tristísima. Estoy recogiendo uno a uno los huesos dispersos de mi esqueleto, hecho pedazos en el espantoso choque de la caída. Poco a poco iré armando mi personalidad, que con tantas soldaduras y pegotes no podrá ser nunca lo que fue. Gracias que pueda sacar de mí mismo la resignación, o sea la cola con que me voy pegando, y uniendo mis propios fragmentos. Luego que el vaso esté bien sujeto con lañaduras, recogeré, si puedo, las varias esencias del alma que salieron volando en la catástrofe, y andan por ahí como vapores que trae y lleva el viento. Procuraré condensarlo todo. Algo he recogido ya, pero es poco; no sé por qué espacio andarán esencias mías muy sutiles, de las cuales no me ha quedado más que el olor... Ya, ya sé lo que vas a decirme... que algo mío anda por ahí y que debo ir a buscarlo. No: lo único mío que en la explosión pudo volar hacia La Guardia es el respeto, y ese vale más que se quede por allá, para que lo unas a tu admiración y hagas un lindo ramillete con que obsequiar a la celeste Palas. Otra clase de flores no me pidas. Ya sabes, Mentor mío, que las rosas

*no nacen entre el hielo; y si nacieran,*
*solo al tocarlas yo se marchitaran.*

Por hoy no te marea más tu fiel amigo —*Fernando*.

## XXIX

De Pilar a Valvanera
*Madrid, agosto.*
Amada mía: Llegó por fin el supremo instante. El oráculo, Manuel Cortina, me ha presentado la cuestión social y jurídica con pasmosa claridad, procurando atenuar las amarguras que la solución del problema traerá forzosamente. Con grande ansiedad le oí; con sumisión he prometido aceptar y seguir el plan que me trace. Imposible transmitir a Fernando un título de nobleza de los muchos que tengo (y que no me sirven para nada), sin obtener un rescripto del Papa. Sospechando que ello no habría de ser grato a mi querido hijo, renuncio por ahora a satisfacer este anhelo de mi corazón. Para transmitirle aquella parte de mi patrimonio de que puedo disponer libremente, es forzoso que me valga de un fideicomiso. De este modo entraría en posesión de mis bienes a mi muerte. Para asignarle desde ahora, sin más dilaciones, una renta decorosa, necesitamos emplear artificios legales, cuya forma me ha explicado detenidamente el gran jurisconsulto. No acabaré nunca de alabar la claridad con que este hombre expone las ideas, realizando el milagro de hacer comprender a una mujer, como yo ignorante de estas cosas, las más áridas cuestiones de Derecho. Jamás, en los enmarañados pleitos de mi casa con Osuna y con Gravelinas, pudo entrar en mi cabeza una idea jurídica. Hoy mis ansiedades maternas me han aclarado considerablemente el sentido, y aquí me tienes hecha una estudianta de Leyes, capaz de obtener buenas notas si de ello me examinara.

Ha insistido Cortina en que no podré evitar el escándalo, es decir, la publicidad del *hecho de autos*, y añade la terrible afirmación de que en este *vía crucis* el primer paso es el más doloroso: informar a Felipe, aspirando a obtener su benignidad en el caso moral, su colaboración en el jurídico. ¡Inmenso conflicto, trámite inmenso!... Preguntome el letrado si me encontraba yo con fuerzas para esta terrible confesión, y le respondí resueltamente que no. No tengo ese valor, que es valor de suicida. Propúsome diluir mi revelación en una carta; discutimos; casi accedí al procedimiento escrito, en el cual puedo desplegar recursos mil; hablamos también de una tercera persona, de mi tía Consolación Armada, de mi confesor padre Acosta... Herida por un rayo de inspiración, le dije: «¿Y usted?» Meditó un rato, y por fin manifestó su asentimiento con palabra lacónica: «Bueno; yo me encargo... Quiero atenuarle a usted la amargura del cáliz... Para esto conviene mutación de escena; que el matrimonio se traslade a regiones frescas. El calor excesivo no es favorable a las operaciones quirúrgicas.»

Sabrás que Felipe y yo andamos desde julio en desacuerdo por si salimos o no de Madrid. No solo porque el calor me molesta poco de algunos años acá, y la experiencia me ha demostrado que en este mi palaciote vetusto lo paso mejor que en ninguna parte, sino porque veraneando en la Corte entreveo más probabilidades de quedarme sola, heme resistido este año a la temporadita de Balsaín. Felipe, por no darme el gusto de la soledad, apechuga con el calor. Aquí nos tienes haciendo vida monástica, sin salir al Prado ni una sola vez. Nuestros jardines nos dan por la noche esparcimiento y frescura. Un reducido contingente de amigos, que no llegan a media docena, nos acompaña en nuestros recreos nocturnos; comemos al aire libre, a la graciosa luz de farolillos de papel colgados de los árboles; charlamos hasta muy alta la noche en lugares placenteros, defendidos del Sol durante el día; las ranas de los estanques nos dan música, que a mí me encanta... En fin, no es tan despreciable el verano en estas condiciones, ¿verdad? Yo lo defiendo y Felipe lo ataca: me acusa de extravagancia, de mal gusto. Yo me obstino en no salir, esperando que él se canse y huya del calor; él reniega y persiste en estar a mi lado. La disparidad de voluntades nos junta con una cadena de presidio.

La opinión expresada por Cortina de que la cirugía no es eficaz en las altas temperaturas, me hace cambiar bruscamente de gustos veraniegos, y propongo a Felipe que nos vayamos a Balsaín. Me descuidé en la forma del cambiazo, haciéndolo con sospechosa precipitación, y el resultado ha sido contraproducente. Ahora Felipe no quiere salir: pretexta ocupaciones, temor al reúma en las humedades serranas. ¡Qué torpeza la mía! ¡No haber visto la necesidad de las gradaciones para mudar de gustos en cuestiones de residencia estival! Bien dicen que el mejor escribano... Es que el largo uso de mis facultades diplomáticas, y esta crisis que ahora se plantea me han trastornado. Me vuelvo chicuela sin juicio, una pobre aprendiz de arte social... La suma experiencia y el cansancio me tornan inexperta y descuidada. Afortunadamente, mi director me manifiesta, *sotto voce*, que podremos conservar la misma escena. La mutación no es necesaria. Viene en mi ayuda una tormenta que refresca la atmósfera, y nuevamente me declaro entusiasta del clima de Madrid en la canícula. Felipe reniega y medita: habla poco.

*Miércoles*. La proximidad del día, digamos momento, designado para el tremendo paso quirúrgico, me causa un terror indecible. Mi pánico es tal que se me ocurre huir a la calladita. Cortina me recomienda la serenidad, desaprobando toda idea de fuga. Debo permanecer en casa, confinándome en mis habitaciones, mientras él, armado de fieros instrumentos de disección, se encierra con Felipe. Debo disponer mi alma para el sacrificio y la penitencia, realizando un acto religioso en mi capilla. Confesaré, comulgaré... Después mi estado nervioso me impondrá un reposo absoluto; el médico me prescribirá la permanencia en el lecho, apartada de todo lo que pudiera ser causa de viva emoción. Se me dejará en aislamiento riguroso, sin más compañía que la de mi doncella, y esto durará uno, dos, tres días, lo que fuere menester...

Amiga de mi alma, ya me duelen las heridas que don Manuel, actuando de cirujano, ha de hacer a Felipe. Creo que a los dos nos descuartizará juntamente. No puedo más hoy. Desfallezco y parece que me acabo.

*Jueves*. El letrado ha decidido un nuevo aplazamiento, dándome para ello razones cuya sensatez reconozco. Verás: aun en el caso de que Felipe entre en razón y se preste a facilitarme la transmisión de parte de mis bienes a Fernando, ello ha de ser penoso y lento. Como he manifestado mil veces la urgencia de construir (no encuentro otra palabra) la personalidad de Fernando, sacándole de esa denigrante situación de inclusero; como todo mi afán es rodearle de dignidad, levantar su espíritu, poniéndole en posesión de los medios sociales que le corresponden, el gran jurisconsulto acude a esta necesidad por medio de un expediente ingenioso, que exige la colaboración de otra persona, y, por tanto, nueva violación del delicado secreto. No me importa. Momentos he tenido estos días de verdadero delirio, en que me ha faltado poco para revelar todo a la primera persona que entre en mi casa. La necesidad de expansión y confidencia es hoy en mí casi orgánica. Me sorprendo a ratos hablando como una cotorra, sin saber lo que digo; pero ello es algo como una lección aprendida, que me figuro ha de embelesar a los que me oyen.

No me hicieron temblar, antes bien causáronme regocijo, estas palabras del buen sevillano: «Nadie como Salamanca podría prestar a usted este servicio. Respondo de su discreción y caballerosidad. Es necesario que usted le hable. Yo prepararé el terreno poniéndole al corriente del caso fundamental...» Algo te he dicho ya de este simpático granadino, uno de los hombres más admirablemente dotados para la vida social, y para obtener de ella lo que él llama *los frutos de la civilización*, pues posee todas las cualidades o virtudes que inducen a la amistad, a la confianza, a las relaciones útiles. Es inteligente, sagaz, amenísimo en su lenguaje, extremado en la cortesía sin llegar a empalagoso; tresillista de primer orden, de los que no pierden la dignidad en las peripecias desgraciadas del juego; comensal delicioso por su gracia tanto como por su apetito de buen tono, y su mucho saber de arte culinario; hombre, en fin, que despunta gallardamente en la política, aplicándola a sus negocios con una habilidad nada común. Su buena figura es la mejor ayuda de su talento en estas campañas. Salamanca será una gran personalidad del siglo, salga por donde saliere, ya se aplique a sumar voluntades, ya a multiplicar dinero.

¿Creerás que cuando vino a verme, instruido y aleccionado ya por nuestro buen amigo, le recibí con serenidad, sin que me turbara la idea de considerarle poseedor de mi secreto? Sus primeras expresiones, delicadas y de cierta ternura, me dieron más ánimos. Me sentí valerosa y, abordando el asunto, le dije: «La bondad de Cortina me libra del trance duro de contarle a usted historias viejas que no sé hasta qué punto podrían interesarle. Hoy necesito del auxilio de usted. Es la satisfacción de un deseo, de un capricho... No debo entrar en más explicaciones. Amigo Salamanca, es preciso, indispensable, que usted me proporcione una cantidad... No se asuste...» Respondiome con gracejo que no se asustaba de que una dama le mandase buscar dinero. Para complacerme, lo sacaría de las entrañas de la tierra. Cambiados conceptos ingeniosos por una y otra parte, expresé la cuantía de mi necesidad metálica con frase cortante y seca: «Va usted a traerme, amigo Salamanca, cincuenta mil duros.» Vi que su sonrisa se trocó en severo asombro. La cifra le asustaba, y me la devolvió descompuesta en reales. «¡Un millón, señora!...» «Un millón —repetí yo muy tranquila—. ¿Cree usted que no puedo yo responder, con mis bienes, de esa cantidad?» «No se trata de eso. La garantía es más que sobrada, lo sé... En fin, yo estudiaré la forma de realizar el préstamo que desea, el cual, según me ha dicho Cortina, tiene por objeto constituir por medio de tercera persona, una renta en favor de... La cosa es clara. No sé si podré obtener los cincuenta mil duros tan pronto como usted desea. Si yo los tuviese, ahora mismo lo arreglábamos.» Añadí que si la diligencia no era fácil para él, me lo dijese francamente, y yo buscaría otro amigo que de ella se encargara, con lo que di tan fuerte pinchazo a su amor propio, que el hombre rebotó, diciéndome que se creería indigno de mi amistad si no me dejaba servida y satisfecha en el improrrogable plazo de tres días. Así terminó nuestra conferencia. Confío ciegamente en la eficacia de este hombre tan activo, inteligente y bondadoso, y ya puedo anunciarte que antes de que termine la semana quedará instituido en cabeza de Fernando el capital inmueble que le proporcionará una renta decorosa, sin perjuicio de mayor propiedad y beneficios. Con lo que disfrutará pronto, no dudo que ha de reconocerse con personalidad bastante para pretender sin desdoro la mano de la niña de Castro-Amézaga.

Y ahora, mi amada compañera, esperemos el giro de la gran crisis, la revelación magna y decisiva, que es para mí como llegar a la cumbre de mi destino. ¿Qué habrá del lado allá de este monte inmenso, por cuyas asperezas subo, ya fatigada y sin respiración? ¿Veré un valle risueño, o un negro y espantable abismo? Ya poco me falta para dominar la cúspide. No sé qué me pasa. Este peñón áspero es Felipe. Detrás de él está la paz, el sosiego, la vida. ¿Llegaré?

## XXX

De la misma a la misma

*Madrid, septiembre.*

Amada mía: Estoy en la noche que precede al día crítico. Te daré cuenta del romanticismo que se apodera de mí como una enfermedad del cuerpo y del alma, con fiebre y terrores, en los cuales no puedo menos de ver algo de belleza, a ratos una belleza extremada, sin que ello me cause vanagloria, por no ser mi dolencia muy original que digamos. Los sentimientos y visiones que me turban paréceme que no son míos; no han nacido en mi ser; son algo que he leído; son el arte ajeno, que se convierte en ansiedades propias, en dramáticos lances. La ignorancia ¡ay! es una bendición; el saber un suplicio. Me creo espejo de la vida artística, y sus imágenes en mí se vuelven reales. Vas a creer que estoy loca. Más lo creerás cuando te cuente que esta noche he tenido por real y efectiva la escena que voy a referirte. No sé a qué hora, Valvanera de mi corazón, mas era sin duda la hora del miedo, Felipe me mandó llamar. El pobre Pantoja, nuestro anciano mayordomo, me trajo el recado con una solemnidad teatral, inclinando su venerable cabeza calva al manifestarme el deseo del señor duque. Allá me fui, de sala en sala, arrastrando por los pavimentos esterados de fino junco la cola de mi vestido, sin que entonces ni después supiese yo la causa de aquella prolongación de mi ropa, ni entendiese lo que me decía el extraño ruido que tras de mí iba dejando al andar. Pasé por oscuras estancias, por estancias iluminadas. En algunas conocía mis cuadros y tapices; en otras vi objetos y adornos que no eran de mi casa. Llegué por fin a la sala de armas, donde encontré a Felipe y a Fernando platicando de cosas de guerra, armas y ciencia militar, y si no me causó sorpresa verles juntos, tampoco me asombró que mi esposo y mi hijo hablasen de asaltos de castillos, de combates encarnizados, con espadas, lanzas y mosquetes. Todo me parecía natural, y el cariño y confianza que uno y otro se mostraban éranme tan gratos, que permanecí silenciosa y embelesada el tiempo que tardaron en advertir mi presencia. Por fin, el señor duque me presentó a Fernando, y este y yo nos saludamos con pausadas inclinaciones de cabeza, sin decirnos una palabra. Sin duda no era conveniente que aparentáramos conocernos de muy antiguo, desde que él vino al mundo y yo inauguré la era de mis desgracias. El duque me dijo que Fernando era un famoso capitán que entraba a su servicio, y que por tal servidor valiente de nuestra causa le reconociese yo. Manifesté mi benevolencia con una sonrisa, ignorando todavía qué causa era aquella en que nos había salido tan esforzado paladín. A una señal del duque, trajo Pantoja ánforas de plata y copas de oro. Debíamos beber los tres a la salud de la familia y de su nuevo defensor. Mandome el duque que escanciara yo el vino; llené las tres copas; a la mitad de esta operación me temblaba la mano; miré a Felipe, cuya cara parecía de cartón; miré a Fernando, que aguardaba con grave compostura. Mi marido cogió una de las copas, y al dármela para que yo la ofreciese a Fernando, lancé un grito... Esto que te cuento, Valvanera mía, me pasó estando despierta, te lo aseguro... lo vi como estoy viendo ahora el papel en que te escribo... No sé lo que pasó después de aquel instante en que rompí a chillar... ¿Bebió Fernando? Creo que no... Felipe se me apareció entonces con armadura, en una facha altamente caballeresca, que nada se parecía a su común vestir y actitud usual. Su talla crecía, su ademán era noble y fiero. Yo di vueltas y me pisé la cola, enredándome en ella... Te aseguro que todo esto acaeció hallándome sentada en la misma silla en que estoy ahora. Entendiendo que mi mente exigía disciplina, cogí la *Imitación de Cristo*, y su lectura me produjo gran consuelo. No tardé en reírme de aquel delirio, y prepareme para los actos religiosos con que debo inaugurar, dentro de algunas horas, el día de la tremenda prueba. No ceso de pensar en don Manuel, y de figurarme las expresiones que emplear debe para la exposición de mi deshonra ante Felipe... ¿Permitirá Dios que al fin salga yo de este infierno? Tremenda es la boca de salida, y el dragón que la guarda quiere devorarme; pero le arrojo mi reputación, mi dignidad si es menester, y mientras su glotonería se satisface, me escapo, agarradita a la mano del gran Cortina.

Al fin siento algo de sueño, más bien atonía cerebral. Me acostaré, figurándome que voy a dormir; mas con mi engaño no engañaré las horas. Hasta mañana.

*Martes.* Pásmate: he dormido; he despertado con la impresión de un sueño muy bonito. Fernando y yo visitábamos la Alhambra, paseándonos solos por sus patios y estancias, agarraditos del brazo... Serían las ocho, cuando comulgué en mi capilla, después de confesarme. Gran consuelo han sido para mí los actos de religión, y a ellos debo la serenidad con que aguardo mi sentencia. Humillándome ante Dios y sometiéndome a su soberana voluntad, he fortalecido mi alma, he serenado mi conciencia. Y pues mis faltas no pueden desaparecer del tiempo, venga la nueva, la real situación que la propia falta impone. ¿Qué ganamos con vivir en el engaño social, desempeñando mentidos papeles, decorándonos con una opinión ficticia, y haciendo creer que somos lo que no somos? Cada uno es lo que es: bueno o malo, tuerto o derecho, cada ser representa su propio carácter. Apartémonos de la comparsa social, renunciemos a la fastidiosa obligación de marchar a compás, haciendo figuras más o menos airosas. Lo que cada uno es ante Dios, séalo ante los hombres. Impere la verdad, siempre superior a los embustes mejor compuestos y con más arte pintorreados. Arrojemos las pelucas, los postizos, los afeites, las ballenas que oprimen, los mil artificios que son deformación y tormento de nuestro ser. Dios abomina de los cosméticos, de las máscaras y de toda farsa. Nos quiere sinceros, puros, con nuestra conciencia bien diáfana, manifiestos nuestros delitos si los tenemos, así como nuestras virtudes, que algunas hay siempre. Así he de ser yo, y el valor que ahora siento no ha de faltarme.

Me encierro en mis habitaciones, conforme a la voluntad de Cortina. El calor es hoy extremado, arde la atmósfera, y el cielo parece que está preparando rayos y centellas, quizás un pedrisco asolador. Oigo truenos lejanos.

*A prima noche.* Esta tarde, mientras estallaba una de las tempestades de verano más ruidosas e imponentes que he visto en mi vida, he sentido un pánico horroroso. La idea de que entrase Felipe en mi cuarto a recriminarme, pronunciando el trueno gordo, me ha causado un sobresalto indecible. La tempestad casera que he temido y temo, me asustaba más que la que rodar sentía por los espacios, con sus nubes negras preñadas de electricidad. A las cinco, próximamente, mi susto era tan vivo, que determiné huir. Vestime en un instante; mi doncella recogió alguna ropa en una maletita. Concertamos que ella traería un buen coche de alquiler, situándolo en la Ronda, y que nos escaparíamos lindamente por la puerta del jardín sin que nadie nos viese. Luego me pareció algo ridícula esta manera de ausentarme, y determiné salir rápidamente por la escalera y puertas principales sin decir nada. Fuera de mi cuarto ya, retrocedí, acordándome de que había prometido a don Manuel no tomar resolución alguna sin su dictamen, y he vuelto a mi encierro, donde estoy como en capilla. Heme acogido al *Kempis*, que por donde quiera que se abra nos muestra un admirable pensamiento, de pasmosa concordancia con lo que sentimos o padecemos. He leído: *Cuando el hombre se humilla por sus defectos, entonces fácilmente aplaca a los demás, y sin dificultad satisface a los que le odian.*

*A media noche.* A las nueve y media, cuando yo acababa de mal comer en mi habitación, entró Cortina. Antes que me hablase, conocí en su rostro grave que el paso había sido tremendo, y que el servicio que me ha prestado merece eterna gratitud. Llorando quise besarle las manos, lo que él no permitió. La revelación, según me dijo, lenta, dificultosa, impresionó a Felipe de un modo tal, que nuestro amigo llegó a temer un acceso de locura. Vino después un abatimiento hondísimo, postración de todas las energías físicas y espirituales, y el hombre se reconcentraba en su dolor con cristiana paciencia. Había cogido el Kempis y leía: *El humilde, recibida la afrenta, está en paz, porque descansa en Dios, no en el mundo.*

Habíase encerrado en su aposento con rigurosa consigna, como yo. Cortina le acompañaría hasta media noche, procurando conservar en su ánimo la serenidad, y prepararle para los actos razonables. Lo que no tiene remedio debe afrontarse con valor y espíritu de concordia. Terminó diciéndome que continuase yo prisionera de mí misma, alejando de mí todo temor de escenas ruidosas y de manifestaciones imponentes. Sus últimas palabras me hirieron en el corazón: «Felipe la ama a usted con locura... Esta es la verdad... quizás sea forzoso reconocer que no ha sabido amarla, porque el amor, dígase lo que se quiera, no solo es un sentimiento, sino también un arte. Adiós, amiga mía. Ya estamos del otro lado.»

*Miércoles por la mañana.* No ceso de repetir la última frase de mi salvador: «ya estamos de la otra parte.» Me parece mentira. Ya Fernando es mío, y yo soy suya. Ya podré vivir para él a cara descubierta. ¡Cuánto me ha costado llegar a esto! Pero al fin he llegado, estoy en mi terreno, donde pisaremos él y yo libremente. Dale, dale la feliz noticia, con las discreciones y atenuantes que tu buen juicio te sugiera. Que participe de mis esperanzas. En medio de mi triunfo, que triunfo es, estoy triste: no se aparta de mi mente la imagen de Felipe abrumado de dolor por mi causa. ¡Cuántos años de mentira y disimulo! ¡Y cómo pesarán sobre él!... Si queriéndole yo nos aliviáramos ambos de este horrible peso, mi corazón se halla dispuesto al amor de todos, a la concordia, a la reconciliación. No sé si esto será posible, dado su orgullo, su dignidad puntillosa, llena de asperezas... Pero por mí no quede. Quiero amar a todos, y que todos me amen, merézcalo o no. Abro el Kempis y leo: *Espera un poquito y verás cuán presto se pasan los males.*

*Por la tarde.* El silencio y la quietud reinan en mi casa. Parece esto un panteón, y a mi sepulcro no llega ningún rumor. ¿Qué pasará en el de Felipe? A ratos me entran vivos deseos de correr de mi cripta a la suya y decirle... No, no me atrevo. Espero que el muerto de allá me visite. Lo deseo y lo temo. Me inquieta que hoy no haya venido Cortina; mas por mi doncella sé que pasó toda la mañana en las habitaciones de Felipe.

Ha roto esta monotonía un billetito de Salamanca, diciéndome en estilo de negocios: «Hecho. Mañana otorgaremos la escritura. Espero instrucciones.» Le contesto que se entienda con Cortina. Ya ves: vamos bien. El programa se cumple, y mis deseos se van condensando en la realidad. Pronto será Fernando poseedor de un millón de reales; ya no podrán decirle que se ignora de quién recibe el dinero que gasta. Afirmar puede ya que es rico, porque lo es su madre, y su madre soy yo, que aún tengo otros milloncitos guardados para él. Ya no es humillante su actitud ante la incomparable niña de Castro-Amézaga. Con valer ella tanto, mi hijo no desmerece, y aun sostengo que vale más, por su gran cultura, por su talento y finísima educación. Dile a Juana Teresa, si le escribes, que se vaya a paseo, que busque la marquesa de Sariñán entre los Almontes de Tarazona, enriquecidos por la usura, o entre los Sopuertas de Alagón, que a fines del siglo pasado fabricaban albardas, y ahora las llevan ellos, rellenas de vales reales. La niña de Castro es para mí, para nosotros, y en todo caso, les cedo la pequeña, siempre que no repugne unir sus floridos años a la seca y utilitaria juventud del mayorazgo de Idiáquez.

Rabio de ganas de escribir a Fernando directamente diciéndole todo lo que se me ocurra, y firmando con mi nombre entero, según la usanza y fuero de mi mayorazgo, que me manda poner en primer término el apellido materno. Recibid el corazón y el alma de —*Pilar de Loaysa.*

## XXXI

De Valvanera a Pilar

*Villarcayo, agosto.*

Amada mía: La ansiedad que revelas en tu carta se me comunica, y no vivo hasta saber el término y solución de la gran crisis de tu destino. Bendigo a esos buenos señores, amigos fieles, Cortina y Salamanca, que te ayudan en tu magna empresa. Inspíreles Dios, y a ti te dé fortaleza y serenidad. No ceso de pedirte que encierres con cien llaves tu romanticismo, todo ese imaginar insano que debes a las lecturas continuas, al hábito de vivir dentro del misterio, a esa fatalidad de tener drama oculto, vida de novela por dentro. ¿Me explico? Aguardo impaciente la carta en que me digas el resultado de lo que llamas operación quirúrgica. Encomiéndate a Dios, que no dejará de mostrársete benigno, viendo atenuada tu enorme falta por el sentimiento purísimo que es consecuencia de ella. El pecado y la virtud ¡qué cosa más rara! se ven enlazados en la vida humana, y donde menos lo piensas encuentras un eslabón de oro entre los de hierro de tu cadena. Te reirás de las figuras que se me ocurren. Algo se me pega de tu florido ingenio.

Delicadísima es tu situación frente a Felipe, y todo el tacto que empleares para sortearla me parecerá poco. Considera, Pilar, que las espinas de su carácter están en la superficie; su corazón es bueno. Desgracia grande ha sido que no supiera conquistar el tuyo, aun después del tropiezo. Ya es tarde para la concordia. Si el cariño no puede existir, sálvense la estimación y el mutuo respeto. Te digo todo lo que se me ocurre, sin reparar en que mis exhortaciones lleguen tarde. Pongámonos en manos de Dios, que ha de resolver este magno problema. Él decidirá de tu vida futura, poniendo fin a tus sufrimientos, o dándote otros en vez de los actuales. Si así fuere, acéptalo con resignación recordando estas dulces palabras del Kempis: *Tanto se acerca el hombre a Dios, cuanto se desvía de todo consuelo terreno. Y tanto más alto sube hacia Dios, cuanto más bajo desciende en sí y se tiene por más vil.*

Quiero endulzar tus penas contándote cosas de acá, placenteras: teníamos a Fernando alicaído y triste; hoy está muy gozoso con la visita de su amigo don Pedro, que se nos entró por las puertas ayer tarde, sin previo aviso. Figúrate la alegría del pobre Telémaco. En el tiempo que aquí lleva, nunca le he visto tan animado, tan expansivo y bien dispuesto. Juan

Antonio y yo hemos recibido en palmitas al señor de Hillo y le agasajamos todo lo que se merece. En cuanto habla, se manifiesta el cariño que tiene a Fernando, y el afán de verle dichoso. Lástima que solo esté en nuestra compañía hasta mañana, pues tiene que partir para Vitoria, con no sé qué graves comisiones de su ministerio castrense. Creo que Fernando le acompañaría de buena gana; pero no nos resolvemos a concederle autorización para este viaje. Tanto él como nosotros nos hacemos cargo de que en estas difíciles circunstancias, y en la expectativa de la gran crisis tuya, no debe alejarse. Podría ser necesaria en un momento dado su presencia aquí, tal vez en Madrid. Dice don Pedro que volverá, y esto me alegra, porque su compañía, su afecto y su festivo temple son el mejor antídoto de las melancolías de nuestro amado caballero.

Y allá van otras noticias, que aunque parezcan extrañas a nuestro asunto, quizás tengan con éste indirecta relación. He recibido carta de mi padre, desde Albarracín, donde se hallaba muy obsequiado por los figurones de la facción. ¡Qué hombre, qué carácter flexible y ameno! No hay quien le iguale en el don de ganar amigos y de hacerse simpático a todo el mundo. Me dice que su salud es excelente; que tras las penalidades sufridas con cristiana conformidad, ha recobrado su vigor, el apetito de sus mejores tiempos, la fácil labia y el prurito social. No hay otro don Beltrán de Urdaneta. Es el prodigio de la Naturaleza y la unión del siglo pasado con el presente. Me dice que quieren agregarle a la expedición de don Carlos, el cual parece no ha de parar hasta Madrid. En la presunción de que mi padre recale por la Villa y Corte, y de que vaya a parar a tu casa, como otras veces, he pensado que no debes vacilar en informarle del asunto, ganando su voluntad antes que los Idiáquez. Creo que teniéndole preparado y conquistándole hábilmente, como tú sabrás hacerlo, le tendremos a nuestra absoluta devoción en el delicado negocio de La Guardia. ¿Estás enterada?

Ayer hemos expedido un propio para llevarle nuestra carta y el dinero que nos pide, necesario para que pueda incorporarse decorosamente a esa ambulante corte del llamado Rey, que quizás lo sea pronto de verdad, por convenio entre las dos ramas borbónicas. Le hablo de Fernando, a quien profesa paternal cariño, diciéndole que le albergo en mi casa desde principios de año, y añado algunas explicaciones de los motivos de este hospedaje, que entiendo han de ser para él una revelación. Le encargo que si a Madrid va, hable contigo de mi huésped, y con esto me parece que ayudo bastante a su penetración y agudeza. Estoy bien segura de que a un hombre como mi don Beltrán, de tanto conocimiento en cosas y aventuras pasadas, le bastarán las medias palabritas que le escribo para posesionarle de tu secreto. Cualquiera que sea el resultado de esta crisis, cree que el saberlo mi padre no puede ocasionarte ningún perjuicio, y sí ventajas grandes. Agasájale, sé sincera y cariñosa con él, y tendrás un excelente apoyo, un leal consejero y auxiliar.

Y punto final por hoy. Te anuncio el milagro de que mis cinco hijos están buenos, sin ninguna molestia ni alifafe. Dios me les guarde así mucho tiempo. Fernando se ocupa en reanudar los ensayos del *Sí*. En buen hora sea. Adiós, querida: que tu carta próxima me traiga felices nuevas, el término de tus afanes, el alivio de tu conciencia, y vea yo sobre tu cabeza la bendición divina y la piedad humana. Concluyo recomendándote que mires a Felipe con respeto y cariño. El amarle será para ti un inmenso consuelo. No te canso más. Tuya siempre — *Valvanera*.

## XXXII

De Pilar a Valvanera

*Septiembre.*

Amiga de mi alma: Pensaba escribirte hoy cosas gratas, y mi destino dispone que no lo sean. Sobre mí pesa sin duda una maldición. No creo en maldiciones: creo en castigos, y el mío es grande, más doloroso y largo de lo que a mi parecer me corresponde, sin duda por la magnitud de mis faltas. En los dos días que han pasado desde el memorable de la espantosa revelación, mi alma se consume en una ansiedad monótona y sin accidentes. Felipe no sale de su cuarto. La noticia de que está enfermo, a mis oídos llegada por referencias de servidores más o menos discretos, me causó ayer inquietud, hoy pena indecible. He llamado a Pantoja, el cual me asegura que el señor duque no padece más que una indisposición nerviosa. En distintos aposentos de una misma casa, mi marido y yo vivimos tan distantes como si fuéramos antípodas uno de otro. Esto es horrible, y de una tristeza que anonada. Hoy, por dos veces, no pudiendo refrenar mi ardiente afán de hablar con él, he salido de mi habitación con ánimo de entrar resueltamente en la suya. A la mitad del camino heme vuelto para mi hemisferio, temblando de pavor. Llegué a mi alcoba rendida y sin aliento, como quien ha corrido largo trecho por senderos pedregosos. Anoche pasé horas de terrible miedo, creyendo que a mi cuarto venía; sentía sus pasos, era él... Componía yo mi rostro, preparaba las frases compungidas que debía dirigirle al entrar... Pero no era, no: mi espíritu, no sé si deseándole o temiéndole, fingía la proximidad de su persona, sus pasos, su acento, su cara... Hoy puedo decirte que sin dejar de temerle, deseo ardientemente que venga y me diga lo que, según la gravedad del caso, debe decirme. Su silencio me duele tanto como mi culpa. Imagino en él padecimientos crueles, que agravan los míos. Por primera vez en mi vida, creo que siento con él, que su corazón y el mío laten a la par.

No puedo seguir. De estas cosas no hables nada a Fernando. Que sepa cuanto a mí se refiere; pero esto no, aunque seguramente lo comprendería. Dile tan solo que le amo mucho, y que Dios quiere sin duda que mi amor arda en nuevos crisoles para purificarse. Tarda en llegar el bien; aún está lejos la paz dulce y hermosa... No le hables de esto, no; que podría descorazonarse, como yo, y caer en hondísima tristeza. Basta con que sepa que vivo y viviré para él.

*Viernes por la noche.* Otros dos días han pasado, querida mía, en la misma lúgubre calma, sin que Felipe me vea, sin que pronuncie una palabra delante de mí. Ni me habla, ni me mira, ni me injuria, ni me mata, ni me perdona. Esto es horrible. El buen letrado me ha dicho que espere. Hoy no vino a verme, y su ausencia pone el remate a mi tribulación. Mañana rompo esta cárcel de silencio y soledad en que estoy metida: necesito una palabra de mi esposo, cualquiera que sea; necesito mi libertad, cueste lo que costare.

Dícenme que Felipe no está en cama; que no recibe ninguna visita, ni aun la del médico; que pasa los días sentado en un sillón, o paseándose en su cuarto; que no prueba la comida; que escribe cartas larguísimas y las rompe... No sé qué daría yo por saber si pregunta por mí. Recados suyos a mi calabozo no llegan. Yo repito los míos esperando respuestas que no vienen, que no quieren venir por mas que las llamo. Lo único que me dice Pantoja es que el señor asegura que no está enfermo, que apetece la soledad, que despide a sus servidores con expresiones de bondad flemática. Me asombra saber que no riñe, que no se impacienta por cualquier motivo baladí, que no alza la voz para dar sus órdenes; esto me inquieta más, porque un cambio tan radical en su carácter indica trastorno profundo. La magnitud de la impresión, la sorpresa y dolor han desquiciado su naturaleza, revolviéndola y agitándola desde lo más hondo a lo más superficial. Lo peor será que tras esta crisis venga una enfermedad grave, la muerte quizás. ¡Y ello sería por mi culpa! Amada mía, no le digas esto a Fernando: confidencias tan delicadas, tan íntimas, son exclusivamente para ti. Solo las mujeres entendemos esto.

*Sábado*. Llega Cortina y me dice que la situación moral de Felipe es la misma; que debemos esperar a que la benéfica acción del tiempo le restituya a su ser normal. Me recomienda, dando a entender que obra por inspiración propia, pasar unos días en la quinta de mi tía Consolación en Carabanchel. Al pronto, acepto con regocijo la idea que abre un paréntesis en mi ansiedad, y me saca de esta atmósfera de panteón o presidio; pero luego me nacen en el alma energías de protesta contra tal viaje, que se me figura una forma delicada de expulsión. Cierto que mi salud exige descanso, cambio de aires, y en ello insiste don Manuel, añadiendo que intentará convencer al duque de la conveniencia de buscar distracción y recreo en el campo. Es probable que pase un par de semanas en la Encomienda, y el mismo tiempo debo yo permanecer junto a mi tía. Accedo a todo: me invade la obediencia, sobreponiéndose a todas las fuerzas de mi espíritu. Me siento máquina...

Dentro de una hora saldré para Carabanchel, donde espero recobrar mis facultades dispersas. Aguardad un día, dos, y recibiréis la verdadera expresión personal de vuestra amantísima —*Pilar*.

## XXXIII

De la misma a la misma
*Carabanchel, septiembre*.

Aquí respiro, amada mía; todas mis penas conmigo me las traigo; pero las atenúa, las suaviza la libertad, el alejamiento de mi martirio. La tía Consolación es un calmante enérgico de mi estado espasmódico, por su bendita indiferencia de todos los asuntos que no sean sus devociones y la paz de su casa, por carecer en absoluto del defecto esencialmente femenino, la malditísima curiosidad. No he visto pasta de ángel como la suya. Si ello es un profundo egoísmo, celebremos la razón de la sinrazón que en determinadas circunstancias reviste los vicios de las apariencias de excelsas virtudes, ofreciéndonos los provechos de estos. A mi tía Consolación no le importa nada de nada: vive siempre en, por y alrededor de sí misma, contenta del medio social, como los pececitos que se hallan bien en su redoma de agua limpia; hablando mucho de las excelencias de la otra vida, y procurando por todos los medios permanecer en esta el mayor tiempo posible; rodeada de curas y de médicos, a quienes oye y atiende como a sibilas de la salud espiritual y física; disfrutando de sus riquezas con parsimonia y régimen intachables; practicando la caridad con medida; exacta en todo, fría en sus afectos, cuidadosa de sus pelucas y de sus huéspedes...

A propósito de huéspedes: ¿a quién creerás que me encuentro aquí? A nuestro don Juan Nicasio Gallego, que veranea en la quinta inmediata de Montecastro. Compite en corpulencia con mi tía Consolación, y la supera indudablemente en ingenio y en ese desahogo frailuno que nos hace tanta gracia. Su conversación me ha distraído un tanto de mis amarguras: ya me notarás semejante a mí misma, aunque todavía no puedo reconocerme *todo lo yo* que ordinariamente soy. Paso ratos agradables sentadita en el jardín en compañía de don Juan Nicasio, que se ha dignado recitarme, con la entonación y compás clásicos, su oda a *La influencia del entusiasmo en las bellas artes*, que yo no recordaba. Se muestra lastimado de que le excluyeran de la dirección de Estudios después de haber hecho el plan de enseñanza general. La jubilación le duele como un castigo injurioso, y habla pestes del régimen traído por la *sargentada*, y de la nueva Constitución, que, según él, dará óptimos frutos dentro de *quinientos años*... Si tuviera mi espíritu sereno, a Fernando escribiría yo de mil cosillas referentes a gentes de pluma, pues también andan por aquí Bretón y Gil y Zárate: Ventura Vega viene algunas tardes a la Quinta de Vistabella. Todos me visitan, y aunque procuro huir de la sociedad, no puedo eximirme. Me acosan, me asaltan, y he de oírles, por lo menos.

Diariamente recibo noticias de Felipe, que no ha ido a la Encomienda: continúa en nuestro palacio de Madrid, sin alteración en su tristeza y aislamiento. Las noticias de hoy me hacen recaer en el abismo de mis penas, y esta tarde no he querido recibir a nadie, ni al mismo Gallego, que vino acompañado de Eulalia Montecastro y de Pilar Selva Fría. La tía Consolación le les dio chocolate de Astorga, y don Juan Nicasio contó chascarrillos de confesiones de baturros. Desde mi cuarto, en el piso principal, oía la voz gruesa del clérigo y las francas risas de su auditorio.

*Hoy domingo.* Llegó don José Moya, el socio del librero Boix, y he hallado un consuelito a mi pena tratando con él de un envío de libros que pienso hacer a Fernando. No puedes figurarte cuánto he gozado viendo el catálogo de obras francesas, enterándome de los precios, y oyendo apreciaciones no muy autorizadas sobre el mérito literario de estos o los otros autores. Eligiendo y desechando libros he pasado un buen rato, figurándome que Fernando estaba presente y que aprobaba mi escrutinio, enteramente acorde con mi gusto. La caja contendrá la nueva edición del *Ossian* con grabados magníficos, y la última *Vida de Napoleón*, también con láminas muy hermosas. Por cierto que hay entre estas una de la cual no quiero hablar ahora; pero ya te diré algo en ocasión oportuna. Es muy triste, Valvanera mía... A su tiempo hablaremos... También le mando la traducción francesa del *Don Juan* y del *Giaour* de Byron, y la *Corina* de la señora Stäel. De latinos recibirá bastante historia: Tito Livio y Suetonio, que son muy buenos, y no lo afirmo porque yo los haya leído; de españoles van Solís y Masdeu, acompañados de Quintana. Las *Vidas* me gustan, aunque son un poquito pesadas; pero no hay que hacer caso de mi juicio. Y para colmar la caja he añadido todo el romanticismo que encuentro en los catálogos: dramas de acá y de allá, algunos que, sin leerlos, estimo de baja literatura, por un cierto tufillo que se desprende de sus cubiertas; otros medianos, friotes, con rimbombancia de frase y pobreza de ideas... Pero, en fin, allá va todo. Son juguetes que pronto estarán rotos en manos del niño. Este señor Moya me promete enviar la caja mañana mismo por un ordinario de confianza. ¡Si pudiera meterme en ella, como un mal drama, qué feliz sería yo! Mi felicidad me consolaría de la pena de ser drama malo.

*Martes.* Ayer me trajo Salamanca, que vino acompañado de un escribano y su acólito, un rimero de papeles que firmé. Esto y una carta de Cortina me aseguran que es un hecho la situación provisional de Fernando. Ya no puede decir nadie que solo tiene de caballero la figura, la ilustración y los modales.

Cuéntame qué impresión le causa esto; y si es grata, como supongo, me consolaré de no haberlo hecho antes. Pienso yo que las riquezas deben ser siempre para la juventud, bajo la tutela y dirección de los viejos. Lo que Fernando disfrute con la discreción y buena medida propias de su honrado carácter, será mi gloria, mi orgullo. Que tú y Maltrana le habléis de esto, demostrándole que le pertenece lo que hoy está en mis manos. Soy su arca, su hucha; no tiene que agradecerme nada, y yo mucho a él por poner en mí su confianza. Que me le aleccionéis bien, queridos Valvanera y Juan Antonio. Adiós por hoy.

*Viernes*. En los dos días que he pasado sin escribirte me han ocurrido cosas que no puedo contarte sin emoción muy viva. Aún me dura el grandísimo dolor que he sentido ayer; encontrarás mi carta como anegada en un mar de amarguras, turbio el estilo y sin ninguna gracia. Buscaré compensación en la claridad y el fiel traslado de los hechos, huyendo de las impresiones de romanticismo, que, a pesar mío, me asaltan el magín. Con un esfuerzo supremo de mi voluntad las echo de mí, presentándote en forma descarnada lo que he visto, y lo que he padecido al verlo... Pues desde el miércoles sentía yo una viva comezón de volverme a Madrid, de entrar en mi casa y adquirir por mí misma noción clara de lo que allí ocurre. Sospechando que me ocultan algo, que no es posible la continuidad de la monotonía fúnebre que dejé allí, ayer preparé con mi doncella una escapadita, que realizamos felizmente. No tuve dificultad para entrar en casa, no diré en secreto, porque esto era dificilísimo, pero sí precavida contra las indiscreciones de los criados que me vieron. No me dirigí a mi habitación, pues para esto habría tenido que atravesar los sitios *de más peligro*: metime en aquel cuarto oscuro ¿sabes? entre el billar y la sala de armas, y allí permanecimos Rafaela y yo muy agazapaditas, acechando una ocasión de aproximarme al encierro de Felipe, que es el gabinete de la esquina, entre su alcoba y el salón rojo. Caía la tarde. Pasó tiempo, y sobre la casa vino la oscuridad, entristeciendo todo y poniéndome a mí más triste que las mismas tinieblas. Ya era noche cerrada cuando el duque mandó que le llevasen luz. De puntillas acerqueme a la puerta de la habitación, que había quedado entornada al salir Mariano, después de preguntar este a su señor (así me lo figuré) si deseaba comer. Creí entender, adiviné más bien, que la respuesta había sido negativa, y lo confirmó el que pasara mucho tiempo sin que Mariano volviese con el servicio... Nadie me vio, ni yo pude tampoco ver a Felipe, sentado sin duda en el diván que hay en el mismo testero de la puerta. Esperaba yo que se paseara o que cambiara de asiento, poniéndose en el sillón de enfrente, debajo de la gran panoplia colgada entre el Ribera y el Juan de Juanes. No puedo decirte cuánto tiempo estuve en acecho sin oír ruido alguno. «¡Si yo me atreviera a entrar bruscamente! —pensé, fatigada del largo plantón—... Pero lo pensaba no más, hija, y la idea de hacerlo me estremecía. Cautelosa me retiraba ya, buscando las partes más oscuras del salón rojo, cuando le sentí ponerse en pie. ¡Ay, se paseaba!... ¡No, no: salía! Tuve tiempo de esconderme detrás del piano a punto que aparecía su figura en el cuadro de la puerta, iluminado por la lámpara del gabinete, y pasó, pasó muy cerca de mí, le vi perfectamente a la tenue claridad del salón. ¡Dios mío, qué impresión, qué inmensa pena! Aquel hombre no era Felipe, no era el esposo mío... O más bien era él mismo tal como pienso yo que será dentro de veinte años. ¿Pero han pasado veinte años sin que yo lo advierta?... ¿Estaré yo en ese grado de vejez? ¿La crisis que atravieso me hace avanzar de golpe casi un cuarto de siglo? Tanta era mi confusión como mi terror por lo que veía, y no daba crédito a mis ojos. La cabeza de Felipe, que apenas blanqueaba hace quince días, es ya enteramente blanca; su cuerpo, antes arrogante y derecho, se encorva hacia la tierra; su paso es vacilante; se agarra a las sillas que encuentra próximas. A la escasa luz, el rostro demacrado, cadavérico, me causó tan viva aflicción, que a punto estuve de perder el conocimiento. ¡Dios de mi vida, qué lastimosa ruina, qué desmoronamiento fugaz! Desapareció hacia la sala de armas; le seguí, apoyándome también en los muebles para no dar con mi cuerpo en tierra... Pasó por habitaciones oscuras, por habitaciones mal alumbradas. Iba hacia la mía, hacia donde yo vivo, donde duermo, donde sufro y medito y tramo mis combinaciones mentirosas. Allí está mi pensamiento, que permanece en aquel ambiente cuando yo salgo, y allá va Felipe a buscarme... No encuentra de mí más que una idea, y esto le basta. ¡Y yo tan cerca en cuerpo y alma, sin que él lo sospeche! ¡Pobre de mí! ¿Es tan grande mi culpa que merezco el suplicio de anoche? Sin ver a Felipe, porque la oscuridad me lo impedía, me lo figuraba postrado en mi sillón favorito, los codos en las rodillas, el rostro en las palmas de las manos, evocándome con su pensamiento, quizás para reñirme, para mortificarme, quizás para pronunciar palabras dulces de perdón. Hablaría con la idea de mí, reconstruyendo el pasado, nuestra larga vida matrimonial, y condoliéndose de que haya sido tan árida, tan triste... ¡Que no pudiéramos hacerla nueva, perdonándonos el uno al otro, desprendiéndose cada cual de sus asperezas!... Me faltó valor para esperarle y verle de nuevo a su regreso, que quizás sería muy tarde. ¡Sabe Dios el tiempo que durarán aquellos actos de contemplación o éxtasis!... Sentí vergüenza, y la conciencia de mi inferioridad ante aquel sentimiento intensísimo me precipitó en una fuga loca. Corrí en busca de Rafaela, y nos lanzamos fuera del palacio por la escalera de servicio, metiéndonos en el coche que nos aguardaba en la calle. Por primera vez en mi vida me he tenido por idiota: tal era la fuerza de mi estupor. Se me revelaba un mundo nuevo, ¡y cuándo, Dios mío! cuando apenas hay tiempo ya para poder apreciarlo y disfrutar de sus hermosuras. Felipe y yo hemos vivido sin duda en el seno sombrío de una fatal equivocación. ¡Tan cerca uno de otro, y no nos hemos conocido, no nos hemos visto, no sabíamos ni que existiéramos!

Al llegar a Carabanchel me arrojé en mi lecho sin querer ver a nadie, y lloré no sé cuánto tiempo lágrimas muy amargas. ¡Cuánto habría dado porque él las hubiera visto! Su figura claudicante, agobiada por el dolor, los blancos cabellos, el rostro extenuado, la respiración ansiosa, se representaban no solo ante mi imaginación, sino ante mis ojos. Toda la noche me tuvo la visión en un estado de angustia contemplativa, y aun hoy, en pleno día, no ha cesado de acosarme. ¿Será esto romanticismo? Solo sé que es verdad. Y la verdad romántica es la revolución desencadenada en nuestras almas, el pueblo que se encrespa, los tronos que caen, la pequeñez volviéndose grandeza... No sé lo que digo. Comienzo a desvariar, y suspendo mi escritura. Me tengo miedo.

Mis penas, en vez de disminuir, aumentan. Mi paz no aparece. ¿Volveré a Madrid? ¿Me arrojaré a los pies de Felipe? ¡Cuánto daría por tenerte a mi lado para que inmediatamente me respondieras a esta consulta! Yo me consulto, y no sé qué aconsejarme. Estoy loca. Solo sé sentir; pensar no puedo. Llamo a Cortina, que es mi pensamiento.

No puedo más. Cariños sin fin de vuestra —*Pilar*.

## XXXIV

De don Beltrán de Urdaneta a don Juan Antonio de Maltrana
*Herrera de los Navarros, 26 de agosto.*

Amado hijo: Gracias mil por la prontitud, en estos tiempos milagrosa, con que contestasteis a la que desde Albarracín escribí a Valvanera. Me han sido entregados por el primo de Pulpis los sacros dineros, que vienen a remediar las escaseces de este vetusto prócer, y a devolverle la perdida dignidad en presencia de los señores y príncipes en cuya compañía me encuentro. Si en todas las ocasiones la carencia del precioso metal ocasiona a los humanos infinidad de males, en este mi crítico estado la desdicha del no tener llega a proporciones increíbles, amados hijos míos. Sois mis ángeles consoladores, sois la alegría de mi ancianidad, pues a más de haber contribuido con los tacaños de Cintruénigo, en la parte correspondiente, al alivio del viejo loco, añadís por vuestra cuenta mayor y más generoso alivio. Dios os lo pague en salud de vuestros pequeñuelos, mis nietos adorados.

No es flojo gusto el que me da la carta que incluís de Fernandito Calpena, mi simpático amigo, de quien conservo tan grata memoria. El saber que lleva luengos meses en vuestra compañía me colma de gozo, y si no he podido descifrar aún la charada en que Valvanera, para ejercitar mi caletre, me da como una explicación enigmática de las causas de ese hospedaje, tengan por cierto que en cuanto a ello me ponga la descifraré, que bien sabéis que soy un águila para los acertijos. Ya escribiré despacio a mi amiguito cuando tenga algún descanso, que ahora me falta. Decidle que no olvide mi parábola del árbol, y que no desperdicie ninguna coyuntura que para llevarla a la realidad se le presente. Decidle, y sabed vosotros también, que esta situación favorable en que ahora me encuentro la debo al industrioso italiano con quien fue a Oñate, y que ahora se ha trabado conmigo en grande amistad. Nos encontramos cerca de Alcañiz, cuando yo, vencido de la pesadumbre de mis años, no menos que de las horribles hambres, fatigas y sustos que he padecido, intentaba salir de este peligroso terreno tomando a pie las vereditas de mi tierra, y me brindó con su apoyo, y sustentome con sus vituallas, y me fortaleció el espíritu con su donosa conversación, como el cuerpo con sus vinos; y habiéndole yo caído en gracia por mi entender social y político, como él a mí por su fino trato, intimamos y nos unimos en los alojamientos y en las caminatas, para las cuales hubo de franquearme un hermoso caballo, aunque no iguala, no, al que gané a Fernando. De esta amistad vino la del Infante don Sebastián, mandarín en jefe de estas tropas Reales (que así me veo forzado a llamarlas), el cual se ha dignado ver en mí no sé qué superioridad de maneras, de juicio y de conocimiento que me llena de confusión. En todo el tiempo que le deja libre el militar servicio, quiere tenerme a su lado. Nuestras pláticas, así literarias como políticas, no acaban nunca, y suelen ser de gran sustancia por mi experiencia del mundo y esta larga vida mía, que con la virtud de mi feliz memoria me ha hecho histórico archivo de cosas y hombres. Conozco a medio mundo; sé juzgar lo que he visto y describir con exactas líneas los caracteres en lo privado y en lo público.

De todo ello ha resultado que el Infante quiere llevarme en su Cuartel Real hasta Madrid, hacia donde marchan resueltamente. Parece que ahora va de veras, y que están las cosas bien amasadas para que la discordia de las dos ramas tenga un término dichoso, y se ataje este río de sangre que en todas las partes de la madre patria brota por las crueles heridas de la guerra. No puedo deciros más sobre este punto, sino que, habiendo recapacitado en la conveniencia de llevar a Madrid estos pobres huesos, acepto la invitación del excelso Infante, y mediante el beneplácito de su señor tío, a quien a boca llena llamamos Rey, me agrego a la Corte, y con ella voy, como el famoso loro, *a onde me leven*, siempre con el sano propósito de desviarme si el punto de parada definitiva no es la Villa del oso. En esta me aguardan innúmeros amigos, y algunos intereses desperdigados a los que no vendrá mal mi presencia para entrar en vereda. De Madrid, si llegan allá mis nobles pedazos, os escribiré.

En un lugar cercano, Villar de los Navarros, se dio ayer una batalla en la cual quedaron vencidos los que aquí llaman facciosos, mandados por Buerens. Perdieron mucha gente; corrió sin tasa la sangre. ¡Oh desdicha, oh tiempos! El brazo derecho y el brazo izquierdo de la Nación, contra el pecho de esta descargan a compás furibundos golpes. ¡Cuánto he visto, Dios mío, y cuántas abominaciones me permitirás ver todavía!

Vaya, no más. Mi bendición a todos, mis amantes besos a los niños, y a ese gallardo mancebo, el de la charada, un cariñoso abrazo de vuestro padre —*Beltrán.*

## XXXV

De D Beltrán de Urdaneta a Fernando Calpena

*Madrid, septiembre.*

Feliz mortal: Díceme una linda boca, a quien ni los años ni las penas han privado de su nativa gracia, que te recreas en los estudios históricos. Yo voy a contarte sucesos recientes, presenciados por mí, y que mañana, si hoy mismo no, han de entrar en los dominios de Clío; que no es bien que yo me muera sin transmitirte conocimientos que mi vejez ya no puede utilizar. Tú, joven inteligente y lleno de vida, archivarás este como otros sucesos que te he contado, para que los perpetúes si quieres, dedicándote a la enseñanza de gentes y a la extirpación de la ignorancia, el más grande mal que hay sobre la tierra.

Ya sabes que tu amigo Rapella, el siciliano astuto que anduvo en esos fregados de concertar las dos ramas borbónicas, obrando mancomunadamente con un francés que responde por Neuillet, y con otros pájaros que revolotean en la Corte trashumante, fue quien me puso en candelero entre la caterva militar y civil de don Carlos. A él debo los honores y atenciones que he merecido de don Sebastián; por él he llegado sano y salvo a Madrid, y esto bastará para que yo le esté muy agradecido los pocos años que me quedan. Débole asimismo algunas ideas referentes al embrollo que traía, las cuales, con el auxilio de mi natural perspicacia, me han servido para descubrir todo este pastelón que ofrezco a tu paladar de historiador curioso.

Y antes de continuar, doy gracias a Dios por verme libre de la pejiguera de llamar Rey a don Carlos, Reales a las tropas, y generalísimo al señor Infante, mi amigo. La justicia oblígame a declarar que debo también gratitud al titulado Rey, por haberme permitido agregarme a la expedición desde Albarracín hasta Arganda; algunas atenciones le merecí, pocas y frías, de esas que no llegan al corazón. Tuvo mi respeto, pero nada que a cariño se pareciese, y me atrevo a decir que la mayor parte de los que le siguen se hallan en la propia situación de ánimo. El hombre no sabe ser guerrero ni político, ni posee el arte de tratar a las personas cuyo concurso anhela. Distingue a los clérigos de los seglares; pero ni a estos ni a los otros sabe distinguirlos entre sí. Entiendo que me ha mirado con benevolencia desdeñosa, no considerándome *buena presa*, es decir, no creyéndome útil para su partido, por causa de mi decaimiento y pobreza, que han cuidado de revelarle los aragoneses que me conocen. En la misma moneda de compasivo respeto le he pagado yo. Declaro en conciencia, sin asomos de pasión, que la única vez que he tenido el gusto de escucharle, comiendo en la casa de los Muñoces, en Tarancón, oí de sus augustos labios soberanas vulgaridades. No tenía yo ideas muy optimistas de su inteligencia; mas aquel día formé opinión cabal y definitiva de los puntos que calza esta pobre Majestad, y no vacilo en afirmar que no calentará el Trono, si en él llega a sentarse.

Trataré de poner método en mi relato, Fernandito mío, para que te enteres bien. Lo primero que te digo es que no creas que esta carta es falsificada, como la que recibiste con la firma de un Miguel de los Santos Álvarez, y luego resultó escrita por blanca mano; que no fue mal bromazo el que te dieron. Esta es mía, obra de mi feliz memoria y de mi cacumen, sin que tenga con aquella otra semejanza que el ser también escrita para distraerte y aventar tus penas, de las cuales ¡ah! me río yo después de sabido lo que sé. Fernando de mi corazón, eres el niño mimado de la fortuna, y han sido tus amas de cría y tus niñeras todas las hadas de los cuentos infantiles. Entras en el mundo con pie derecho; tú lo tendrás todo: la Naturaleza te dotó generosamente, y las diosas y ninfas de la tierra te abren sus amantes brazos... Yo te bendigo, yo te auguro un esplendoroso porvenir, porque tú... Pero dejemos esto, y vuelvo a mi asunto.

Con el pegote de mi asendereada persona, salió la Real expedición de tierra de Teruel, pasando a la de Burgos, donde se nos unió Zaratiegui. Huyendo de la persecución de Espartero, nos volvimos hacia el Este, corriéndonos hacia Cuenca. No quiero hablarte de las batallas, más bien encuentros y escaramuzas, que he presenciado. Ellas son de una monotonía desesperante. No sé si a ti te pasará lo que a mí, que jamás he podido leer ningún libro que relate exclusivamente batallas y contradanzas de campeones. Y lo que no me gusta leer, no me agrada escribirlo. Te ahorro los malos ratos que he pasado yo, contemplando de cerca la estupidez de estas guerras. Es una demencia sin ningún brillo, y un pugilato salvaje con mecánica bravura y poco o ningún arte polémico. Compadezco al que tenga que escribir esta parte de la historia patria. Me figuro que andando el tiempo, si nos civilizamos, nadie leerá las páginas que de esto se emborronen, o más bien determinaremos que se envuelva el aciago período en una espesa capa de silencio, y las generaciones echarán capa sobre capa, hasta erigir en honor de la guerra civil, de sucesión o como quiera llamársela, el grandioso monumento del olvido.

Quedamos, pues, en que le escamoteo a la señora Clío las idas y venidas de estos llamados ejércitos, que más bien son bandas; la sorpresa de aquí, la derrota de más allá, el inmolar de prisioneros, las rápidas marchas y contramarchas. Si mal dirigido anda el brazo del Pretendiente, no lo está mejor el de acá. Uno y otro brazo no dan más que palos de ciego. Francamente, en la campaña contra la Expedición Real no he reconocido el militar arranque de mi amigo Baldomero. Es hombre de rasgos, de momentos, de inspiración; pero se las arregla mal sobre el mapa. Verdad que la desorganización del Gobierno es causa de que ninguno de nuestros generales tenga en su mano los elementos precisos para combatir con éxito. Córdova con su talento macho, Oraa con su pericia, Espartero con su bizarría, no han podido realizar más que hazañas aisladas: no vemos resultados de conjunto, y ello consiste en que no hay cabeza que administre y gobierne. Todo se vuelve aquí intrigas y discursos, miedos grandes de mujeres y ambiciones pequeñas de hombres. Falta un noble carácter de Rey, juicioso, valiente y honrado. Los liberales no tienen cabeza, y la de los facciosos es una cabeza de cartón. Te reirás de mi filosofía histórica; pero lo dicho dicho está, y pruébame tú lo contrario.

Desde la fácil victoria de Villar de los Navarros hasta que se nos unió Cabrera en Buenache de Alarcón, en mi memoria se marcan principalmente los días por los *Te Deum* que cantaban algunos pueblos al ver entrar al Rey, por las misas que este mandaba celebrar, por la continua matanza de prisioneros. Las fragosidades de Albarracín por la parte de Teruel y por la de Cuenca nos vieron correr de misa en misa, de ración en ración, de susto en susto. ¡Qué horribles pueblos! Me resisto a inscribir en las lápidas de la Historia los nombres de Villar del Humo, Trama Castilla, Calomarde, Salvacañete, Campillo de Alto Buey... No puedo asociar a tales nombres más que la miseria y la barbarie. La incorporación de Cabrera me fue muy grata, porque en él he visto siempre un caudillo de verdad, y en aquella ocasión hallé un amigo que me consideraba más de lo que yo merezco. Verías allí cómo todo se animó en el ejército Real, donde se codeaban los admiradores del tortosino con los envidiosos de su gloria. Con tal hombre en su mano, otro Rey habría intentado un golpe decisivo; pero aquel buen señor es incapaz de golpe alguno, como no sean los golpes de pecho. Ni sabe lo que posee, ni distingue los hombres extraordinarios por su mérito efectivo de los que lo parecen por su destreza en la lisonja. Les mide por la adhesión idolátrica que le manifiestan; ha venido haciendo el ídolo de pueblo en pueblo, fiado en que Madrid le tendría dispuesto el altarito.

En confianza te diré que tuve una conversación a solas con el *leopardo*, y las medias palabras que pronunció me revelaron su pensamiento, conforme con el mío, de que con este buen señor no se va a ninguna parte. Recelaba el fiero cabecilla que la aproximación a Madrid era un movimiento político antes que militar, y que corríamos a un desenlace de comedia de figurón. Preguntome si sabía yo algo de enjuagues proyectados: respondile que no, en lo cual me permití ser más diplomático que verdadero, pues así me lo exigía mi delicadeza. Lo que yo sabía, no podía decírselo a Cabrera ni a nadie, y si a ti te lo cuento ahora es porque el fracaso del laborioso arreglo me libra del compromiso de la discreción. Si aún conviene guardar el secreto en las conversaciones frívolas, no pequemos de remilgados frente a la Historia, y la Historia eres tú, el hombre del porvenir, ante quien este viejo del pasado vacía el saco de sus conocimientos.

Los personajes de mi comedia son la reina Doña María Cristina; su hermano el Rey de las Dos Sicilias; la Infanta Doña Luisa Carlota; Luis Felipe, rey de los Franceses; Don Carlos V, pretendiente al Trono de España; y por bajo de estas cabezas más o menos coronadas, y no muy provistas de seso, figuran embajadores y mensajeros con nombres efectivos o figurados: el príncipe de La Tour Maubourg, emisario del francés; el barón de Milanges, enviado del de Nápoles, y otros como tu amigo Rapella, de quien he sabido que anduvo en Francia ostentando un título de marqués. Figura también entre los actores el banquero Rostchild, que habla poco, pero con sustancia.

Los ministros de la reina, o no se han enterado, o hacen como que no se enteran; pero hay algún general y más de cuatro próceres que están en el secreto, aunque no dan la cara, por lo cual me abstengo de escribir sus nombres, que no conozco con absoluta certeza. No apunto más que lo que sé, y dejo dentro del saco las sospechas y presunciones.

*Sale* Cristina maldiciendo, en férvido monólogo, la llamada revolución de la Granja, que ha mancillado su Real dignidad. He aquí la Corona de España manoseada por cuatro sargentos, y la suprema autoridad traída y llevada del cuartel a la cámara regia. La reina no se cree tal reina, sino un juguetillo masónico, y la situación liberal nacida de aquella rebeldía grotesca, cáusale pavor y repugnancia. Desde su palacio ve a los liberales enjaretando con infantil candor una nueva Constitución, que se ve obligada a reconocer y jurar como el mejor de los entretenimientos posibles. Ha vuelto los ojos a los moderados, que no calman sus ansias, pues también se hallan dañados de liberalismo, y ve sombrío y dudoso el porvenir de sus tiernas niñas. Los remedios y soluciones que le propone su esposo morganático, don Fernando Muñoz, no tranquilizan su turbado ánimo, pues entre los moderados no se alcanzan a ver fuerzas y caracteres que repriman la patriotería, acabando al propio tiempo la lucha civil. *Sale* la Infanta Carlota, mujer de pesquis y entereza, y afirma que el mal grande, comprensivo de todos los males, es la guerra, y que mientras no se dispare el último tiro, ya sea con bala, ya con pólvora seca, no puede esperarse que las cosas de la Real familia vayan por el camino derecho. Retírase Muñoz por el foro, y las dos hermanas continúan hablando en italiano con familiar viveza, ambas avispadas, nerviosas. Sostiene Carlota que urge terminar la guerra como se pueda, sacrificando algo si es menester, no parándose en pelillos, pues no están los tiempos, ni las cosas de los tiempos, para escrúpulos y fililíes. Sálvese una parte, si no todo, de lo que se posee, y no se haga puntillo de honor de los llamados derechos, pues estos, en toda ocasión histórica, no son tales derechos si no les acompaña y robustece la fuerza. Donde no hay más que una fuerza limitada, intercadente, quebradiza, los derechos se debilitan y acaban por ser *torcidos*: nadie les hace caso. Llegan, por fin, las dos señoras italianas a la conclusión de que la realidad impone una franca inteligencia con don Carlos, el cual, a su vez, por no disponer tampoco de toda la fuerza que ha menester, no ha de llevar a punta de lanza la cuestión de derechos. Cediendo cada parte un poco de su divinidad legal, se celebrará un acto de concordia, quedando todos contentos y disfrutando por igual de sus provechosos puestos en las cabeceras de la mesa nacional.

*Salen* en esta parte de la escena multitud de partes de por medio, italianos y franceses, que llegan de Nápoles o reciben instrucciones para partir hacia allá. Cambia la escena. Aparece Fernando II, rey de las Dos Sicilias, trayendo a su lado por confidente a Rapella, y le dice que ha meditado en el caso gravísimo de la sucesión de España, sacando en limpio de sus cavilaciones que María Cristina es prisionera de la revolución y un instrumento de la anarquía española. Desea, pues, el Soberano de Parténope que su querida hermana se aleje del foco revolucionario, cortando relaciones con la caterva masónica que ha convertido el suelo ibérico en una morada infernal. Por usurpadora tiene la llamada *Causa de la angélica Isabel*, y reconoce y declara como legítimo sucesor de Fernando VII a don Carlos María Isidro, en quien ve el escudo de la fe y la salvaguardia de los buenos principios de gobierno. Acuerda, pues, proponer a su hermana Doña Cristina que busque medio de evadirse del cautiverio en que la tienen liberales y democratistas, trasladándose a un punto donde pueda reconocer la legitimidad de su egregio cuñado. Corren emisarios con estas determinaciones hacia el Cuartel Real de Guipúzcoa y hacia Madrid, los cuales regresan trayendo misivas en que se acepta el plan de reconocimiento de don Carlos como única Majestad Católica, a condición de que las hijas de Fernando VII obtengan la posición más próxima al Trono, y si es posible, en el borde del Trono mismo. Se propone un casamiento, y para la reina madre se piden preeminencias y jerarquía de Soberana exenta, sin que sea parte a menoscabar su dignidad el casamiento equívoco con don Fernando Muñoz.

De todo esto se trata por embajadas que van y vienen, hasta que *sale* Luis Felipe, también echando pestes contra la revolución y el jacobinismo, pues aunque él debe su Trono a un alzamiento popular, no fue éste denigrante y rastrero como nuestra sargentil algarada. Ha meditado en ello, acariciándose con la gruesa mano su cabezota en forma de pera, y saca de su magín la clara idea de que el decoro monárquico exige a la pobrecita reina Cristina burlar, con una bien dispuesta escapatoria, el cautiverio en que la tienen los masones y carbonarios disfrazados de hombres de gobierno. Da instrucciones a su embajador La Tour Maubourg para que no se separe de la reina de España, induciéndola a emprender con sus niñas el viaje de Madrid a Santander, donde embarcaría para Francia. No le parece bien al Rey de los franceses que nuestra Soberana ponga su realeza en manos de don Carlos. Opina que las paces deben hacerse en Francia, despacito, por medio de apoderados de una y otra rama, procurando conciliar los derechos de todos. En cuanto al proyectado casamiento de Isabel con el hijo de don Carlos, Luis Felipe no se halla plenamente convencido de su conveniencia bajo el punto de vista europeo. Quizás fuera más conforme con el interés general pensar en otros enlaces y combinaciones matrimoñescas; pero se abstiene por el momento de pronunciarse en tal sentido, y solo desea que, si Cristina rompe con los liberales, sea tratada por las tropas y agentes de don Carlos con todo el miramiento que por su rango merece, como viuda de un Rey y gobernadora del Reino, *quand meme*... Su matrimonio, que considera un grande error político y una increíble debilidad, no debe ser tenido en cuenta para lo que se determine respecto a la suerte de España. No se retira Luis Felipe de la escena sin informarse de la opinión de Metternich sobre los asuntos españoles, y de paso inquiere si Rostchild está dispuesto a prestar dinero a don Carlos en caso de que sea reconocido Rey efectivo por la madre de Isabel II. En brevísimas expresiones, apareciendo y ocultándose rápidamente, dice el señor Rostchild que, cuando se vea claro cómo termina el grave pleito entre la revolución y la Monarquía en España, verá si le conviene o no abrir su caja al Rey, reina o Dictador que flote en la riada. Cierto que la cara de la revolución le asusta a él, *Don Dinero*; pero la de Carlos V, que también trae mueca revolucionaria, y de las más feas, no es muy tranquilizadora. Sépase quién logra condensar una fuerza eficaz, potente. Ese tendrá el dinero a espuertas, por la sencilla razón de que las fuerzas efectivas se juntan naturalmente, por ley de atracción... ¿Sabes, Fernandito de mi alma, que este hombre es muy práctico y discurre con admirable sentido? Siempre lo dije: cuanto más rico es un hombre, mejor razona y sentencia. El sofisma, la falsa dialéctica, la palabrería ociosa, insustancial, ¿qué son más que el natural producto de la pobreza? Cuando veas que se pierde en el mundo la razón, no la busques en la guarida polvorienta del filósofo: búscala en la tienda del guerrero, dominador de pueblos, o en el palacio del allegador de caudales.

Y perdóname, Fernando amigo, que emplee un estilo que calificarás de zumbón, y formas de planear comedias, en este histórico relato. Pesimista quizás, convienes conmigo en que no merece el asunto mejor empaque y vestidura; quizás compasivo con la ancianidad, le permites imitar en sus manifestaciones la ligereza de la infancia. De estos dos criterios estimo por más justo el primero, pues aunque muy entrado en años, tu amigo don Beltrán no chochea todavía. Como viejo, he juzgado con tonos de broma la intriga, induciéndome a ello lo cómico del desenlace. Estas combinaciones de príncipes para transigir sus discordias, o repartirse el goce de sus derechos, resultan serias o festivas según el término que les dan sus autores. Rematada felizmente conforme a programa la tramoya, que llamaré napolitana por darle algún nombre, habría merecido los honores de una narración grave; concluida por un fracaso, entra en los dominios sainetescos.

Y aquí he de tomarme un respiro, pues, aunque me encanta platicar con los jóvenes y contarles cositas que ellos, pobres inexpertos, no han visto, cree que me canso de este largo escribir. Suspendo por hoy, prometiéndote continuar mañana mi epístola. Mi bendición te mando, y con ella votos sinceros por tu felicidad, la cual quiero que sea tan grande como tú te mereces. Me incita al descanso una gentil persona que se ha empeñado en tenerme de huésped, y en ello he consentido, gozoso del honor que me hace y de su dulce compañía. Encárgame que te exprese los afectos de su corazón. ¡Cuán fácilmente pago su hospitalidad! ¡Si la hubieses visto llorar cuando le dije que yo te amo también, que desde que te conocí te hice un hueco en mi corazón...! En fin, no sigo. Repito que eres el hombre de la suerte, y que me convido a tus bodas, resuelto a ser padrino si queréis, aunque ruja Cintruénigo. Te abraza tu veterano amigo —B. De U.

## XXXVI

Del mismo al mismo
*Madrid, septiembre.*
Aquí me tienes otra vez, Fernandito mío, pluma en mano, dispuesto a concluir mi cuento, que no lo es, aunque lo parezca. Sabrás que la marcha

desde Buenache de Alarcón a la villa de Arganda fue alegre y al modo triunfal, pues no he visto pueblos más regocijados con la presencia del Rey, ni campanas más vocingleras en el repicar. Arcos de ramaje vi en algunos puntos; en otros hubo toros, cañas y berridos de entusiasmo. Como toda esta región central es la menos castigada por la guerra y están los pueblos vírgenes de exacciones, encontramos abundantes víveres, con lo cual remediaron su hambre atrasada los expedicionarios y el sinnúmero de clérigos y covachuelistas que siguen al Rey. Tal séquito era una horrorosa carga que estorbaba las marchas y ofrecía dificultades mil para los alojamientos. Venía toda la administración de Don Carlos, sus Juntas y Consejos, un verdadero ejército de caracoles o tortugas, con la casa a cuestas, es decir, con todo el papelorio de las oficinas. Entre la turbamulta de parásitos había cundido la idea de que entrarían en Madrid sin disparar un tiro, por estar el pastel bien amasado y dispuesto para comerlo por mitad. Lo creían como el Evangelio, y no anhelaban más que llegar a la Villa y Corte para ocupar cada cual su blando puesto en las Secretarías y Ministerios, o en la Intendencia palatina.

De este optimismo participaba el Rey, a quien los italianos que le rodeaban habían hecho creer que entraría pacíficamente, acatado por tropa y pueblo, dirigiéndose a Palacio, donde reunida toda la Real familia, se daría solemne sanción legal al concierto dinástico. Mal defendido Madrid por escasa guarnición y por la Milicia Nacional, no había que temer seria resistencia, en caso de que el masonismo la intentara. Se contaba con la connivencia de varios generales, incondicionalmente afectos a palacio. Otros habían recibido instrucciones para hacerse los desentendidos. En las líneas del Este y del Sur, Puertas de Atocha y de Toledo, mandaban jefes *de confianza*. No había, pues, nada que temer. Madrid era del Rey, y Madrid es la llave de España y sus Indias. Con tales ideas, los últimos días de marcha fueron alegres, sin que turbaran el contento batallas ni ningún militar compromiso. Pasado el Júcar, más acá de Alarcón, entramos en un camino triunfal. No me acuerdo del lugar donde salió a recibir al Rey el escuadrón de Terpsícore, un grupo de muchachas muy lindas, con panderetas y canastillas de flores, bailando y cantando. Las coplas no eran de lo más clásico; pero resultaba un bonito efecto. El comistraje ofrecido al Rey no fue malo, según dicen, pues yo no lo caté. En Tarancón alojaron a S. M. C. En la propia vivienda del padre de don Fernando Muñoz, donde no halló desahogo de aposentos ni un trato muy fino, y mi humilde persona se arregló con Cabrera en casa de unos hidalgos labradores, que nos trataron guapamente. La recua clerical y covachuela lo pasó tal cual ese día, pues no hubo para ella buen acomodo, quedándose algunos en cuadras pestíferas y en bodegas oscuras. Pero no faltó vino para todo el parasitismo, con lo que los duelos fueron menos y el quebranto tolerable. En Fuentidueña salió el clero con palio, el Ayuntamiento con estandarte, y la Sacra Majestad se dirigió solemnemente a la iglesia, donde la obsequiaron con religiosos cánticos. Igual demostración de gratitud al Omnipotente tuvimos en Villarejo de Salvanés, con merienda suntuosa y pellejos de vino a discreción. La alegría de la *ojalata* llegó a manifestarse con estruendo impropio de gente tan sesuda y de la gravedad de un Monarca que hacía su regio papel imitando a los ídolos. Llegamos por fin a la villa de Arganda, famosa hasta hoy por sus caldos, y que lo será en lo sucesivo por la solemnidad del *Te Deum* que nos endilgó con desusada fiesta de pólvora, colgaduras y demás manifestaciones de pública inocencia. Divisadas desde allí las torres y chapiteles de la metrópoli de las Españas, prorrumpieron tropas y clérigos en alaridos de monárquico frenesí. ¡Cuán cerca estaba el triunfo! Un día no más les separaba del descanso. Concluiría la guerra; se inauguraría el reinado de la justicia y la legitimidad, quedando encadenada para siempre la infame hidra de la revolución.

El impetuoso Cabrera se aproximó el 12 a Vallecas, tiroteándose con unos desdichados milicianos que salieron por la Puerta de Atocha. Ello fue poca cosa, más bien nada. Al mediodía recalaron en el Real alojamiento de Arganda tres pajarracos de la Junta carlista de Madrid. Dijéronme, pues yo no veo bien, que no traían caras de Pascua, sino de tristeza y desaliento. Por la tarde, aun con mi corta vista, pude apreciar la consternación que se pintaba en los rostros de los expedicionarios del brazo eclesiástico, así como del militar y civil; y lo apagado y cavernoso de sus voces, oyéndoles cuchichear, me demostró que las risueñas ilusiones de aquellos infelices eran juguete del viento. En la bodega donde Rapella y otro italiano y dos franceses se alojaban, supe que la reina Cristina *se había vuelto atrás*. No había nada de lo dicho, y lo convenido y tratado entre las dos ramas enemigas no debía mirarse más que como una broma.

Creí yo que este no era el desenlace, pues don Carlos tenía bastante fuerza para demostrar que con él no se juega. Esperábamos todos que al día siguiente 13 se daría un ataque formal a la coronada Villa. Cabrera no deseaba otra cosa: quería ser el primero en asaltar la guarida de la revolución y el masonismo. Mal guarnecida la Corte, el Pretendiente tenía frente a sí la ocasión suprema, la hora crítica de su destino. Se jugaba la Corona, eso sí; mas no le faltaban probabilidades de ganarla, y ganarla en tal momento era ser Rey de carne y hueso, no de cartón. Cualquier hombre de juicio claro y de corazón grande no habría vacilado en acometer la empresa, arriesgando el todo por el todo. El sino de don Carlos María Isidro era no hacer nada a tiempo, y ver silencioso y lelo el paso de las ocasiones.

A eso de las diez se nos dijo que S. M., celebrado Consejo, había decidido retirarse. Saldría la expedición a las dos de la madrugada en dirección de Alcalá. ¡Oh desencanto, oh infinita tristeza! Vi movimientos de desesperación, manos que iracundas asían mechones de cabellos, resoplidos de angustia y rabia. ¡Vaya, que tocar a Madrid con las puntas de los dedos, y no agarrarlo! A Cabrera no le vi. Supe que trinaba; que el matiz de su cara era verde; que sus ojos echaban fuego; que rechinaba los dientes. Dicen que dijo: *Mentras este abad de Poblet nos mani, no farem cosa bona*. Por mi parte, no pensé más que en preparar también mi retirada, o sea mi separación de la Causa, lo que no me fue difícil, ocultándome, de acuerdo con don Aníbal, en la bodega de mi alojamiento. Al rayar la aurora del 13, cuando ya no se veían ni rastros de carlistas en las inmediaciones de Arganda, agregueme a unos trajinantes que venían a Madrid, y oprimiendo los lomos de una poderosa mula, hice mi entrada triunfal por la Puerta de Atocha, sin que salieran a recibirme muchachas con panderetas, ni el fastuoso clero con alzada cruz. Una corazonada felicísima, que más bien me ha parecido después secretico del Espíritu santo, me llevó a pedir hospitalidad a cierto palacio tan viejo como suntuoso, que extiende sus amenos jardines no lejos de las Vistillas y de Nuestra Señora de la Almudena. Y vieras tú cómo allí me recibieron con palio, y me cantó el *Te Deum* una dulcísima y fiel amiga, a quien he diputado siempre como la hembra de más sutil ingenio que mecieron doradas cunas. Gala es de ambas aristocracias, castellana y aragonesa, y digna de que se estampe con letras de oro en el libro de la fama su bonito nombre: Pilar de

Loaysa, por nacimiento condesa de Arista, amén de otros sonoros títulos; por enlace, condesa-Duquesa de Cardeña y Ruy-Díaz. En su corona se juntan los ilustres timbres de los Bustos de Lara y de los Idiáquez y Loaysa... Mas tantas preeminencias históricas no igualan a la grandeza de su talento, a la supina aristocracia de su amabilidad y cortesanía. Hame recibido como a un rey, agasajándome y proveyéndome de cuanto necesitaba mi caduca salud. Hemos hablado largamente a solas, querido Fernando, concluyendo por ponernos los dos muy alegres, y con esto te digo más que si te escribiera seis pliegos.

Se me olvidaba una cosa: Pilar y yo tenemos parentesco, no muy lejano, por los Sobremontes, por los Pignatellis y Javierres, y otras ramas que se cruzan e injertan en nuestros respectivos árboles nobiliarios. Pero esto ni quita ni pone. Lo importante es que te estimé cuando te conocí, y ahora te conceptúo el primero de mis amiguitos, hallándome dispuesto a guiar tus pasos en la vida social con mis consejos, con la inagotable ciencia que me han dado mis años y el continuo vivir entre gente de viso... Pronto hemos de vernos, pues en cuanto yo dé a mi pobre osamenta algún reposo, y me recobre del quebranto de estos siete meses de increíbles aventuras, tomaré el caminito de Mena, y juntos en esa dulce casa, en compañía de mis hijos y nietos, os contaré los lances, ora trágicos, ora festivos, interesantísimos todos, de mi larga permanencia en el campo de la facción. Sucesos oiréis que os pondrán los pelos de punta, otros que os moverán a risa, y algunos que debieran perpetuarse en letras para enseñanza de las generaciones futuras. Y entreverando mis historias de viejo con la tuya juvenil, te diré cosas que han de serte de gran provecho en la brillante vida que te aguarda.

Y ahora solo me falta rematar el cuento pasado con la explicación del por qué y cómo de haber Doña Cristina dado al Pretendiente el solemnísimo chasco de Arganda. No acertaba ya con la clave de este político enigma, ni pudo mi mente salir de confusiones, hasta que Pilar de Loaysa me refirió lo que te transmito, sintiendo que al pasar de sus labios a mi pluma no conserve el encanto y la gracia que ella sabe dar a cuanto dice. Fue que a mediados de agosto se sublevaron los oficiales del ejército de Espartero, acantonado en Pozuelo, Aravaca y El Pardo, pidiendo la caída del Ministerio Calatrava, el cambio de Gobierno y de política, o sea la anulación de todo lo creado en la trifulca de La Granja por los atrevidos sargentos Gómez y García. Acudió a sofocar el movimiento el conde de Luchana, asistido de sus buenos amigos Seoane y Van-Halen, y de primera intención fueron separados del servicio los oficiales revoltosos, y ascendidos los sargentos para cubrir las vacantes. Pero como el nubarrón venía de lo alto, sin más objeto que destruir todo lo hecho desde la infausta noche de San Ildefonso, y volver las cosas al estado que tenían antes de aquel suceso, intervinieron voluntades palatinas para que los oficiales fueran reintegrados en sus empleos y honores. Armose tumulto en las Cortes; tu amigo Mendizábal señaló al propio Baldomero como autor de este inesperado cisco; defendiole Seoane; los ministros increparon el pronunciamiento, invocando las sacras libertades, la disciplina y demás cosas bellas que nadie ha sabido respetar, y al fin resultó lo que se deseaba, que era el *menoscabo y vuelco* de la situación liberal y masonil. Los oficialitos, en suma, han quedado triunfantes, y se vanaglorian de haber destruido la obra de sus subordinados, el audaz Alejandro y el astuto Higinio. La buena lógica pide que la revolución de sargentos sea enmendada por oficiales, y la de estos por generales, hasta que las hagan los mismísimos Reyes, sublevándose contra su propia majestad y prerrogativas. Henos aquí, mi buen Fernando, en presencia del fenómeno histórico que singulariza a la España de nuestros días; y perdona que tome este tonillo cargante y este amanerado estilo de discurso para señalarte el dicho fenómeno. Tantas frases sonoras y campanudas se me ocurren para maldecir esta endiablada máquina de las sublevaciones militares, que prefiero no transcribir ninguna, seguro de que otras voces y plumas lo expresarán más campanuda y gravemente que yo en el curso infinito de nuestras políticas trapisondas. Es un hecho, es un vicio de la sangre, del cual participamos todos, y con él hemos de vivir hasta que Dios quiera curarnos. Yo no he de verlo, y se me figura que tú tampoco lo verás.

Dicho esto, voy a la miga del cuento, y aquí recobro mis mañas de vejete maleante, diciéndote que *salen* Doña María Cristina y Doña Luisa Carlota batiendo palmas de gozo. Dan por fenecido el vergonzoso estado político que instituyeron con brutal grosería Higinio y Alejandro. El liberalismo y las logias cayeron. Su Majestad y Alteza han convencido a Espartero de que se deje nombrar presidente del Consejo de ministros, poniéndole de compinches al indispensable don Pío Pita Pizarro, a Bardají, Vadillo, Salvato y general San Miguel. El aura popular del de Luchana, su autoridad ante el ejército, y el grande amor que le tienen jefes y tropa, devuelven a la reina la confianza perdida desde la sargentada. Ya no cree su Causa en peligro, ya respira, se crece, se sacude el miedo; ya se atreve a mirar cara a cara al *obcecado* Pretendiente. Y restablecidas en su travieso carácter ambas hermanas, dan por nulos y sin ningún valor los tratos para reconciliar los dos brazos de la familia, y adiós soberanía de don Carlos, adiós casamiento, adiós ilusiones del absolutismo, adiós paz del Reino... Sabedoras las napolitanas de que el figurón anda con sus tropas por Vallecas, desde palacio dirigen hacia allá sonrisas de burla y desdén, y una de ellas da a San Miguel la orden de que sea trasladado al centro el general que mandaba en las líneas de Atocha, pretextando que, por tenerle en gran aprecio, se le quería apartar del punto de más peligro. El tal (me callo su nombre) estaba en el ajo: su misión, de prevalecer el convenio, era franquear la entrada a la facción, y su recompensa, ser nombrado ministro de la Guerra por el Rey absolutísimo.

Se me ocurre presentarte aquí un lindo ejemplar de sombras chinescas. Imaginemos, caro Fernando, un blanco muro, que es el fondo de la Historia patria. Sobre él aparecen dos lindos bustos negros. En las graciosas cabezas, de perfil, reconoces al punto a las dos napolitanas, señalándose por más bello y picante el contorno de la reina, colocado delante del de su hermana. Ambas aplican el dedo pulgar a la punta de la nariz, extendiendo la mano y dando a los otros dedos un temblorcito gracioso. Vuélvense las caras y manos hacia la parte aquella de Abroñigal, donde se supone que está el Pretendiente recomendando a los suyos la confianza absoluta en la protección de la Santísima Virgen de los Dolores.

De fijo llevarás a mal que trate yo una grave cuestión histórica por arte bufonesca. Pero, hijo, considera que los años me hacen infantil: quiero ser serio, y no lo consigo. Mi experiencia, madre de mi descreimiento en estas materias, es abuela de mi humor festivo. Añade a esto que el descanso, la paz y las comodidades que disfruto en este palacio, después de tantas desdichas, despiertan en mí una alegría retozona. Te presento el lado gracioso de esta Real intriga, porque es el que más a mis ojos se destaca. Tú, niño ilustrado, a quien las probabilidades de tomar un buen papel en la política imponen la seriedad, podrás darle la vuelta (todas las cosas tienen dos caras) y presentarlo por el lado grave, para gobierno y enseñanza de esta generación más estudiosa en los libros que en los hechos. Por mi edad y mi ciencia del mundo, estoy autorizado a ser extravagante, a tener *cosas*, a reírme de lo que vosotros miráis con ojos de carnero y expresáis con retóricas almidonadas. Mi relato histórico pecará de burlesco... A mi modo, soy también romántico, de la cepa maleante. El romanticismo es la juventud y también la vejez. El mundo antiguo y el presente en él se enlazan. Por un lado llora, por otro ríe. Risa y llanto constituyen la vida, y yo no estoy ahora en disposición de llorar. En todo caso, imagínate que me he muerto ya, y que tienes delante de ti, contándote historias verídicas, no a un hombre, sino a un esqueleto. Mi calavera, asaz expresiva en sus ojos huecos y en su rasgada boca, te cuenta con gracejo lúgubre los errores de nuestros primates y el inocente abandono de nuestro pueblo.

Y sigo. El pobre don Carlos es víctima de su ineptitud. Las traviesas napolitanas, que iban de capa caída, llevan ahora la mejor parte. Han derribado a Calatrava y su partido inepto, que no gobierna ni administra; se han congraciado con Luis Felipe, que juega con dos cartas, halagando por un lado al *absoluto*, por otro a la reina, y solicita de esta que sofoque el incendio revolucionario y masónico; se han agarrado al brazo fuerte de Espartero; han dado a la oficialidad el gusto de anular la obra de los sargentos. Pondrán freno a la libertad de imprenta, convertirán en un papel mojado la reciente Constitución, y este no es más que el primer paso para ir a un régimen de fuerza y autoridad. ¿Qué sucederá después? Si quieres que sea también profeta, te diré que seguirá funcionando la máquina de los pronunciamientos; que no habrá revoluciones temibles, porque el pueblo es un buenazo, a quien se engaña con colorines y palabras vacías; que tendremos disturbios, cambiazos y trapisondas, todo sin grandeza, pues no hay elementos de grandeza, y las ambiciones son de corto vuelo. Redúcense a obtener el mando, y a que los triunfadores imiten a los vencidos en sus desaciertos y mezquindades. No late en la raza la ambición suprema de un Cromwell o un Napoleón. Todo es rivalidad de comadres y envidias de caciques. ¿Qué, te ríes? Pues tú lo verás, tú, que has de ser actor en esta comedia, y te contentarás con hacer tu papelito modesta y gravemente, creyendo que haces algo. Cuando llegues al término de la vida, nuestras dos calaveras tendrán un careo gracioso en las honduras de la tierra... y nos reiremos.

Entre tanto, vive y goza. Es preciso que lo que ha padecido por ti esta noble dama, mi excelsa castellana, se trueque ahora en goces de los dos, en alegrías y confortamientos recíprocos. Hora es ya de que ella te tenga, y de que tú le entregues tu corazón y tu voluntad. Lo dicho: me iré pronto allá, llevándote mi sabrosa compañía, mi conversación amena, mis consejos sapientísimos, mis reglas de vida. Te anticipo la severa amonestación de abordar sin recelo tu enlace con la niña de Castro. No hagas tonterías, Fernando; déjate de melindres y repulgos, que no servirían más que para dar la victoria a *Doña Urraca*. Esto me produciría la muerte instantánea, del berrinche tan grande que cogería. De modo que si no lo haces por ti mismo, hazlo por tu madre, que te adora, y por mí, que te bendigo. Apresuraré mi viaje todo lo que pueda, pues para esos arreglos me pinto solo, y de concierto el señor Hillo y yo, abordaremos al buen Navarridas; y a Doña María Tirgo, si no se pone de nuestra parte, la encerraremos en un armario de la sacristía, y todo quedará solventado en horas veinticuatro. Hazme el favor de anticipar a mis hijos los tiernos abrazos, y a mis nietos los besos, que pronto les dará el antes desgraciado y ahora feliz viejo —*Beltrán de Urdaneta.*

## XXXVII

De Pilar a Valvanera

*Madrid, septiembre.*

Dame mil abrazos y besos, mi amiga del alma, y recibe con mis ternuras la feliz noticia de que mi problema está resuelto. Felipe me perdona, y consiente en facilitar todos los arbitrios legales que proponga Cortina para transmitir a Femando una parte de mis bienes, por donación *inter vivos*, por... En fin, no sé cómo, pero ello será. Felipe decreta mi libertad, permitiéndome que dentro de algún tiempo, previas las gradaciones y habilidades convenientes, viva con Fernando fuera de Madrid. ¡Ay, qué felicidad, qué descanso tan dulce al término de este fatigoso viaje de mi vida!

Has de saber ante todo que Felipe ha mostrado una grandeza de alma que nunca creí pudiera existir en él. ¡Vaya, que preciarme de tan lista, serlo efectivamente, haber cultivado en secreto las dotes de mi inteligencia, la observación y estudio de caracteres, y no haber comprendido la grandeza de este hombre! Pero no es culpa mía que dicha virtud no se haya revelado hasta que se planteó la magna crisis. Las almas desvirtuadas por el artificio social no se descubren en su íntimo ser sino cuando las agitan graves problemas emanados de la Naturaleza. Sin las sacudidas del cataclismo, no es fácil que se descuajen los caracteres de formación apelmazada y dura. ¡Cómo nos eternizamos en nuestros errores, mayormente cuando no seguimos el camino de la verdad y vivimos en un mundo de mentiras y disimulo! Comprenderás que mi dolor ha sido inmenso al ver el de Felipe en los primeros días, y después su resignación y calma sublimes. Todo lo he visto de lejos y en acecho, querida mía, pues desde la operación quirúrgica no ha mediado una sola palabra entre él y yo. Quebrantada su salud gravemente; envejecido en pocos días, cual si sobre su cabeza recayera en un día el peso de quince años, su primo San Quintín le catequizó para llevársele a la Encomienda, y allí está. Yo me vine de Carabanchel al día siguiente de su partida, y dos después se me presentó aquí tu padre, a quien recibí como puedes suponer, no vacilando en seguir tu consejo de informarle de todo. Me ha dado ánimos, y asegura batiendo palmas que me prestará su eficaz ayuda con alma y vida. ¡Pobre don Beltrán! Viene cansado, muy mal de la vista; pero con el espíritu más despierto que nunca, el corazón henchido de benevolencia, y en todo el esplendor de su ingenio chispeante, peregrino. En cuanto se reponga, te le mando allá.

Volviendo a Felipe, te diré que su profundo abatimiento, su inmensa turbación con formas de cristiana humildad, me han trastornado a mí de un modo que no puedo expresar. Cree que a esto debo los días más tristes y angustiosos que he pasado en mi vida. Lo que me atormentó mi conciencia culpándome de tan terribles males, no es fácil decirlo con palabras. Me creía mujer perversa, indigna de perdón, justamente condenada a crueles martirios en esta vida y en la otra. Por fin, mi alma ha recibido consuelo; me lo trajo el buen Cortina, que vino ayer de la Encomienda con la definitiva sentencia del dueño de mi destino.

Felipe me perdona, deplorando que en tantos años haya escondido este terrible secreto por miedo a sus rigores. Sin dejar de comprender cuán difícil era mi revelación, siente que yo, con mi silencio, haya malogrado toda nuestra vida matrimonial, poniendo entre los dos el espesor y frialdad de una muralla de recelo, y confinándonos una y otro en triste soledad.

Tratándose de un hecho irremediable, y sin atenuar mi enorme falta, no hay más remedio que bajar ante él la cabeza, pues nada se adelanta con las soluciones violentas y trágicas a nuestra edad, que ya reclama sosiego y volver los ojos a mejor vida. Él no aspira más que a una vejez oscura, preparándose a un buen morir. Desea que yo procure ponerme en paz con Dios, limpiar mi conciencia, y no traer más desventuras sobre las que ya deploramos.

Autoriza cuanto Cortina crea pertinente para los fines que anhelo y cuya justicia reconoce, y al concederme la libertad me impone la obligación de seguir residiendo en nuestro palacio de Madrid, hasta la fecha que él determine, a fin de evitar en lo posible los inconvenientes de una separación brusca y escandalosa.

Aunque espera que al fin se extinguirá en su alma el resentimiento, por hoy rechaza toda reconciliación formal, y proscribe las escenas de abrazos, lágrimas, protestas y demás manifestaciones de un gusto teatral. En un largo plazo, que él fijará, no nos veremos ¡ay! Felipe y yo. Seguirá en la Encomienda hasta muy entrado el invierno. Accede a la proposición que le han hecho de enajenar el palacio en la primavera próxima para demolerlo y construir en él casas de vecindad. Cuando vuelva a Madrid, habitará en un palacito moderno que le proporcionará Salamanca, y yo donde quiera. Prefiere que me establezca lejos de Madrid.

¿Qué te parece, querida mía? Las papeletas de que te hablé perecieron todas en este terremoto seguido de incendio, y en su lugar veo surgir el espíritu de un grande hombre, de un santo más bien. No solo me inspira ya veneración, sino un amor puro y acendrado. Mi mayor gloria sería infundir en el alma de Fernando este nuevo cariño... Pero el duque y Fernando no se verán nunca. En su santidad, ahora descubierta, conserva Felipe el tesón y la intransigencia de raza.

Explicado lo más esencial, y sin perjuicio de contarte más cosas, vamos a lo nuestro. Ya estará Fernando enterado de lo que más directamente le interesa, pues Juan Antonio, al darle cuenta de la donación, le habrá informado de los motivos de hacerla en esta forma, la única posible. Escribo también a Hillo, para que regrese a Villarcayo, y entre todos incitéis al caballero a pedir la mano de Demetria. Si estimáis más pertinente y delicado preparar antes el terreno, partiendo Fernando a Vitoria y La Guardia, como un hábil medio de reanudar amistad con las niñas, no me opongo: al contrario, me parece muy bien. Luego se unirá tu padre a la conjuración, y él se encarga de poner en conocimiento de los Navarridas quién es Fernando, y los bienes que posee y poseerá. No creo que surjan escrúpulos por parte del buen párroco y su señora hermana. Y en último caso, la *divina Palas* es quien ha de decidirlo. Cuento con la vehemencia de su afición y la firmeza de su carácter. Tenedme al corriente de lo que resolváis. Allá se va toda el alma de vuestra amantísima —*Pilar*.

## XXXVIII

De Fernando Calpena a Pilar de Loaysa

*Villarcayo, octubre.*

Amada madre mía: La mejor satisfacción que puedo dar a quien por mí ha padecido tantas amarguras es consagrarle lo que de estas ha sido causa, mi existencia, mi pobre existencia, martirio ayer de quien me dio el ser, hoy consuelo y esperanza. Allá va, pues, con mis cariños más ardientes, la protesta de ofrecer a usted toda mi voluntad, de ponerla bajo su amparo y gobierno, para que en el dominio constante de ella reciba mi madre las alegrías que apetece, fruto tardío de su grande amor, y compensación de sus acerbas penas. Juntas y confundidas nuestras voluntades, la mía se complacerá en la obediencia, sabiendo como sé que el clarísimo entendimiento de mi señora madre ha de imponerme actos y resoluciones de innegable sensatez. La oscuridad de mi nombre, al que no puedo añadir el más grato a mi corazón, no me exime de ser caballero. Leal y honrado nací; aspiro a que mi conducta intachable y noble me dé la consideración, el aprecio de las gentes, y aun el brillo social a que no puedo aspirar por mi nacimiento. Con orgullo puedo decir que algún rayo de la pasmosa inteligencia de mi madre ha venido de su ser al mío, y esta riqueza que mi alma posee no la cambiara yo por las más gloriosas vanidades de los nombres. La luz de mi madre arde en mí, y con esto y su amor me basta; no quiero nada más, ni otros bienes apetezco.

Deseo vivir y tener salud para gloria y felicidad de la que ha vivido padeciendo por mí; deseo agradarla en todo, amoldar absolutamente mis acciones a sus deseos. Acepto la explicación que se sirve darme de su plan referente a mi matrimonio con la niña de Castro-Amézaga, y le agradezco infinito que haya tenido en cuenta las razones que por conducto de Valvanera le expuse para no precipitar este asunto y someterlo a los trámites que me imponen la dignidad de todos y mi delicadeza. No haré, pues, manifestación alguna de propósitos matrimoniales, concretándome a pasar por La Guardia de regreso de Vitoria, en compañía del buen Hillo. En esta visita veré cómo soy recibido, formaré juicio de los sentimientos de aquella ilustre familia con respecto a mí, y de las direcciones que haya tomado o tome la voluntad de la *diosa*, como dice nuestro capellán. No haré papeles de pretendiente ni de rival del marqués de Sariñán, concretándome a reanudar mis buenas amistades con ambas señoritas. ¿Estamos conformes en esto, madre querida? ¿Soy razonable, discreto, noble, y al propio tiempo sumiso y obediente hijo? Creo que sí; y seguro de que mis sentimientos están en perfecta concordancia con los de usted, no recelo en emprender mi viaje. Prontos a partir, estas letras de despedida llevan a usted los respetos del gran Hillo, el cariño de los Maltranas, chicos y grandes, y el corazón y el alma toda de su amante hijo −*Fernando*.

## XXXIX

De Valvanera a don Pedro Hillo
*Villarcayo, octubre.*
Amigo mío: Mando la presente por un propio que expedimos en seguimiento de ustedes, encargándole que pique espuelas para alcanzarles pronto. Lleva la carta que hoy se ha recibido de Pilar para su hijo, la cual nada contiene de particular, y la envío para que sirva de pretexto al viaje del propio: el verdadero fin de este es informar a usted de un hecho que me ha producido alguna inquietud. Se lo cuento en esta carta, que el mozo le entregará, según mis órdenes, sin que Fernando se entere.

Esta mañana presentose en casa un sujeto, a caballo, con trazas de caminante afanado y presuroso, y habiendo preguntado por Fernando con vivo interés, renegó de sí mismo y de su suerte cuando le aseguramos que había partido. Resistiose a creerlo; y como Juan Antonio, en vista de la insistencia y disgusto que mostraba, le dijese que bien podía manifestarnos a nosotros el motivo de su viaje, nos contestó lo que fielmente le transmito, mi señor don Pedro: «Pues sepan, señora y caballero, que yo soy Zoilo Arratia, para servir a ustedes. El objeto que aquí me trae solo al señor don Fernando puedo manifestarlo, por ser cosa de la incumbencia suya y mía particularmente, y así díganme pronto a qué punto de España se encamina, para correr tras él hasta que le encuentre.» Ya tenía Juan Antonio la palabra en la boca para responder la verdad, pues es hombre a quien mucho trabajo cuesta ocultarla, cuando yo, que vi al instante un peligro en dicha verdad, anticipé la mentira de que Fernando iba camino de Burgos para seguir luego hasta Madrid, adonde le llaman sus intereses. En el rostro vivo del tal Arratia conocí que no me creía. El hombre es rudo, fuerte, bien plantado, de hermoso rostro moreno y ojos como centellas. Debió de ver en los míos el temor y la curiosidad, y quiso explicarse mejor con estas otras palabras, que, grabadas en mi memoria, copio con la posible fidelidad: «Señora y caballero, sepan que le busco para proponerle que seamos amigos, y si no lo quieren creer, no lo crean. Como digo también que si don Fernando no quisiera las paces, en la guerra me encontrará, y ya verá quién es Zoilo Arratia. Dispénsenme los señores, y manden lo que gusten a su servidor.» Se fue a la posada, donde le aguardaban otros dos del mismo pelaje, que en su compañía vinieron y siguen. Al mediodía supimos que, después de dar un pienso y corto descanso a sus caballos, trotaban hacia Miranda. ¡Qué mal hice en indicar la vuelta de Burgos, sin acordarme de que forzosamente la tomarán por Miranda de Ebro! No me perdono esta torpeza mía.

En fin, mi señor don Pedro, ello podrá ser un hecho insignificante, sin malas consecuencias; pero nos hallamos inquietos, y hemos acordado avisar a usted para que esté con cuidado, y evite, si es posible, el encuentro con ese maldito bilbaíno, cuya presencia inesperada viene a turbar mi gozo por el buen giro que tomaban los asuntos de Pilar y Fernando. Puesto el caso en su conocimiento, nos tranquilizamos, en la seguridad de que sabrá usted evitar nuevos disgustos. Quedamos pidiendo a Dios que les guíe, y que a todos nos dé la paz que merecemos. De usted atenta servidora y amiga — *Valvanera*.

## XL

De Doña Juana Teresa a la señora de Maltrana
*Cintruénigo, octubre.*

Amiga y hermana: No tengo sosiego hasta no desahogar mis agravios contra ti, y hoy me decido a manifestártelos, que si en ello tardo más, de seguro reviento. Ya sé que tu casa es, como si dijéramos, el cuartel general de las intrigas fraguadas contra mi hijo y contra mí, lo que no entiendo, a menos que me demuestres la razón de querer más a tu sentimental y misterioso huésped que a tu sobrino, hijo de tu hermano, mi esposo, que santa gloria haya. Descíframe este acertijo, o de lo contrario creeré que te has vuelto romántica y que mereces salir al teatro con velo negro por la cara y puñal en la mano. Si no estás loca rematada, haciendo pareja con la pobre Pilar, explícame la protección que das a ese trovadorcillo, y la celada que intentáis armarle a la niña de Castro-Amézaga.

¡Si creerá Pilar que a mí me engaña! Sus enredos vienen a mi conocimiento sin que yo los busque, y a poquito que yo extienda mi tela de araña, cojo a la pobre mosca y la devoro. ¡Qué lejos está ella de que le he tendido la red! Pero no: más bien ha sido obra de Dios, que vela por los inocentes y estorba las maquinaciones de los envidiosos. La casualidad, o hablando cristianamente, la Providencia, ha puesto en mis manos un testimonio de los devaneos antiguos de mi media hermana, los cuales fácilmente se enlazan por ley de Naturaleza con sus embrollos presentes y con la existencia del mancebo romántico, que ostenta en su escudo todos los emblemas nobiliarios de la Santísima Inclusa... Dos días hace que me ocupo en atar cabitos, y no quiero que ignores el resultado de mis trabajos. Yo también me doy a la historia menuda, lo que puedo hacer con grandísimas ventajas, porque ha puesto Dios en mis manos el archivo mundano del más glorioso perdido del siglo pasado y de parte del presente, don Beltrán de Urdaneta.

Estoy recopilando mis apuntes, que pondré a disposición de las personas a quienes incumbe el llamar al orden a Pilar, o pararle un poco los pies, reduciéndola al papel de penitente que le corresponde. Y para que no creáis que obro con alevosía, a ti, que es como confiarlas a ella, confío mis investigaciones, empezando por la más grave y delicada. ¿Qué dirás que me saltó a los ojos una tarde que me entretuve, sin malicia, puedes creerlo, en revolverle el papelorio a mi libertinísimo suegro? Pues una carta que con fecha de julio de 1811 le dirige a París una tal *Lea Delisle* (¡buena pieza sería!) desde Ax de las Termas. Traducida en su parte más interesante por Rodrigo, que, para que lo sepas, posee muy bien el francés, dice así: «Ya te conté que la duquesa tu amiga se dejaba hacer la corte por Su Alteza el príncipe José Poniatowsky (pongo mucho cuidado en copiar este nombre diabólico letra por letra), general del Imperio, gran figura, caballero insigne, sobrino del Rey de Polonia. Hoy puedo asegurarte que el príncipe guerrero, a quien llaman el *Bayard polonais* (esto lo dejo en francés), y la dama española, están unidos en apasionada *liaison* (en francés lo dejo también para mayor decoro de nuestro idioma). Anoche, al volver de una excursión a la cascada de Orlu, se perdieron en el bosque de Ascou. Aún no han vuelto.»

Yo no lo he buscado: a la mano se me vino por designio de la Providencia, como vinieron luego otras cartas de la misma pendanga, en que decía que el príncipe y la duquesa habían parecido. Lo que no parece, digo yo, es el decoro de Pilar. Buscando, buscando, por si Dios me deparaba nueva luz, encontré una esquela de Engracia Pignatelli, tía de Pilar, en la que consta que esta fue a pasar una temporadilla en Zaragoza, de donde pasó a Lumbier, residencia de su amiga Serafina Palafox... En fin, no quiero hacer cuenta del tiempo, ni ajustar meses, compaginando fechas con fechas... No vayas a decir que soy cruel con la que merece lástima, y a tanta lejanía de tiempo, algo de indulgencia. Ya sé que ha llorado mucho. Ignoraba yo la causa: ahora no diré lo mismo.

Al pronto se me ocurrió felicitarte, Valvanera de mi corazón, pues no cae todos los días el honor de hospedar en nuestra casa a un príncipe polaco, descendiente de Reyes, que, aunque destronados y errantes por esos mundos, siempre han de conservar algún aire o tufillo de testas coronadas; pero hablando de esto con Rodrigo, que sabe muy bien historias de todos los países, agarró una Enciclopedia que le saca de todas sus dudas, y en ella vimos que el tal señor de Poniatowsky, el *Bayardo polonés*, como le llaman, después de diversos hechos heroicos en las campañas de Rusia, Varsovia y no sé qué otros puntos, murió el año 13, al pasar a caballo un río de nombre muy enrevesado. Y luego de leídas estas referencias, hojeó Rodrigo la *Historia de Napoleón* con láminas, y me mostró una que representa al príncipe luchando con la corriente del río en que se anegaron y perecieron tantas glorias. Si no miente la estampa, era un guapo mozo, y debía de ser hombre de gran coraje.

Cuéntale todo esto a tu amiga, y adviértele que *Doña Urraca*, a pesar de todas estas cosillas que andan en libros extranjeros, no la quiere mal; que se halla dispuesta a la indulgencia, al olvido de las historias de 1811 y 1812, y a reconocerla y diputarla como una mujer ejemplar, siempre y cuando ella sea comedida; que obligadas al comedimiento están las que no se hallan libres de ciertas máculas. ¿A qué se empeña esa loca en cosa tan absurda y desleal como cerrarnos el caminito de La Guardia cuando a punto estábamos ya de verlo franqueado y mis deseos satisfechos? ¿A qué se mete ella en este negocio, que por mal que vaya para mí no ha de ir bien para ella, pues la mercancía adulterada que pretende introducir no puede ser admitida, no, allí donde todo es nobleza y virtud, y se ha de mirar mucho al honor y limpieza de los nombres? Que su necedad no me ponga en el caso de emplear la malicia por derecho de defensa. Ella me conoce: soy muy buena, muy tolerante, amantísima de la familia; en todo caso, estoy dispuesta al perdón, y soy la primera en arrojar velos y más velos sobre las faltas de las personas que me son caras; pero que no me pise, por Dios, que no me pise, porque al sentir el ultraje y el pisotón, me revuelvo y clavo el diente... No lo puedo remediar... Y basta por hoy.

Muy enfadada me tienes, como encubridora y auxiliar de esa pérfida; pero nada temas de mi enojo. Soy tu amiga, te quiero, reconozco tus virtudes, y en mis oraciones, siempre que pido a Dios que conserve la salud de mi hijo, nunca se me olvida echar una palabrita por ti y los tuyos. Mil afectos a todos de tu cariñosa hermana —*Juana Teresa*.

Fin de La estafeta romántica
Santander (San Quintín), julio-agosto de 1899.

## Libros a la carta

A la carta es un servicio especializado para

empresas,

librerías,

bibliotecas,

editoriales

y centros de enseñanza;

y permite confeccionar libros que, por su formato y concepción, sirven a los propósitos más específicos de estas instituciones.

Las empresas nos encargan ediciones personalizadas para marketing editorial o para regalos institucionales. Y los interesados solicitan, a título personal, ediciones antiguas, o no disponibles en el mercado; y las acompañan con notas y comentarios críticos.

Las ediciones tienen como apoyo un libro de estilo con todo tipo de referencias sobre los criterios de tratamiento tipográfico aplicados a nuestros libros que puede ser consultado en Linkgua-ediciones.com.

Linkgua edita por encargo diferentes versiones de una misma obra con distintos tratamientos ortotipográficos (actualizaciones de carácter divulgativo de un clásico, o versiones estrictamente fieles a la edición original de referencia).

Este servicio de ediciones a la carta le permitirá, si usted se dedica a la enseñanza, tener una forma de hacer pública su interpretación de un texto y, sobre una versión digitalizada «base», usted podrá introducir interpretaciones del texto fuente. Es un tópico que los profesores denuncien en clase los desmanes de una edición, o vayan comentando errores de interpretación de un texto y esta es una solución útil a esa necesidad del mundo académico.

Asimismo publicamos de manera sistemática, en un mismo catálogo, tesis doctorales y actas de congresos académicos, que son distribuidas a través de nuestra Web.

El servicio de «libros a la carta» funciona de dos formas.

1. Tenemos un fondo de libros digitalizados que usted puede personalizar en tiradas de al menos cinco ejemplares. Estas personalizaciones pueden ser de todo tipo: añadir notas de clase para uso de un grupo de estudiantes,

introducir logos corporativos para uso con fines de marketing empresarial, etc. etc.

2. Buscamos libros descatalogados de otras editoriales y los reeditamos en tiradas cortas a petición de un cliente.